*Zum Buch:*

Sogar ich selbst war von meiner heftigen Reaktion ein wenig erschrocken. Gut, Adrian war ein Fremder. Obendrein einer, der regelmäßig blöde Sprüche riss und – wen wunderte das? – den ich nicht recht leiden konnte. Irgendwie hatte ich den Eindruck, dass Adrians Berührungen mich stärker triggerten als die anderer Menschen. Warum? Warum zur Hölle? Und warum blieb ich trotzdem neben ihm sitzen? Irgendetwas an ihm faszinierte mich. Mehr noch. Entfachte in mir den Wunsch nach ebendieser Nähe, die ich so fürchtete. Paradox.

*Zur Autorin:*

Leonie Werdenfels ist Ende zwanzig, lebt mit ihrem Riesenschnauzer im schönen Bayern und ist überzeugt davon, dass die Sonne nirgends heller strahlt als über dem weiß-blauen Himmel. Wenn sie nicht gerade schreibt, schleppt sie stapelweise Bücher für ihre Doktorarbeit durch die Gegend oder streift mit ihrem Hund durch die Natur, am liebsten am Chiemsee. Um sich Geschichten auszudenken, braucht sie glitzernde Wellen, majestätische Berge und ganz viel Torte.

Leonie Werdenfels

# Sommerglück am Chiemsee

Roman

HarperCollins

1. Auflage 2025
Originalausgabe

Valentinskamp 24 · 20354 Hamburg
info@harpercollins.de
Umschlaggestaltung von bürosüd, München
Umschlagabbildung von mauritius images / Novarc Images /
Hans P. Szyszka, Werner Otto
Gesetzt aus der Stempel Garamond und der Lady Love
von GGP Media GmbH, Pößneck
Druck und Bindung von GGP Media GmbH, Pößneck
Printed in Germany
ISBN 978-3-365-00895-9
www.harpercollins.de



Druckprodukt mit finanziellem
**Klimabeitrag**
ClimatePartner.com/15109-2009-1001

MIX
Papier
FSC® C014496

# Kapitel 1

*Wo Worte sind, ist eine Welt.*

Ich starrte auf den winzigen Zettel. Als der Bus an der nächsten Haltestelle zum Stehen kam, bückte ich mich danach und hob ihn auf. Das Papier war dreckig von all den Schuhen, die sicherlich bereits darauf herumgetrampelt waren, die Ecken geknickt und die Schrift abgewetzt.

Wo Worte sind, ist eine Welt … Doch um ehrlich zu sein, war ich mir noch nicht ganz sicher, ob das beruhigend oder bedrohlich klang. Worte, tja … Mein Kopf war voll davon. Voll von Gedanken, die pausenlos vor sich hin plapperten. Die nicht einmal nachts Ruhe fanden. Das Problem an diesem Satz, der so unschuldig daherkam: Es gab genügend Worte in mir, die ich hasste. Worte in meiner Erinnerung, die eine Welt zeichneten, in die ich niemals zurückkehren wollte. Und doch erschien sie mir oft beängstigend nah. Wie jetzt in diesem Moment.

Mein Magen schlug einen missglückten Salto. Angestrengt starrte ich aus dem Fenster. Wie viel lieber läge ich jetzt draußen auf diesen sattgrünen Wiesen, um mich von der langen Fahrt zu erholen. Wo die Kühe friedlich grasten und die Bergketten noch im Nebel lagen. Ich fühlte kalten Schweiß auf meiner Stirn und biss die Zähne zusammen. Den Zettel rieb ich zwischen den unruhigen Fingern. *Komm schon, Josefine, du schaffst das.* Dass ich hier in diesem überfüllten Bus stand, war der Beweis dafür. Oder zumindest ein kläglicher Versuch, meine Welt zu ordnen.

Das Klingeln meines Handys riss mich aus den Gedanken. Wie ferngesteuert schob ich den Zettel in die Hosentasche und kramte das Smartphone heraus. Vom Display aus lachte mich das Gesicht meiner besten Freundin an, umrahmt von kurzen lilafarbenen Haaren. Eines der wenigen guten Bilder, die von Finja existierten. Auf neunzig Prozent aller Fotos hatte sie entweder die Augen zu oder einen Arm im Gesicht.

Als ich auf das Hörersymbol tippte, um den Anruf anzunehmen, atmete ich tief ein. Aber nicht mehr aus.

»Hey«, sagte ich mit gequetschter Stimme.

»Du hörst dich schlimm an«, stellte sie anstatt einer Begrüßung fest. »Wie fühlst du dich?«

Ich zuckte die Achseln. »Ein wenig … zerknittert.«

»Wer zerknittert ist, kann sich überhaupt erst richtig entfalten.«

»Wenn du das sagst«, antwortete ich – und rang mir ein kleines Lächeln ab.

»Schieß los. Ihr habt euch getrennt? Warum hast du nicht früher was gesagt?« Doch es war kein Vorwurf. Ich konnte Sorge hören, die in ihren Worten mitschwang.

»Ach.« Ich winkte ab. Das war in diesem Augenblick mein kleinstes Problem. Unruhig beobachtete ich die anderen Passagiere, mit Mühe versteckte ich die aufkeimende Panik. Menschen. Viel zu viele Menschen. Die Hände presste ich dicht an meinen dröhnenden Kopf. Verdammt noch mal. Nur einmal wollte ich einfach in einem überfüllten Bus mitfahren. Aus dem Fenster starren, in Richtung Berge. Die idyllische oberbayerische Landschaft an mir vorüberziehen sehen. Dem leisen Pling lauschen, wenn jemand für die nächste Haltestelle drückte. Gedankenverloren der leeren Coladose nachsehen, die bei jeder Kurve durch den Gang rollte. Fühlen, wie sie ab und zu gegen meine Sneakers stieß. Den ein oder anderen Ellenbogen in die Seite gestoßen bekommen und dem Gedränge keine große Bedeutung beimessen. Den Alltag leben. So wie jeder andere Mensch auch.

»Warum diesmal?« Das Lächeln in ihrer Stimme klang so mitfühlend, dass ich schluckte, um nicht in aller Öffentlichkeit in Tränen auszubrechen.

»Wie immer.« Stöhnend griff ich nach meinem Koffer, als der Busfahrer an der nächsten Haltestelle abrupt abbremste. Ich hangelte mich an den Haltegriffen hinüber zum Fenster und presste mich gegen die kühle Scheibe. Die Sitzplätze waren längst alle belegt, immer mehr Leute drängten sich auf dem Gang.

Sie seufzte. Wind rauschte in der Leitung. Offenbar war Finja gerade irgendwo draußen unterwegs. »Immerhin hast du es mit ihm ganze vier Wochen ausgehalten. Doppelt so lang wie mit diesem blonden Chemiestudenten, von dem ich nicht einmal mehr den Namen weiß.«

»Rekord«, antwortete ich und presste das Handy fest an mein Ohr. So, als könnte ich mich einfach zu Finja hinüberbeamen, wenn ich mich nur genug anstrengte.

Konzentriert atmete ich ein paar Mal ein und wieder aus, zwang mich zur Ruhe. Doch die hielt nicht lange an. Mit dem Knie schob ich meinen Koffer zur Seite, als ein paar Leute in Dirndl und Lederhosen zustiegen – vermutlich auf dem Nachhauseweg von irgendeinem Dorffest in der Nähe. Ein Grüppchen trug sogar einen Kasten Bier mit sich herum. Der Bus füllte sich zusehends. Nervös sah ich hinauf zum Bildschirm. Noch vier Haltestellen.

»Du hättest mich anrufen dürfen«, meinte sie schließlich und klang dabei sehr viel ernster als zuvor. »Dann wäre ich sofort nach Hause gekommen.«

»Alles gut.« Ich lächelte steif, mein Blick flog hektisch durch den Bus. Mit unruhigen Fingern zupfte ich meinen Hoodie zurecht, den ich mir um die Hüfte gebunden hatte. »Deine Oma wird nur einmal achtzig. Und ihren legendären Rinderbraten willst du dir doch sicher auch nicht entgehen lassen.«

»Im Ernst. Wofür hat man eine beste Freundin, hm?«

»Ich komme klar«, warf ich ein, doch recht überzeugend klang ich nicht. Und Finja redete sich ohnehin gerade in Fahrt.

»Bei einer Trennung muss man sich aufs Sofa schmeißen und irgendeine miese Serie zusammen gucken. Meine ... oh, Shit. Warte kurz ...« Irgendetwas im Hintergrund polterte. Es raschelte am Hörer, als Finja das Handy offenbar wieder ans Ohr hielt.

»Alles okay?«

Sie seufzte. »Alles gut. Was ich sagen wollte: Meine Backkünste reichen für keinen Trostkuchen. Aber ich hätte uns eine Packung Aufback-Croissants geholt, und wir hätten gefuttert, bis uns schlecht geworden wäre.«

Jetzt musste ich doch lächeln. »Beim nächsten Mal.« Aber es würde kein nächstes Mal geben, da war ich sicher. Beziehungen waren einfach nichts für mich. Was sprach dagegen, auf ewig Single zu bleiben? »Mein Traummann existiert nicht.«

Finja gluckste. »Vermutlich haben sich deine Schwiegereltern entschieden, kinderlos zu bleiben.«

»Pffff!«, gab ich zurück, musste aber doch lachen.

»Sag mal ernsthaft, Jo«, setzte Finja vorsichtig an. »Hast du Schluss gemacht oder er?«

»Ich.« Meine Stimme klang belegt. Ich räusperte mich und starrte durch die vom Motor vibrierende Fensterscheibe hinaus, wo bereits der Chiemsee zwischen den Bäumen hindurchblitzte.

»Das heißt, du hast ihm nicht die Wahrheit gesagt?«

*Um Gottes willen.* »Lieber hält er mich für unnahbar und emotionslos als für durchgeknallt.«

»Ach, Jo«, versuchte Finja mich zu trösten. Und gerade wünschte ich, sie säße tatsächlich neben mir. Mit oder ohne Aufback-Croissants, ganz egal. Das Leben ließ sich mit der besten Freundin im Schlepptau so viel leichter meistern.

»Wird schon.«

»Wie hat er es aufgenommen?«, fragte Finja. »Rennt er dir hinterher?«

»Muss er gar nicht. So schnell bin ich nicht.«

Der Fahrer bremste, neue Fahrgäste drückten sich in den vollen Bus. Ich fühlte den Stoff einer Hoodie-Kapuze an meiner Wange, als sich ein hochgewachsener Teenager zwischen mir und den Trachtlern hindurchquetschte in Richtung einer Gruppe Jugendlicher am hintersten Ende des Busses. Ein kleines Mädchen, vielleicht erste oder zweite Klasse, folgte ihm. Die Kanten ihres Schulranzens drückten in meine Seite.

»Wo wirst du eigentlich …?«, begann Finja, doch das Ende der Frage bekam ich gar nicht mehr mit.

Eine herbe Wolke Männerparfum drang an meine Nase, als ein junger Kerl in Lederhose in der Kurve das Gleichgewicht verlor. Seine Hände fingen sich neben mir an der Scheibe ab und zwängten mich in eine unfreiwillige Umarmung. Für einen Moment sah ich nur noch sein Trachtenhemd.

Rote Karos. Stoff. Enge. Parfum.

Ich presste mich enger an das Fenster. Schnappte nach Luft. Luft! Da war nur noch der fremde Körper. Nah. Viel zu nah. Schwarze Schatten durchzuckten mein Blickfeld. Als er sich von der Scheibe abstieß, berührten sich unsere Arme. Etwas in meinem Magen zog sich schmerzhaft zusammen, meine Hände begannen zu zittern. Dann war der Spuk auch schon vorbei.

Frei.

Ich war frei.

»Huch.« Er grinste entschuldigend, als er sich beinahe mühelos aufrichtete. »Sorry.«

»Kein Ding.« Ich starrte wortlos auf die Träger seiner Lederhose. Vermutlich deshalb, weil sich mein Blick so unfassbar schwer anfühlte. *Schau auf, Jo. Zeig einem Fremden nie, dass es dir schlecht geht.*

Dunkle Bartstoppeln zogen sich über seinen Hals bis hinauf zu den Wangen. Obwohl er mich längst wieder freigegeben hatte, stand er noch immer sehr nah. Näher, als ich fremde Menschen für gewöhnlich ertrug. Seine braungrünen Augen blitzten, als sich unsere Blicke nun doch begegneten. Und ich fragte mich für einen kurzen Moment, ob er in meinem Blick sah, wie viel Mühe es mich kostete, das aufzusammeln, was gerade in mir zusammengestürzt war. *Lächle. Geht ganz einfach, zieh nur die Mundwinkel hoch. Hau ruck …*

Mein Gegenüber grinste zurück. »Zumindest war heute jemand nah genug an mir dran, um mein neues Mexx-Parfum zu erschnüffeln …«

»Fresh Bus, richtig?«, hörte ich mich kontern und lachen. Zumindest klang es nicht ganz so gezwungen wie befürchtet. Die Haltestange rutschte unter meinen schweißnassen Händen davon, ich klammerte mich umso verkrampfter daran fest.

»Exakt.« Der Kerl zwinkerte mir noch einmal zu, dann drehte er sich wieder zu seinen Freunden um.

Schamesröte wallte spürbar heiß über meine Wangen. Ich schloss die Augen und hoffte einfach nur, er hatte mir meine verdammte Panik nicht angesehen. *Selbst wenn. Dem Typen begegnest du nie wieder.*

»Jo?«, klang Finjas Stimme an mein Ohr, doch ich hatte das dumpfe Gefühl, die Panik war noch lang nicht vorbei.

»Was hast du gerade gesagt?« Ich wischte mir über die verschwitzte Stirn, zwang mich zu ruhigem Atmen. Wie ferngesteuert schüttelte ich mir die Haare ins Gesicht, als könnten sie mich einhüllen. Mir Schutz geben.

»Fängt es wieder an?«, fragte sie mitfühlend.

»Ja.« Seit Jahren schon versuchte Finja, mich zu einer Therapie zu überreden. Und immer wieder sagte ich mir, ich würde das schon allein schaffen – aus Angst, irgendwann Probleme bei einer eventuellen Verbeamtung zu bekommen. Aber vermutlich hatte Finja recht: Eine Therapie war auf lange Sicht unumgänglich.

»Du kannst das«, ermutigte mich Finja.

»Der Bus ist einfach verdammt voll.« Unsicher warf ich einen Blick hinter mich. Der Innenraum hinter mir schien sich wie ein Puzzle zu teilen, ich nahm nur noch kleine Ausschnitte wahr. Weiße Puffärmel, durchbrochene Dirndlblusen. Hosenträger einer Lederhose. Dazwischen eine Wand aus Parfum, Schweiß und Stimmengewirr. Ich zwang mich, aus dem Fenster zu sehen, wo der Chiemsee sich wieder tiefblau und sonnenglitzernd in mein Blickfeld schob. Eine Aussicht, die mir gerade nicht gleichgültiger hätte sein können.

»Wie weit hast du noch?«

»Drei Haltestellen.« Schatten huschten durch mein Gesichtsfeld, meine Beine zitterten. Ich spürte meine Wangen warm und heiß unter meinen kalten Fingern.

»Du packst das«, ermutigte mich Finja aus dem Hörer. »Tief durchatmen.«

»Scheiß drauf«, murmelte ich. Und da drückte ich auch schon auf den Halteknopf.

Nur eine Kurve später – Finja hatte ich kurzzeitig in die Hosentasche verfrachtet – kam der Bus zum Stehen. Ich kämpfte mich zur Tür und sprang mitsamt meinem Koffer ins Freie. Frische Luft blies mir ins Gesicht. Ich sog sie ein wie kurz vor dem Ersticken. Die Hände an die Oberschenkel gepresst, rang ich nach Luft. Es dauerte eine Weile, bis ich mich beruhigt hatte.

Rechts und links erstreckten sich Felder, so weit das Auge reichte. Und in der Entfernung von gut fünf Minuten Fußmarsch geradeaus wartete der Chiemsee, eingerahmt von einer wunderschönen Bergkulisse. Mit seinen gut besuchten Strandcafés und den vollgepackten Dampfern. Mit seinen Urlaubern, die sich dicht an dicht über die Stege drängten und inmitten derer ich es genauso wenig aushalten würde wie in diesem Bus.

Seufzend zog ich Finja aus der Hosentasche. »Bist du noch da?«

»Immer.«

Ich konnte hören, dass sie lächelte.

»Mal wieder ein voller Erfolg.« Missmutig kickte ich einen Kieselstein über den Feldweg und machte mich auf den Weg. Mein Trolley schleifte über den holprigen Boden.

»Lass dich nicht entmutigen«, tröstete sie mich. »Immerhin hast du den Mumm, an den Chiemsee zu fahren und dich mit deinen Eltern auszusprechen.«

Ich schluckte. Noch konnte ich einen Rückzieher machen. Ein paar Nächte hier schlafen und unverrichteter Dinge wieder abreisen.

»Wo …« Wieder polterte etwas im Hintergrund. Der Klang von Metall auf Stein. »Mist.«

»Alles okay bei dir?«

»Schon.« Sie schnaufte. »Ich hab nur gerade ein Problem mit dem Briefkasten meiner Oma … Kommst du klar, wenn ich kurz …?«

»Kein Thema.«

Am anderen Ende der Leitung klapperte es, gelegentlich hörte ich Finja entnervt stöhnen. Eine ganze Weile stapfte ich schweigend über den Feldweg. Meinen Koffer schleifte ich hinter mir her. Träge ruckelte er über die Unebenheiten hinweg, über Steine und Grasbüschel. Diese Abkürzung führte direkt zum See. Womöglich kam ich sogar zeitgleich mit dem Bus dort an, der im Gegensatz zu mir einen Umweg über die Haltestellen von drei benachbarten Dörfern nehmen musste.

Mein Rucksack schien mit jedem Meter schwerer zu werden, sein Gewicht drückte auf meine Schultern und ziepte an meinen Haaren, die sich darunter verfangen hatten. Umständlich zog ich ein paar lange Strähnen unter den Riemen heraus. Der Weg war verdammt mühsam, wenn man kaum Motivation verspürte, am Ziel anzukommen.

»Bin wieder da«, schallte Finjas Stimme matt aus dem Hörer.

»Was hast du …?«, setzte ich an, doch Finja kam mir zuvor.

»Wo wirst du überhaupt schlafen?«

»Im Nachbardorf«, antwortete ich und starrte geradeaus. Genau in diesem Moment gab das dichte Grün der Bäume am anderen Ende des Feldweges den Bus frei. Direkt am Ufer des Sees hielt er an und spuckte einen guten Schwung Menschen aus. Unter ihnen auch drei junge Kerle in Tracht. Einer davon trug einen Kasten Bier. »Ich habe ein Zimmer bekommen. Bei einem älteren Herrn. Peter Bachhuber.«

Finja wirkte erleichtert. »Sehr gut. Da hast du deine Ruhe. Weit weg von Trubel und potenziellen Dates.«

»Zum Glück, ja.« Ich nickte geistesabwesend, den Blick auf die drei jungen Männer gerichtet. Gut gelaunt ließen sie sich im Schatten einer Birke nieder. Kurz glaubte ich, den Kerl mit dem rot karierten Trachtenhemd unter ihnen zu erkennen, und prompt schoss mir die Hitze zurück ins Gesicht.

»Kostet es viel?«

»Hm?«, machte ich.

Finja lachte. »Das Zimmer! Wo sind deine Gedanken, Josefine?«

»Entschuldige.« Energisch zog ich den Koffer über ein paar Wurzeln. »Er wollte als Bezahlung nur ein wenig Hilfe – im Haushalt und mit irgendeinem Projekt, das er im Ort gestartet hat.«

»Er hört sich sehr nett an.«

»Ist er.« Ich nickte. »Keine Ahnung, was er da genau plant, aber …« Ich pustete mir die verschwitzten Haare aus der Stirn. »Er sagte was von Briefkästen. Vor seiner Rente war er Schreiner, offenbar baut er welche und hängt sie überall auf. Mit netten Botschaften drin, wenn ich es richtig verstanden habe. Mittlerweile hat er nicht nur in seinem Dorf, sondern auch in den umliegenden Ortschaften die Genehmigung dafür. Alle sind begeistert von der Idee.«

Inzwischen befanden sich die jungen Männer in Rufweite. Sie schienen zu mir herüberzugucken, einer davon gestikulierte in meine Richtung. Sofort senkte ich den Blick.

»Apropos Briefkasten«, meinte ich und grinste. »Hab ich vorhin richtig gehört? Du hast gerade einen zerlegt?« Ich fasste die Ärmel meines Hoodies, der noch immer von meiner Hüfte baumelte, und zog den Knoten enger. Als ich heute Morgen unsere WG in Berlin verlassen hatte, war es kühl gewesen. Jetzt brannte die bayerische Sonne unbarmherzig vom Himmel.

»Ich fürchte, du hast richtig gehört.« Sie gluckste.

»Ach, Finja!« In Anwesenheit meiner besten Freundin gingen ständig Dinge kaputt. Das Abspülen forderte in so beängstigender Regelmäßigkeit Opfer, dass ich mich in unserer Wohngemeinschaft meist freiwillig dafür meldete. Weingläser musste Finja nur ansehen, um sie zu zerbrechen. Und während der drei Jahre, die wir nun eine Wohnung teilten, hatte ich sie wegen diverser Brüche, Prellungen und Schnittwunden rekordbrechende zwölf Mal ins Krankenhaus fahren müssen. Es schien fast so, als würde sie alles, was sie in ihrer Ausbildung zur Kinderkrankenschwester lernte, als Patientin selbst ausprobieren wollen.

»Was?«, gab sie trotzig zurück. »Ich schwöre, ich hab nur … Weiß auch nicht. Ist gestern schon passiert. Eigentlich wollte ich nur Omas Post holen, aber plötzlich hatte ich die Klappe in der Hand. Keine Ahnung, was ich immer falsch mache.«

»Oje.« Ich lächelte.

Wieder wanderte mein Blick nervös zu dem Grüppchen am See. Inzwischen trennten uns nur noch zehn, fünfzehn Meter. Unschlüssig blieb ich stehen und kramte ziellos in der Außentasche meines Koffers. Zischgeräusche ertönten, kurz darauf klackten die ersten Kronkorken auf den Boden. Der nächste Windstoß trug auch schon einen Hauch von Biergeruch zu mir herüber. Ich betete inständig, den Kerl aus dem Bus nicht wiedersehen zu müssen.

Finja seufzte. »Echt peinlich. Ich hab die Klappe mit Wäscheklammern gestützt. Aber das fällt ständig auseinander. Jetzt hab ich's mit Tesa probiert.«

»Und das hält?«, fragte ich und beobachtete die Männer aus dem Augenwinkel, die noch immer in meine Richtung guckten und sich lautstark amüsierten.

»Pffff, keine Ahnung.« Vermutlich zuckte sie gerade mit den Schultern. »Mal abwarten. Fünf Rollen Tesafilm sollten genug sein, oder?«

Ich musste lachen. »Klingt professionell.«

Finja gab ein Geräusch von sich, halb genervt und halb belustigt. »Oma ist zum Glück pragmatisch.«

Das stimmte nur teilweise. Bei der Erwähnung von Finjas Oma musste ich schmunzeln. Noch lebhaft erinnerte ich mich an ihre Stimme auf dem Anrufbeantworter unserer WG. Zunächst gemurmelt – *So was. Sprechen soll ich. Nach dem Ton …* – und dann lauter: *Mit diesem Blechkasten unterhalte ich mich nicht!*

Unschlüssig drehte ich mich einmal um die eigene Achse. Alles in mir weigerte sich, an den drei jungen Männern vorbeizugehen. Mit Sicherheit würde ich mir irgendwelche blöden Sprüche anhören müssen, das sah ich ihnen schon an. Suchend blickte ich mich um. Sollten nicht hier irgendwo ein paar Briefkästen hängen? Ich stellte mich auf die Zehenspitzen und scannte die Umgebung – in der Hoffnung, einen Grund zu finden, noch eine Weile in sicherer Entfernung stehen bleiben zu können.

Bingo. Ein paar Meter weiter, am dicksten Ast einer stabilen Eiche, hatte jemand ein verwittertes Holzschild mit der Aufschrift »Nimm dir, was dir guttut« festgeknotet. Und im Schutz der Zweige baumelten ein paar bunt bemalte Briefkästen. Jeder davon beschriftet. »WEIL ICH DICH VERMISSE« stand auf einem davon, »WEISHEITEN FÜR ZWISCHENDURCH« auf einem anderen. Und der letzte in der Reihe trug die Aufschrift: »BEVOR DU FRAGST: NEIN«.

»Ich glaube, ich habe die Briefkästen gefunden«, murmelte ich ins Telefon.

»Ja? Erzähl.«

Der Deckel quietschte, als ich den letzten der drei neugierig aufklappte und einen Briefumschlag herausholte. Pastellgelb war er – und quadratisch. Dort, wo normalerweise die Adresse Platz fand, las ich nur zwei Wörter:

*Für dich.*

Vorsichtig zupfte ich an der Lasche. Sie war verklebt.

»Servus!«, hörte ich eine Männerstimme in der Distanz rufen.

Ich zuckte zusammen. Schnell stopfte ich den Brief in meinen Rucksack. Erst dann riskierte ich einen längeren Blick.

*Verdammt.* Da, am Stamm einer Birke, lehnte tatsächlich der Kerl aus dem Bus. Mit seiner Lederhose und – wie ich nun wusste – seinem ach so sexy Parfum von Mexx. Beinahe glaubte ich, es riechen zu können, doch vermutlich bildete ich mir das nur ein. Eigentlich sah er gar nicht mal übel aus. Die braunen Haare schienen sich trotz des modischen Schnitts nicht ganz zähmen zu lassen. Vorne, über der Stirn, standen einzelne Strähnen widerspenstig ab. Ein Drei- oder vielleicht auch Viertagebart zog sich über Kiefer, Kinn und Hals, um schließlich am Kragen des rot karierten Hemdes zu enden, unter dem sich definierte Oberarme abzeichneten. Er nickte in meine Richtung. Meinte er mich? Unauffällig spähte ich über meine Schulter – ich war allein.

Verdammt. Augen zu und durch, hieß es wohl. Seufzend setzte ich mich in Bewegung.

»Magst du uns Gesellschaft leisten?« Ein fast unsichtbares schiefes Grinsen lag auf seinem Gesicht, als ich näher kam. Seine Augen blitzten. »Schließlich standen wir uns bis vor ein paar Minuten noch sehr nahe.«

*Haha.* Da hielt sich einer für besonders witzig.

»Wer ist das?«, flüsterte Finja dicht an meinem Ohr.

»Keine Ahnung«, murmelte ich.

Lust, diese peinliche Begegnung weiter zu vertiefen, hatte ich nicht wirklich. Deshalb tat ich so, als hätte ich ihn nicht gehört – und starrte ein paar Segelbooten nach, die über den See zogen. Funktionierte prächtig. Ich war noch nicht ganz an ihnen vorbei, da stellte sich mir auch schon sein Kumpel, ein schlaksiger Kerl mit kurz geschorenen Haaren, mitten in den Weg. Mein Herz setzte für einen Moment aus, mein Kopf errechnete die Wahrscheinlichkeit, mitten am Tag an einer einsamen Ecke des Chiemsees von drei jungen Männern überwältigt zu werden.

»Du bist ein paar Haltestellen zu früh ausgestiegen, schöne Fremde.« Ich erhaschte einen Blick auf die Tattoos an den Unterarmen, als er die Ärmel seines Trachtenhemdes hochkrempelte und eine Hand an die Stirn legte, um seine Augen vor dem Sonnenlicht zu schützen.

Abweisend starrte ich ihn an. *85 Prozent*, schrie Mamas Stimme in meinem Kopf. Finja würde lachen und meine Hand nehmen. *Ein halbes Prozentchen vielleicht,* würde sie sagen.

Der Mexx-Typ stieß sich von seinem Birkenstamm ab und bückte sich nach der Bierkiste zu seinen Füßen. Lässig streckte er mir zwei Flaschen Bier entgegen. »Helles oder Pils?«

Unsicher schob ich mir die Haare aus der Stirn und fühlte Schweiß an meinen Händen. Ich musste nur dafür sorgen, dass niemand davon etwas mitbekam. »Danke, weder noch.«

»Warum nicht?«

»Weil …« Ich biss mir auf die Lippe, als er näher kam. Wie von selbst machten meine Füße zwei Schritte rückwärts. Die Umarmung von vorhin musste ich wirklich nicht wiederholen.

»Auf eine Warum-Frage nie mit Weil antworten«, zischte Finja durch den Hörer. »Das geht den einen feuchten …«

Den Rest bekam ich nicht mehr mit.

Sein Grinsen wurde ein wenig breiter, sein unverschämt direkter Blick blieb auf meinen glühenden Wangen hängen. »Wir sind vom medizinischen Dienst. Bei der Hitze musst du genügend trinken.«

Sein Kumpel musterte mich prüfend. »Sie sieht aus, als würde sie gleich umkippen.«

»Ich sehe immer so aus«, knurrte ich.

»Blass ist sie«, rief der dritte Mann. Ein recht junger blonder Kerl, der mit dem Rücken an einen Baum gelehnt am Ufer saß und die Füße ins Wasser baumeln ließ. Er sah mich nicht einmal richtig an, sein Blick flackerte stattdessen immer wieder zu dem Kahlkopf hinüber, als würde er auf eine Erlaubnis von ihm warten, sich einzumischen. Auf seinem Schoß hielt er irgendetwas verborgen, das ich nicht näher erkennen konnte. Ein paar Schlingen hauchdünner wirrer Fäden hingen über seine Oberschenkel hinab. Mit flinken Fingern knüpfte er Knoten. »Gehst du auch manchmal raus? So richtig? Und mit Rausgehen meine ich nicht Fenster aufmachen?«

»Vermutlich ist Rapunzel die meiste Zeit in ihrem Turm eingesperrt«, neckte mich nun auch Mister Mexx. Trotzdem lag etwas Warmes in seinem Blick, als er ihn grinsend über meine Haare gleiten ließ, die mir bis zur Hüfte fielen. So, als wären Mister Mexx und ich alte Freunde.

»Ist sie«, gab ich so selbstsicher zurück, wie ich konnte.

Mister Mexx ließ mich nicht aus den Augen. »Offenbar hat heute jemand ihr Turmfenster ein Stückchen zu weit aufgemacht.«

»Exakt.« Ich nickte. »Und Rapunzel hat – weil sie sich mit Haaren auskennt – die Gelegenheit beim Schopf gepackt.«

»Der Prinz hat dich geholt?«

Eine Augenbraue hochgezogen, winkte ich ab. »Da ist selbst auf die Deutsche Bahn mehr Verlass.«

Angestrengt starrte ich Mister Mexx an. Irgendetwas klingelte in meinem Hinterkopf, doch ich kam nicht drauf. Falls wir uns – abgesehen von vorhin – wirklich schon einmal begegnet waren, teilten wir keine besonders rosigen Erinnerungen miteinander, das verriet mir mein Bauchgefühl.

»Du willst doch nicht ernsthaft zu einem Bier in so netter Gesellschaft Nein sagen.« Von rechts schob sich der Kahlkopf in mein Blickfeld und deutete auf die Flaschen in der Hand seines Freundes. »Komm schon, Kleine.«

»Nein«, wiederholte ich. Beinahe automatisch schüttelte ich mir ein paar Strähnen in die Stirn. Es gab kaum etwas Beruhigenderes als lange dunkle Haare, die sich wie eine Mauer zwischen mich und die Welt schoben, wenn sie mir zu nahe kam.

»Sie übt nur, Nein zu sagen.« Der Kerl mit abrasierten Haaren und Tattoos nahm einen Schluck Bier. »Schließlich hat sie gerade einen Brief aus einem dieser ollen Hilf-mir-ich-krieg-mein-Leben-nicht-auf-die-Reihe-Kästen genommen.«

Ich rollte mit den Augen.

»Vier Buchstaben.« Der Blonde grinste auf eine Art und Weise, die mich rasend werden ließ. »N-E-I-N«, buchstabierte er, ohne den Blick von dem Fadengewirr auf seinem Schoß zu nehmen, und lachte. Erst als er merkte, dass weder Mister Mexx noch der Kahlkopf in sein Lachen einstimmten, verstummte er.

Der Kahlkopf verschränkte die Arme vor der Brust. »Das schafft sogar die Tochter von den Stadlers – und die ist drei.«

»Ist gut jetzt«, zischte Mister Mexx und stieß ihm den Ellenbogen in die Seite.

»Geh einfach«, hörte ich Finja an meinem Ohr. Und gerade wollte ich nach meinem Koffer greifen, da inspizierte der Kahlkopf mein Gepäck.

»Ganz schön viel zu schleppen für so ein zartes Weibchen«, meinte er. »Unter dem Gewicht klappst du bestimmt bald zusammen.«

»Pass auf, dass du unter dem Gewicht deiner Vorurteile nicht zusammenklappst«, gab ich zurück, wenn auch ein wenig wacklig.

»Auuu«, kam es von dem Blonden. Noch immer würdigte er mich keines Blickes. Seine Füße planschten im Wasser, mit jeder Bewegung stoben kleine Tropfen glitzernd in die Höhe.

»Sie teilt wohl gern aus, die Kleine.« Der Kahlköpfige lachte. »Und sieht sehr niedlich dabei aus.«

»Grumpy Rapunzel.« Mister Mexx zwinkerte mir zu, als wäre das ein Insider zwischen uns beiden.

Ich stöhnte genervt.

»Wie heißt du wirklich?«, fragte Mister Mexx.

»Und du?«, fragte ich zurück. Allerdings konnte ich nicht verhindern, dass meine Stimme ein wenig zitterte. Ich kannte diese Art von Männern. Scheinbar stark kurzsichtig, die meisten von ihnen, da sie eine Frau hauptsächlich mit den Händen begutachteten anstatt mit den Augen.

Eine Antwort bekam ich nicht, stattdessen trat er einen lässigen Schritt nach vorne. Es kostete mich meine komplette Selbstbeherrschung, an Ort und Stelle stehen zu bleiben. Die Härchen an meinem Nacken stellten sich auf. Kurz spannten sich meine Muskeln an. Ein weiterer Schritt in meine Richtung, und ich würde tun, was ich immer tat. Weglaufen wie ein verängstigtes Kaninchen. Darin war ich gut. Geradezu unschlagbar.

Er räusperte sich. Irgendetwas in seinem Blick wurde weicher. Gut, weicher vielleicht nicht. Aber zumindest eine Spur irritierter. Er sah mich an, als suchte er in meinen Augen nach der Erlaubnis, weitersprechen zu dürfen. »Hey …«, setzte er an. »Bist du …?«

»Nein«, sprudelte es aus meinem Mund, bevor ich nachdenken konnte. Angestrengt hob ich mein Kinn, um selbstsicher zu wirken. »Die Antwort ist Nein. Egal, wie die Frage lautet.«

»Lass sie, Mann.« Der Kahlköpfige streckte dem Mexx-Typen sein Bier entgegen und stieß mit ihm an. »Grumpy Rapunzel will zurück in ihren Turm.«

»Vergiss die Kleine«, rief auch der Blonde und stopfte die Fäden in die Hosentasche seiner Lederhose. Geschickt zog er sich an einem dicken Ast hoch und sprang zu dem Kasten Bier hinüber. An seinen nassen Füßen blieb Erde hängen. »Setz dich hin und trink was.«

»Mhm«, brummte Mister Mexx nur.

Ich atmete tief durch, dann schnappte ich mir meinen Koffer und stapfte weiter – Finja fest zwischen Ohr und Schulter geklemmt. Mich beschlich das ungute Gefühl, Mister Mexx hatte zumindest für einen kurzen Augenblick meine Unsicherheit gespürt.

# Kapitel 2

Erschreckend viele Menschen hielten mich für unnahbar und distanziert. Gut, eigentlich fast alle. Mit Ausnahme von Finja, die viel zu gut wusste, was in meinem Kopf vor sich ging.

Unschlüssig lief ich vor der kleinen Scheune auf und ab, die sich dicht an dicht an das benachbarte Bauernhaus drängte. Direkt unter der Lüftlmalerei – ein Trachtler mit einer zutraulichen Kuh vor einer Bergkette – schmiegte sie sich an die Seitenwand. Im Gegensatz zum Haus, dessen rote Geranien sich zwischen sorgfältig lackierten Fensterläden zur Sonne streckten, wirkte die Scheune alt. Das Wetter der vergangenen Jahre hatte deutliche Spuren hinterlassen. Gelegentliche Hammergeräusche drangen heraus und übertönten das Gluckern der Wellen, die keine zehn Meter weiter ans Ufer rollten. Das weit geöffnete Tor gab den Blick frei auf einen Herrn um die siebzig, der mit hoher Konzentration an einem kleinen Schränkchen arbeitete. Offenbar reparierte er eine Schublade.

*Reiß dich zusammen, Josefine.* Zumindest ein einziges Mal. Wenn ich hier eine Weile wohnte, musste ich dafür sorgen, dass er mich zumindest nett fand.

»Hallo?«, rief ich, doch er schien so vertieft, dass er mich gar nicht bemerkte.

Ich stellte meinen Koffer vor der Scheune ab und ließ den Rucksack von meinen Schultern gleiten. Eher schlecht als recht fixierte ich ihn auf dem Haltegriff des Koffers und sah mich um. Auf dem See zog gerade der Raddampfer Ludwig Fessler vorbei. Wasser spritzte auf, als sich seine Wellen an den Steinen brachen, die im seichten Wasser lagen. Die Wogen hatten sie über die Jahre glatt geschliffen. Nachdenklich starrte ich sie an. Manchmal fragte ich mich, wie viele Begegnungen, Herausforderungen und Erwartungen täglich auf mich einströmten. Wie viel es davon brauchte, meine Ecken und Kanten irgendwann glatt zu schleifen. Ob meine Zeit hier am Chiemsee dazu beitragen würde. Und ob ich das überhaupt wollte. *Egal.* Mit einem resignierten Seufzen drehte ich mich um.

Die Arbeitsgeräusche in der Scheune hatten aufgehört.

»Hallo?« Vorsichtig spähte ich um die Ecke. »Herr Bachhuber?«

Ächzen ertönte, als sich der Senior aufrichtete. Er presste die Hände in die Hüfte, das Gesicht schmerzverzerrt.

»Brauchen Sie … Hilfe?«, fragte ich zaghaft.

Nicht, dass ich hätte helfen können. Aber im Notfall würde ich einen Arzt rufen.

»Aaaah.« Ein Lächeln überdeckte den Ausdruck von Schmerz für einen kurzen Moment. Langsam, sehr langsam, drehte er sich in meine Richtung. »Nein, nein. Komm rein.«

Unsicher griff ich nach meinem Koffer und folgte ihm in die Werkstatt. Holzbalken verliehen der ehemaligen Scheune etwas Heimeliges. Regale zierten die Wände, allerlei Werkzeugkisten stapelten sich darin.

»Peter.« Er hielt mir die Hand hin. Stumm starrte ich auf

die faltige Haut – und auf die Leberflecken, die sich bis zum Handgelenk zogen. »Du musst Josefine sein.«

Ich nickte nur, während ich die Ellenbogen durchdrückte, um ihn beim Händeschütteln auf größtmöglichem Abstand zu halten. Augen zu und durch, so hieß meine Devise bei Körperkontakt.

»Schön, dass du da bist.«

Mein Blick glitt durch den Raum. Endlose Reihen von kleinen Schubladen – ein paar davon geöffnet – offenbarten eine beachtliche Schraubensammlung, und daneben an der Wand lehnten etliche Holzbretter unterschiedlicher Größen. »Ich dachte, du wärst in Rente.«

»Um einzurosten?« Er lachte. »Meine Schreinerei habe ich verkauft. Aber hier in dieser kleinen Scheune repariere ich kaputte Dinge.«

»Möbel?«

»Nicht nur.« Mit einem Nicken wies er hinüber auf eine Ablage, wo die Einzelteile von etwas lagen, das wie eine Uhr aussah. »Es gibt auf dieser Welt nichts, was man nicht reparieren kann.«

»Na ja«, sagte ich wenig überzeugt. *Da wüsste ich so einige Gegenbeispiele.*

Die grauen Augen funkelten, die Stirn legte sich in knittrige Falten, als er die Augenbrauen hob. »Man muss nur das richtige Werkzeug haben.«

*Das Werkzeug, das die falsch verdrahteten Leitungen in meinem Hirn reparieren kann, würde ich gern sehen.*

Peter lächelte, als hätte er meine Gedanken gelesen. »Wo ein Wille ist, ist auch ein Werkzeug.«

»Was reparierst du am liebsten?«

Sein Lächeln bekam einen schelmischen Ausdruck. »Von Liebeskummer gezeichnete Herzen.«

Ich lachte laut.

Peter zwinkerte mir nur zu, dann wies er auf die Tür am anderen Ende der Scheune. Offenbar hatte dort jemand einen Durchgang zum Haus gebaut. »Du möchtest bestimmt erst einmal auf dein Zimmer, oder? Auspacken?«

Wieder nickte ich bloß. Mit einem Nicken machte man selten etwas falsch.

»Hier entlang.«

Ich zuckte zusammen, als er an meine Schulter griff, um mich quer durch den Raum zu schieben. Mit Mühe brachte ich meinen Koffer zwischen uns. Mein Mund war trocken geworden. Ich schluckte leer.

»Vorsicht, lass mich vielleicht lieber vorgehen. Ich habe seit ein paar Tagen einen Hund.«

»Kein Problem«, antwortete ich und drückte die Tür schwungvoll auf, bevor Peter noch einmal näher kommen konnte. »Ich liebe Hu…«

Weiter kam ich nicht. Zeit, den Hund zu inspizieren, der da auf mich zuschoss, hatte ich auch nicht. Alles, was ich sah, war nur ein riesiger schwarzer Schatten. Zwei übergroße Pfoten stießen in meine Schultern, dann krachte ich auch schon rückwärts gegen den Türstock. Mit vollem Gewicht drückte ich mich dagegen, um einen festeren Stand zu bekommen, doch ich rutschte seitlich weg. Mein Versuch, mich an dem Koffer festzuhalten, schlug ebenfalls fehl. Ein Bretterstapel fiel donnernd um, mein Koffer kippte nur eine Sekunde später schräg nach vorne. Ich spürte sein Gewicht auf meinen Fußspitzen, und mir entfuhr ein Keuchen. An dem viel zu glatten Türstock fand ich nicht schnell genug Halt. Schmerz bohrte sich in meinen Nacken und meinen Rücken, in meiner Wirbelsäule spürte ich irgendetwas knacken, dann verlor ich komplett das Gleichgewicht. Panisch ruderte ich mit den Armen, doch meine Füße waren verkeilt unter dem Koffer. Erst als mein Kopf ein zweites Mal gegen den Türstock knallte, gab ich auf. Wie ein nasser Sack fiel ich um. Hart spürte ich den Boden der Scheune unter meinem Hinterkopf.

»Sitz!«, hörte ich Peter schreien.

Doch Sitz war das definitiv nicht, denn keine Sekunde später drückte sich eine Pfote schmerzhaft in meinen Magen. Ich schnappte nach Luft. Riss meine Hände hoch, um sie schützend über mein Gesicht zu legen.

»Sitz!«, versuchte es Peter noch einmal, wenn auch relativ erfolglos, schließlich hörte ich noch immer Pfotentrappeln auf dem gefliesten Boden des Treppenhauses, aus dem der Hund gekommen war.

Kurz wurde es dunkel vor meinen Augen, ein langer Hundebart senkte sich über mein Gesicht. Eine feuchte Nase schnupperte an meiner Stirn.

»Es tut mir so leid, Josefine.« Peter hatte sich mittlerweile zwischen Koffer, Beinen und umgefallenen Brettern durchgekämpft und zog den Hund außer Reichweite. Ein leises Klicken verriet mir, dass er ihn anleinte. Nur Sekunden später tauchte sein Gesicht über mir auf. »Ich helfe dir hoch.«

»Finger weg, ist allein schwer genug«, rutschte es mir heraus, bevor ich es verhindern konnte. An seinem Blick konnte ich sehen, dass er mich längst in dieselbe Schublade gesteckt hatte wie alle anderen Menschen auch. *Grumpy Rapunzel.*

»Okay.« Nur ein kleines Wort. Aber zumindest hörte ich nicht den Hauch einer Kränkung darin, obwohl ich danach suchte.

Ich gab meinem Koffer einen Tritt. Polternd schlitterte er einen Meter nach hinten, und zeitgleich schoss mir ein stechender Schmerz durch den Rücken. Mit Mühe rappelte ich mich auf. Das Stechen trieb mir Tränen in die Augen. Ich biss mir auf die Lippe, so fest ich konnte, um nicht zu schreien. Eine Hand auf den Rücken gepresst, so schob ich mich aufrecht.

»Du hast dich verletzt.« Besorgt musterte Peter mich.

»Ach.« Ich winkte ab, konnte allerdings nicht verhindern, dass meine Unterlippe zitterte.

»Soll ich dich nicht stützen?«

»Nein!«, rief ich. Und es klang um einiges schärfer als beabsichtigt.

»Ich benachrichtige meinen Sohn, der ist Physiotherapeut.« Peter griff in die oberste Tasche seiner Arbeitshose. »Der kann sich deinen Rücken mal ansehen.«

»Was?« Entsetzt sah ich ihn an. »Nein. Nein, nein. Es ist schon alles wieder gut. Hab mich nur ein wenig erschrocken.«

Peter lächelte belustigt und zog das Handy heraus. »Es macht wirklich keine Umstände, keine Sorge.«

»Nein!« Meine Stimme klang panisch.

»Er hat Zauberhände«, versuchte es Peter noch einmal. »Versprochen.«

»Grandios«, presste ich zwischen geschlossenen Zähnen heraus, um mir nicht anmerken zu lassen, dass die Schmerzen in meinem Rücken mich beinahe übermannten. »Aber ist echt nicht nötig.«

»Josefine …«

»Nein«, sagte ich und versuchte, meiner Stimme einen starken, entschlossenen Klang zu geben. »Ich brauche keinen Physiotherapeuten.«

»Lass wenigstens den Koffer unten stehen.« Peter betrachtete mich nachdenklich. »Der sieht schwer aus. Mein Sohn trägt ihn nach oben, wenn er nach Hause kommt.«

»Danke.« Ich zwang mich zu einem Lächeln.

Mit einem verlegenen Räuspern deutete Peter auf den Riesenschnauzer, der nun am Geländer der Holztreppe angebunden war. Wie ein Schatten zeichnete er sich vor dem dunklen Raum ab. Die Leine zum Zerreißen gespannt, stand er kerzengerade neben einer halbherzig zugemauerten Feuerstelle und regte sich keinen Zentimeter. »Er heißt Klitschko. Mein Sohn Adrian hat ihn so genannt.«

»Klitschko?«, wiederholte ich fragend.

»Wer nicht stark genug ist, den haut er um.«

»Und?« Ein sarkastisches Grinsen konnte ich mir nicht verkneifen. »Besteht eine Chance, dass du das Werkzeug findest, das diesen Hund reparieren kann?«

»Muss ich wohl.« Nachdenklich betrachtete Peter das Tier, das mit Sicherheit so viel wog wie ich. »Er wurde im Tierheim abgegeben. Wegen Überforderung. Im Gegensatz zu vielen anderen Rassen haben sie keinen *Will to please*, deshalb sind sie nicht einfach zu erziehen, diese Riesenschnauzer. Und … außer mir würde ihn vermutlich niemand haben wollen.«

»Nein?«, fragte ich, auch wenn mich diese Tatsache überhaupt nicht überraschte.

»Die Menschen haben verlernt, Dinge zu reparieren.« Peters Stimme klang traurig.

»Mhm«, machte ich nur. Mein Blick flackerte wieder hinüber zu Klitschko, der mich mit seinen wachen Augen zu röntgen schien.

Zugeben würde ich es Peter gegenüber nie, doch der Riesenschnauzer schüchterte mich ein. Jeder Muskel war gespannt wie eine Feder. Bereit zum Sprung. Seinen Kopf hielt er hoch erhoben, die Ohren nach vorn geklappt. Die aufrechte Haltung ließ ihn noch größer wirken, als er ohnehin schon war.

»Hochintelligente Tiere«, sagte Peter, ohne seinen Blick von dem Hund abzuwenden. »Wachsam und furchtlos. Gleichzeitig auch sehr sensibel.«

Sensibles konnte ich nicht wirklich an diesem Hund entdecken, so lange ich ihn auch anstarrte. Eigentlich liebte ich Hunde. Eigentlich ... Die flauschigen, kuscheligen Wesen mit ihren feuchten Nasen, die treuherzig zu mir aufblickten. Die meine Hände schleckten und ihren Kopf an meine Beine drückten, bis ich ihnen durch das weiche Fell strich. Aber dieses rüpelhafte Energiebündel?

»Ich schätze, man kann ihn nicht streicheln, oder?«, mutmaßte ich und musste selbst grinsen. Denn der Gedanke kam mir ähnlich abstrus vor, wie einen von den Hells Angels zu fragen, ob ich ihn streicheln durfte.

»Riesenschnauzer mögen keinen Körperkontakt zu Fremden«, erklärte Peter – und ich stutzte. »Auch etlichen anderen Hunden geht das so. Bei Riesen ist das besonders ausgeprägt. Als Grobmotoriker pöbeln und rempeln sie mal gern, aber sehen keinen Sinn darin, mit jemandem zu kuscheln, den sie nicht kennen.«

»Ach«, antwortete ich wenig geistreich. So unähnlich waren Klitschko und ich uns wohl doch nicht. Unsicher warf ich ihm einen Blick zu. Meine Neugierde ihm gegenüber war geweckt, wobei sich Neugierde bei mir deutlich von Sympathie unterschied.

»Ihr werdet schon noch Freunde«, sagte Peter – und wirkte dabei, als glaubte er seinen eigenen Worten nicht. Wirklich ermutigend.

»Und wenn nicht?«

Peter deutete den Gang entlang nach hinten in Richtung einer kleinen Kommode, über der ein Spiegel hing. Rechts und links konnte ich Zimmertüren erahnen.

»Vor dem früheren Arbeitszimmer meiner Frau …« Er stockte. Vor seinem inneren Auge schienen Erinnerungen aufzuploppen, bevor er sich verbesserte. »… Exfrau … ist ein Hundegitter. Da setze ich ihn meistens rein, wenn Besuch da ist. Ich werde dafür sorgen, dass ihr beiden nicht noch einmal unkontrolliert zusammenstoßt.«

Ich zeigte auf die Treppe. »Ich schätze, mein Zimmer ist oben?«

Peter nickte. »Erster Stock, das zweite Zimmer links.«

*Perfekt. Hauptsache, so weit wie möglich weg von diesem Vieh.*

»Ich mache mich schnell frisch, in einer halben Stunde kann ich anfangen«, sagte ich. »Also, wie abgemacht, meine ich. Im Haushalt helfen.«

»Heute und morgen ist Wochenende, da bist du mein Gast. Ab Montagabend kann ich ein wenig Hilfe gebrauchen.« Peter sah mich gutmütig an. »Aber jetzt komm erst einmal in Ruhe an.«

Ich bedankte mich, dann erklomm ich die Treppe. Mit jedem Schritt bohrten sich Schmerzen wie Nadelstiche in meinen Rücken. Unauffällig hielt ich mich am Geländer fest, als ich mich ganz langsam, Stufe für Stufe die hölzerne Treppe hinaufquälte. Das Holz knarrte unter meinen Füßen, und ich fürchtete, nie mehr oben anzukommen. Tapfer setzte ich Fuß vor Fuß, dem heimeligen Geruch nach Waschpulver und Weichspüler entgegen. Und ohne mich umzudrehen, spürte ich den wachsamen Blick des Riesenschnauzers zwischen meinen Schulterblättern.

# Kapitel 3

Ich wusste nicht mehr, wie lange ich von der Couch aus auf das gegenüberliegende Regal gestarrt hatte, an dem etliche Pflanzen rankten. Efeutute, Philodendron, blaue Passionsblume. Mein Blick hatte sich am Regal festgekrallt wie die Kletterpflanzen, in dem Versuch, mich so wenig wie möglich zu rühren. Jede Bewegung schmerzte. Auch die Hexenschuss-Übungen, die ich mir vorhin per Handy aus einem YouTube-Video abgeguckt hatte, waren erfolglos geblieben. Ich drehte mich zur Uhr, die an der Wand hing, und unterdrückte einen Schmerzensschrei.

*Verdammt noch mal.* Ich war doch keine achtzig!

Schwere Schritte erklommen die Treppe. Ein dumpfer Laut verriet mir, dass jemand meinen Koffer vor der Zimmertür abgestellt hatte.

»Josefine?«, rief eine raue, tiefe Stimme. Ein Klopfen folgte. »Ich bin Adrian, Peters Sohn.«

*Stille.*

Ich bewegte mich keinen Zentimeter, lauschte nur angestrengt in den halbdunklen Raum, der durch die orangefarbenen Vorhänge einen warmen Schimmer bekam.

»Hier wäre dein Koffer.« Adrian pausierte kurz. »Dad sagte, du hast dich verletzt. Wenn du magst, kann ich mir deinen Rücken mal ansehen.«

*Nein, ich mag nicht.* Ich biss die Zähne zusammen, als sich erneut ein Schmerz in meine Rückenmuskulatur bohrte. Ohne Vorwarnung und mit voller Wucht.

»Josefine?« Erneut klopfte Adrian.

Wieder stiegen Schritte die Treppe hinauf, diesmal erheblich langsamer. Es schien Peter zu sein. Ich erkannte seine Stimme, als er sprach. »Vielleicht schläft sie.«

»Um fünf Uhr nachmittags?«

Peter antwortete nicht sofort. »Sie stammt aus Berlin«, hörte ich ihn schließlich sagen. »Nach der langen Zugfahrt wird sie erschöpft sein.«

»Fürs Protokoll: Ich war dagegen, das Zimmer auszuschreiben«, knurrte sein Sohn.

»Adrian.«

Meine Nackenhaare stellten sich auf. Da war aber jemand angepisst. Die Frage war nur, wieso. Ich drehte den Kopf vorsichtig zur Seite, um die gedämpften Stimmen zu verstehen, die kaum lauter durch die Tür drangen als ein Flüstern.

»Im Ernst.« Adrians leise Stimme bekam einen scharfen Ton. »Ausgerechnet jetzt musst du Hotel spielen? Das bleibt wieder an mir hängen, wetten? Ich habe keinen Bock, jeden Tag den Rücken von einer zu massieren, die auf Urlaub, Spaß und womöglich einen heißen Flirt spekuliert. Wir haben gerade echt andere Probleme.«

»Adrian!«, flüsterte Peter ärgerlich. »Wenn du auf jemanden wütend bist, dann bitte auf mich. Ich habe das Zimmer ausgeschrieben, sie hat sich gemeldet. Ich kann ein wenig zusätzliche Hilfe gebrauchen.«

»Ausgerechnet jetzt?«

»Ja.« Peter seufzte. »Ausgerechnet jetzt.«

»Ach«, fauchte Adrian genervt. Keine Sekunde später polterten seine Schritte auch schon die Treppe hinunter.

Peter folgte ihm ein paar Augenblicke danach. Die Treppenstufen knarrten unter seinen Füßen.

Gott! Wie ich mich dafür hasste, die beiden gerade belauscht zu haben. Mir graute vor einem Zusammentreffen mit ihm. Hoffentlich kam er nur selten zu Besuch.

Meine Fingerkuppen gruben sich in den weichen Stoff der Couch, als ich meine Beine von den Sitzpolstern gleiten ließ und mich Zentimeter für Zentimeter aufrichtete – peinlichst darauf bedacht, nicht zu schreien. Ich presste mir die Faust an den Mund, und erst als mir keine Flüche mehr einfielen, wagte ich ein paar kleine Schritte in Richtung Tür. Fabelhaft. Ich war eine Giraffe. Eine Giraffe, der man einen Spazierstock in den Hals gesteckt hatte. Mit steifem Nacken erreichte ich die Tür. Lautlos zog ich sie auf und griff nach meinem Koffer. Mit einem energischen Ruck wollte ich ihn gerade über die Schwelle hieven – da explodierte der Schmerz in meinem Rücken. Ein Schrei kam aus meinem Mund, bevor ich es verhindern konnte.

»Jetzt hat sie gemerkt, dass sie nicht mehr in Berlin ist, sondern in unserem Kuhdorf«, brummte Adrian in der unteren Etage. »Und schreit vor Entsetzen.«

»Wirst du wohl höflich zu ihr sein!«, zischte Peter. »Sei so lieb und sieh nach, ob alles okay ist.«

Ein Grummeln antwortete ihm, kurz darauf erspähte ich durch die Zwischenräume der Holzlatten bereits eine Hand, die über das Treppengeländer glitt. Eine Sekunde später bog er auch schon um die Kurve.

»Du?«, fragte ich ungläubig.

Kein Geringerer als Mister Mexx sprang die restlichen Stufen hinauf und stockte. Seine Züge wurden weicher. Er musterte mich mit belustigtem Blick. »Na so was. Grumpy Rapunzel. Enttäuscht, dass wir kein Turmzimmer haben?«

»Ich …«, setzte ich an, doch in meinem Kopf fand ich nichts als Leere. »Also …«

»Hat dich der Prinz zu fest an den Haaren gezogen, oder warum schreist du so?«

Bockig verschränkte ich die Arme vor der Brust. »Ich hatte einen Albtraum.«

»Wovon?«

»Von dir.«

»Wie witzig.«

Adrian schob mich zurück in mein Zimmer. Bevor ich wusste, wie mir geschah, hatte er bereits die Tür hinter sich geschlossen. Unsicher starrte ich ihn an. »Was wird das?«

»Ich sehe mir deinen Rücken mal an.«

»Ach, das«, antwortete ich und winkte ab. Mein Lächeln zuckte heftig, als die Bewegung einen gewaltigen Schmerz durch meinen Rücken schickte. »Nicht der Rede wert. Hab mich vorhin an ein paar Dehnungsübungen versucht. YouTube und so. Ist schon wieder vorbei.«

Adrian sah nicht wirklich überzeugt aus. »Okaaay«, machte er langsam. »Sieht nicht so aus.«

»Ich weiß.« Ich versuchte, so gut es ging, den Schmerz zu überspielen. Mit wenig Erfolg. »Die schlechte Haltung habe ich schon seit Jahren. Ich war schon immer so.«

Ein prüfender Blick scannte mich von oben bis unten. Dann zuckte er die Schultern. »Sieht anstrengend aus, du zu sein.«

»Ist es.«

Kopf und Rücken starr in eine aufrechte Position gedrückt, so trat ich zur Seite. Auf Adrian musste ich wirken wie eine Marionette. »Hilfst du mir mit dem Koffer?«, fragte ich und biss mir sogleich auf die Lippe. Es fühlte sich erniedrigend an, Adrian um Hilfe zu bitten.

Er starrte mich an. Sichtlich amüsiert, dass ich auf ihn angewiesen war.

»Bitte«, fügte ich unsicher hinzu.

»Wegen Rücken und so.«

»Nein. Wegen Gentleman und so.«

Seufzend schob er den Koffer in mein Zimmer, den Rucksack warf er auf das Sofa. »Ausräumen kannst du alleine, nehme ich an.«

Ich räusperte mich verlegen. »Ja. Danke … Danke dir. Also … fürs Koffertragen.«

Adrian nickte nur. »Es gibt Abendessen«, sagte er. »Auf der Terrasse.«

Abendessen? Mit Adrian und Peter? Allein der Gedanke, mich mit diesen Schmerzen die Treppe hinunterzuquälen, ließ mich schaudern. Die Aussicht, Adrian gegenüberzusitzen, noch mehr. Immerhin hatte er sich gerade noch über die Anwesenheit einer Fremden im Haus aufgeregt. »Na ja, ehrlich gesagt …«

»Wir vergiften dich schon nicht«, gab er mit einem Schulterzucken zurück. »Das mit dem Gift war Schneewittchen, nicht Rapunzel.« Dann drehte er sich wortlos um und verschwand über die Treppe nach unten.

»Josefine?«, hörte ich Peter rufen. »Du hast sicher Hunger von der langen Fahrt. Komm zu uns.«

»Sofort!« Ich ging vor meinem Koffer in die Hocke. Das Taschentuch, das ich mir an den Mund presste, erstickte mein Keuchen. Es dauerte eine Weile, bis ich gefunden hatte, was ich suchte: Schmerzmittel. Zum Glück hatte ich auf Reisen immer ein Päckchen dabei, falls mich Periodenschmerzen überraschten. Ich nahm gleich zwei Tabletten auf einmal, spülte sie mit dem restlichen bisschen Wasser hinunter, das ich aus meiner fast leeren Flasche quetschte, dann wagte ich den Weg nach unten. Meine Schritte noch langsamer als Peters, aber immerhin.

Unsicher trat ich durch die Terrassentür ins Freie.

Ein märchenhafter kleiner Garten erwartete mich. Die Beete quollen über mit Blumen aller Sorten, Bäume spendeten Schatten. Hinter dem hölzernen alten Gartenzaun bot sich eine atemberaubende Aussicht über den Chiemsee, der so frisch und strahlend in der Sonne lag, als könnte mich ein Anblick wie dieser von meinen Schmerzen erlösen. Und links, umhüllt und beschützt unter einem Dach von dicht wachsendem Wein, gab es eine Sitzgruppe.

»Setz dich.« Peter strahlte mich an, als ich näher kam. Doch er und Adrian waren nicht allein.

»Kennen wir diese märchenhafte Schönheit nicht?«, fragte der schlaksige Kahlkopf und tauschte belustigte Blicke mit den anderen.

»Das ist Josefine«, klinkte Peter sich ein. »Sie wohnt für eine Weile hier und geht mir ein wenig zur Hand. Josefine, das sind meine drei Söhne.«

*Oh nein.* Meine Miene offenbarte hoffentlich nichts von meinem Schock.

»Adrian …« – Peter zeigte auf Mister Mexx, bevor sein

Finger auf den Kahlkopf wies – »Nico, mein Ältester« – und schließlich auf der Schulter des blonden Lockenkopfes zum Liegen kam – »… und der jüngste: Leon.«

»Freut mich«, presste ich heraus.

»Merkt man.« Nico zog belustigt eine Augenbraue hoch.

»Nico«, zischte Peter.

»Ist doch alles gut«, warf ich tapfer ein. Vorsichtig, mit der Souveränität einer Schaufensterpuppe, ließ ich mich auf einen Stuhl gleiten.

Zu meinem Erstaunen traf mich ein fürsorglicher Blick von Adrian. »Du hast Schmerzen. Soll ich mir deinen Rücken nicht doch ansehen?«

Leon lachte. Es klang kindlich, eine Spur Unsicherheit hörte ich ebenfalls heraus. »Ist da jemand zum Softie geworden?«, zog er Adrian auf.

»Och«, schaltete sich Nico ein. Sein selbstbewusster Tonfall, gepaart mit einem kecken Grinsen, stachelte Leon nur zu mehr Gelächter an. »Nackte Rücken würde ich mir auch jederzeit ansehen. Und wenn man schon mal dabei ist, kann man ja auf Nummer sicher gehen und ein paar mehr Körperteile …«

»Schluss!«, schimpfte Peter ärgerlich. Und um einiges leiser, kaum hörbar: »Ich hab die Retourkutsche verstanden. Lass zumindest meine Gäste in Ruhe.«

»Aber …«, setzte Nico an.

»Merkst du, wie verletzend das für Josefine ist?«, fragte Peter leise. »Der Grat, auf dem du da wandelst, ist verdammt schmal.«

Nico winkte ab. Einen kurzen Moment lang glomm etwas Freundliches, ja beinahe Fürsorgliches in seinen Augen auf, als er Peters Blick erwiderte. »Ich hab doch nur Spaß gemacht.«

Peter seufzte. »Schon gut.«

Adrian räusperte sich, als er meinen Blick auffing. Fragend hob er die Augenbrauen. »Also?«

Ich sah schnell weg und starrte stattdessen auf das Windlicht in der Mitte des Tisches. Seine Flamme flackerte sanft im Abendwind. »Meinem Rücken könnte es fantastischer nicht gehen, danke.«

Nico grinste. »Grumpy Rapunzel hat Angst, dass du ihr ein paar Haare ausreißt.«

»Hast du nicht gehört, was Dad gesagt hat? Ist gut jetzt.« Adrian schnaubte durch die Nase.

Der Blick, den Nico in Adrians Richtung warf, war messerscharf. Vermutlich ließ sich Nico als ältester Sohn nicht gerne von ihm zurechtweisen. Für einen Moment knisterte die Luft. Leon schien davon nichts mitzubekommen. Seine Beine zappelten unruhig unter dem Tisch, die Augen hielt er auf die Pfanne gerichtet, nach der Adrian nun griff, um sich ordentlich aufzuladen. Der Geruch nach gerösteten Knödeln und Rührei stieg mir in die Nase.

»He!«, protestierte Leon sofort. »Lass uns auch noch was, Mann.«

Da schaltete sich Peter ein. »Wo sind eure Manieren? Gäste nehmen sich zuerst. Punkt.«

»Nein, nein, ich warte«, wehrte ich ab. Auf keinen Fall wollte ich zwischen die Fronten geraten. »So viel Hunger hab ich nicht. Kein Problem.«

Nico tauschte amüsierte Blicke mit Leon. »Vermutlich ist sie eine von denen, die sich nur von Gurkensticks ernähren.«

Ein warnender Blick von Peter traf ihn, und er schwieg.

Leon kramte unauffällig in seiner Hosentasche. Gerade sortierte er ein paar Fäden, da zischte Peter auch schon: »Sei nicht albern, steck das weg. Keine Dumme-Jungen-Streiche, wenn Gäste im Haus sind.«

Genervt stopfte Leon die Fäden wieder zurück in die Hosentasche – und mit ihnen die dicke schwarze Plastikspinne, die beim Einholen der Schlingen langsam über den Terrassenboden zurück in seine Tasche wanderte.

Ernsthaft? Streiche – in seinem Alter?

»Anfänger!«, formte Adrian mit den Lippen und grinste Leon zu, der mit seiner Gabel schlecht gelaunt eine Scheibe Knödel malträtierte.

Ich wurde das Gefühl nicht los, dass mich noch jemand beobachtete. Zwischen meinen Schulterblättern spürte ich einen Blick, dessen Schärfe notfalls ein kreisrundes Loch in meinen Rücken hätte sengen können. Da war ich sicher. Vorsichtig drehte ich mich um – und blickte genau in die dunklen Augen des Riesenschnauzers, der wie eine Statue auf einer Decke saß und mich mit Argusaugen beäugte.

»Er ist angeleint.« Peter schenkte mir einen aufmunternden Blick.

»An der Rankhilfe vom Wein, die man nur anpusten müsste, damit sie zusammenstürzt.« Leon verdrehte die Augen, ohne lange von seinem Teller aufzusehen, und mir versetzte es einen Stich in den Magen.

»Aber das weiß der Hund ja nicht«, antwortete Adrian mit einer Seelenruhe.

Unbehaglich rutschte ich auf meinem Stuhl herum. Mein Blick flog zum Wein. Irgendjemand hatte Lichterketten um die Rankhilfen gewickelt. Ihr Schein tauchte den Esstisch in ein heimeliges Licht. Erpicht darauf war ich trotzdem nicht, dass mir Wein und Lichterketten um die Ohren flogen. Die kuschelige Gartenlaube erwies sich als genauso fragil wie die gemütliche Atmosphäre dieser Familie. Hoffentlich blieb das Vieh, wo es war.

Die drei Brüder hatten sich inzwischen alle am Essen bedient, da schob Peter mir die Schüssel hin.

»Soll ich dir auch gleich aufladen?«, fragte ich und sah zu Peter hinüber.

»Schleimer«, murmelte Nico mit einem freundschaftlichen Zwinkern in meine Richtung, und Leon grinste mal wieder.

»Nein, nein, nimm erst einmal dir.« Peter blieb ruhig, doch die Art und Weise, wie er Nico fixierte, schickte sogar mir einen Schauer über den schmerzenden Rücken.

Ich bemühte mich, keinerlei Notiz von den beiden zu nehmen. Nico zielte ohnehin nur darauf ab, Leon zum Lachen zu bringen. Der große Bruder, Held und Vorbild eben. Was auch immer Nico darunter verstand …

Mit einem tiefen Atemzug griff ich nach der Schüssel, aus der es verführerisch dampfte und duftete. Das röstige Aroma von Kartoffelknödeln stieg mir in die Nase, der weiche Duft von Rührei gesellte sich schüchtern dazu. Ich hob sie an und ließ sie sogleich wieder fallen. Mir entfuhr ein Stöhnen. Die Schmerzmittel wirkten noch nicht. Meine Finger krallten sich an ihrem Rand fest, unfähig, sie noch einmal hochzuheben.

Seufzend nahm mir Adrian die Schüssel aus den verkrampften Fingern und lud mir meinen Teller voll. »Liebe Grüße von deinem Rücken, dem es fantastischer nicht gehen könnte.« Der Blick, der mich jetzt traf, schien mich beinahe zu durchbohren.

»Ich bin müde von der Fahrt«, versuchte ich mich rauszureden. »Und die Schüssel ist schwer.«

»Oh ja.« Er nickte. »Fünfzig Kilo bestimmt.«

Das Gelächter seiner beiden Brüder antwortete ihm. Adrians schuldbewusster Blick flog zu Peter, doch der kam nicht zu Wort, da Nico sich die Essensschale schnappte und so tat, als scheiterte er an dem Versuch, sie mit aller Macht hochzustemmen. *Kindsköpfe.* Ihre Gesichter verzogen sich unter dem lauten Lachen.

Nur Adrian lachte nicht. »Sorry, ist mir rausgerutscht«, murmelte er. »Taub ist aber nichts, an den Beinen zum Beispiel?«

Ich schüttelte nur den Kopf.

Er drückte mir Besteck in die Hand. »Egal, was das Problem ist – Essen ist immer eine Lösung.«

Mit einem lauten Hupen schipperte das Ausflugsschiff MS Edeltraud an uns vorbei und ersparte mir eine Antwort. Sehnsüchtig warf ich einen Blick auf die Berggipfel, die am anderen Ufer des Chiemsees gen Himmel ragten. Wie gern wäre ich jetzt dort. Weit weg von dieser Gartenlaube.

»Guten Appetit allerseits.« Peter rutschte energisch näher an den Tisch heran. »Und jetzt will ich nichts mehr hören.«

»Guten Appetit«, sagte ich und widmete mich meinem Teller. Vorsichtig balancierte ich einen Löffel des köstlich duftenden Knödelgröstls zu meinem Mund.

»Du bist Studentin, sagtest du am Telefon?«, wandte sich Peter mir zu. »Was studierst du denn?«

»Germanistik.«

»Germanistik!« Seine Augen leuchteten. »Die deutsche Sprache steckt voller Wunder und Geheimnisse.«

»Ähm, ja, das tut sie.« Vermutlich. Mitbekommen hatte ich davon nichts. Die Vorlesungen hatte ich wahlweise damit verbracht, in der letzten Reihe des Saals Pistazienkerne zu knacken, mit den Leuten um mich herum zu quatschen oder Nachrichten an Finja zu schicken. Der Grund, warum ich mich für dieses Fach entschieden hatte, lag vor allem darin, dass es am weitesten von dem entfernt war, was meine Eltern für mich geplant hatten.

»Worte …«, setzte Peter an.

»Haben eine Macht, die alles übersteigt«, säuselte Nico und stopfte sich eine große Gabel Rührei in den Mund. »Da hast du ja jetzt die richtige Gesprächspartnerin gefunden, Dad.«

»Ich glaube auch.« Er strahlte, doch ich strahlte nicht zurück.

Ich schob mir noch eine große Gabel gerösteter Kartoffelknödel in den Mund. Mein Studium hatte ich die letzten zwei Jahre lang ertragen, weiter nichts. Hatte in der Nacht vor den Prüfungen viele Dinge auswendig gelernt, um sie in der Klausur auszukotzen und gleich wieder zu vergessen. Jemand, mit dem man über die deutsche Sprache schwärmen konnte, war ich definitiv nicht.

»Ist der von dir?«, fragte ich stattdessen und zog den kleinen zerknitterten Zettel aus der Hosentasche. Ich strich ihn glatt und hielt ihn Peter entgegen. »Wo Worte sind, ist eine Welt …? Den hab ich im Bus gefunden.«

»Ja.« Peter nickte mir freudig zu. »Ich habe mehrere Briefkästen. Ein paar davon mit Sprüchen und Weisheiten, die ich mir ausdenke. Jeder, der mag, kann sich was davon rausnehmen.«

»Freaks«, murmelte Nico.

Obwohl er dabei grinste, gab es mir einen Stich in den Magen.

Er schob sich ein wenig Rührei auf seine Gabel und zwinkerte Leon zu, der bereits ein Lachen unterdrückte. »Freaks, die mit ihrem Leben nicht zurechtkommen, weil sie ... Au! Wer war das?« Bitterböse starrte er seinen Vater an.

»Egal wer«, antwortete Peter trocken. »Meinen Segen hat er.«

»Oder sie.« Nico starrte mich an, und ich stockte mit der Gabel auf halbem Weg zum Mund.

»Sei nicht albern«, schaltete sich Peter ein. »Josefine hat nichts gemacht.«

»Hätte ich aber gern«, murmelte ich, mehr zu mir selbst.

Nur Adrian schien es verstanden zu haben – und grinste schief.

»Du übertreibst es heute wirklich«, zischte Peter Nico unauffällig zu. Ein besorgter Blick flog in meine Richtung. »Was ist nur los mit dir?«

Nico zuckte die Schultern. Sein Ausdruck war weich geworden. »War nicht böse gemeint, ich hab nur ...«

»Man möchte meinen, ich hab euch überhaupt nicht erzogen.«

»Hast du auch nicht. Warst ja nie zu Hause.«

Peter sog scharf die Luft ein. »Erst denken, dann sprechen.«

»Eine schöne Idee«, sagte ich laut. »Das mit den Briefkästen.«

»Sprache ist sein liebstes Werkzeug.« Leon verdrehte die Augen.

»Man muss sie pflegen, damit sie tut, was sie soll.« Peter zwinkerte mir zu. Mit sichtlicher Mühe schüttelte er die Auseinandersetzung mit Nico ab. »Regelmäßig ölen. Ihre künstlerische und ihre ursprüngliche Seite gleichermaßen wertschätzen.«

»Am ursprünglichsten ist die deutsche Sprache, wenn man das dritte Bier gekippt hat«, bemerkte Adrian.

»Was wir heute Abend gleich mal austesten könnten.« Leon hob sein Wasserglas und prostete ihm zu. »Ein Feldexperiment für Grumpy Rapunzel.«

»Ach, Jungs.« Peter seufzte.

# Kapitel 4

Zugegebenermaßen war ich froh, als sich Peters Söhne nach dem gemeinsamen Abwasch – *Bleib sitzen, Josefine, heute bist du hier zu Gast*, darauf hatte Peter bestanden – verabschiedeten. Nico salutierte mit einem überlegenen Grinsen zum Abschied, von Leon bekam ich nur ein genuscheltes »Servus«, dann verschwand auch er in die Nacht. Nachdenklich sah ich den beiden Schatten hinterher, die mit jedem Schritt mehr von der Dunkelheit verschluckt wurden. Ich fing Adrians Blick auf, doch zu meiner Überraschung schloss er das Gartentürchen hinter seinen Brüdern. Schwärze hatte sich über den Chiemsee gelegt, nur ein paar einsame Lichter aus den Fenstern der Fraueninsel reflektierten auf den Wellen.

»Ach, du bleibst noch hier?«, folgerte ich und stemmte mich von meinem Gartenstuhl hoch.

»Enttäuscht?« Grinsend hob er das Windlicht vom Tisch und löschte die Kerze.

Ich antwortete nicht. Aus meinem Mund kam nur ein Grunzen, dann folgte ich ihm durch die Terrassentür ins Haus. Was wollte er denn noch hier? Der Tisch war abgeräumt, der Abwasch gemacht, Peter hatte sich vor ein paar Minuten schon ins Bett verabschiedet …

»Ich verspreche, nicht allzu laut zu schnarchen.«

Plötzlich war ich hellwach. »Du bleibst über Nacht?«, fragte ich so entsetzt, dass Adrian lachen musste.

»Du musst nicht das Bett mit mir teilen, falls dich das beruhigt.«

»Aber …«

»Und auch nicht das Zimmer. Ich bin nebenan.«

*Na toll.* Ausgerechnet der Physiotherapeut.

Im Treppenhaus griff ich nach dem Geländer. Mühsam zog ich mich Stufe für Stufe nach oben. Wenn die Schmerzen zu stark wurden, blieb ich stehen und tat so, als bewunderte ich die Gemälde. Allesamt Landschaftsmalereien, größtenteils vom Chiemsee. Unsicher strich ich über die grobe Steinwand, bevor ich einen nächsten Schritt wagte. Zu meinem Erstaunen passte sich Adrian meinem Tempo an.

»Bist du zu Besuch?«, fragte ich und sah ihn dabei nicht an. Ich glaubte, die Antwort bereits zu kennen. »Oder wohnst du hier?« *Wo du dich ins gemachte Bett legst und durchfüttern lässt.*

»Ich wohne hier.«

*Wusste ich's doch.*

»Und solange ich auf Jobsuche bin, werde ich auch noch hierbleiben.«

»Ah«, machte ich. »Lass mich raten: Man hat dich gekündigt, weil du reihenweise deinen Patientinnen und Patienten alle Knochen gebrochen hast. Ich hatte schon recht, dich nicht an meinen Rücken zu lassen.«

»Woher weißt du das?« Wieder flog ein Grinsen über sein Gesicht. »Gebrochene Knochen, gesplitterte Wirbelsäulen. Ich habe ganz schön gewütet.«

»Na siehst du.«

»Man munkelt, ein Patient hat die Praxis sogar ohne Rückgrat verlassen.«

»Ach was.«

»Im Ernst.« Er drehte sich zu mir um und blieb einen Moment stehen. »Ich war ein Jahr auf Weltreise. Vor zwei Wochen bin ich erst zurückgekommen.«

Was die Dinge nicht wirklich in ein besseres Licht stellte. Ein gehätschelter Sohnemann auf Weltreise. Und danach? Von Papa schön verwöhnen lassen. Seufzend nahm ich die nächste Stufe, und Adrian tat es mir gleich.

»Ich hätte die Chance gehabt, wieder nahtlos bei meinem alten Arbeitgeber einzusteigen. Und die Wohnung zu beziehen, in der ich davor gelebt habe.« Ein Zögern unterbrach seinen Redefluss. »Aber ich wollte lieber noch ein wenig Pause. Und hier wohnen.«

*Weil du da nicht selber kochen musst.* Ich starrte Adrian an. Womöglich räumte ihm Peter sogar sein Zimmer auf. Doch ich schwieg.

»Alles gut bei dir?«, fragte er. Wieder hörte ich diese Fürsorge in seiner Stimme, die ich ihm gar nicht zugetraut hätte.

»Danke«, erwiderte ich und lächelte. Noch einmal blieb ich stehen. Mit dem freien Arm zeigte ich auf eines der Ölgemälde, die im Treppenhaus verteilt hingen. »Ich sehe mir nur die Bilder an.«

»Schaut ihr euch oft Gemälde an, dein Rücken und du?«

Ich schnaubte statt einer Antwort.

»Schon gut, Grumpy Rapunzel.« Er hob abwehrend die Hände. »Bin schon still.«

Oben am Treppenabsatz angekommen, drehte ich mich

nach links, doch Adrian machte keine Anstalten, in sein Zimmer zu gehen.

»Ist noch was?«, fragte ich, während ich mich in Zeitlupe wieder zu ihm umdrehte. Meinen kompletten Körper, nicht nur den Kopf.

»Winklweg 43.«

Verständnislos starrte ich ihn an. »Was?«

»Allerdings öffnen die erst wieder am Montag um acht.«

»Wer?«

»Eine Physiotherapie-Praxis.« Er hob die Augenbrauen. »Wenn es an mir liegt, kannst du deinen Rücken dort behandeln lassen.«

Ein paar Sekunden dauerte meine Verblüffung, dann hatte ich mich wieder im Griff. »Und die brechen mir keine Knochen?«, fragte ich und schickte ein schiefes Grinsen hinterher.

»Eventuell schon. Aber die haben Sekundenkleber vorrätig und regeln das.«

Meine Zimmertür quietschte ein wenig, als ich sie öffnete. Ich biss mir auf die Zunge. Auf einer Liege liegen. Ein fremder Mensch, der sich über mich beugte. Egal wer … Nur über meine Leiche. Mit erhitzten Fingern tastete ich nach dem Lichtschalter. »Klingt großartig.«

»Ich weiß. Immer eine Empfehlung wert.« Mit einem Schulterzucken verschwand Adrian nun doch in seinem Zimmer und zog die Tür hinter sich zu.

Ich brauchte ein wenig länger, bis ich mich endlich stocksteif und keuchend auf das Bett gleiten ließ. Wo ich sofort das Handy aus der Hosentasche kramte.

»Hier spricht der Schokoladenpudding?«, meldete sich Finja nuschelnd.

»Der Typ wohnt hier, er ist Peters Sohn!«, platzte ich heraus, keine Sekunde nachdem Finja abgehoben hatte. Ein lautes, beinahe gewinseltes »Auaaaaaaaaaaa, verdammt!« folgte kurz danach. Mein Rücken schien bei akuten emotionalen Ausbrüchen stärker involviert zu sein, als ich bisher dachte.

»Was hat dir der Kerl getan?«, brüllte Finja sofort. »Was zur Hölle …?«

»Nichts.« Schwach ließ ich den Kopf zur Seite sinken. »Sorry. Ich wollte dir keinen Schrecken einjagen.«

»Ich muss ihn also nicht töten?« Noch immer hörte sich ihre Stimme so entschlossen an, als würde sie dafür notfalls den Dessertlöffel benutzen. Und Dessertlöffel oder nicht – eine Finja, die ihre beste Freundin verteidigte, war mit jeder noch so unschuldig wirkenden Waffe Furcht einflößend.

Ein Lächeln huschte über mein Gesicht. »Aktuell gibt's keinen Anlass dazu.«

Erleichtert blies sie die Luft aus den Backen. »Warum schreist du dann so?«

»Bin vorhin gestürzt und … keine Ahnung.« Mein Rücken protestierte noch immer. Ich atmete tief ein und aus, um den Schmerz ein wenig zu beruhigen. »Vermutlich ist es ein Hexenschuss.«

»Ein Hexenschuss?«, wiederholte Finja.

»Also, wahrscheinlich ist es einer. Sag du's mir. Du bist schließlich der Profi mit allen möglichen Verletzungen.« Ich lächelte milde. Sofort spürte ich einen Stich in meinem unteren Rücken. Vermutlich die Quittung dafür, dass ich Finja aufzog.

»Aber wie …?«

»Peters Hund ist umwerfend.«

»Ich fasse zusammen ...« Ein Löffel klirrte, sie schob sich etwas in den Mund, Schokoladenpudding vermutlich, und kaute. Moment – konnte man Schokoladenpudding kauen? »Du hast jetzt nicht nur diesen Kerl an der Backe, sondern auch noch einen wild gewordenen Hund.«

»So sieht's aus.« Ich seufzte ergeben. »Und bei dir so? Ich hab beim Essen gestört, oder? Sorry. Doppeltes Sorry, falls es lecker war.«

»Wir sind beim Dessert. Hab mich damit in die Küche verzogen, als ich das Handy vibrieren gespürt habe.«

Eigentlich hatte ich wirklich vorgehabt, Finja heute Abend in Ruhe den Feierlichkeiten ihrer Großmutter zu überlassen. Aber die Erkenntnis, dass ich Tür an Tür mit Adrian wohnen würde, hatte einen Schalter umgelegt. »Mist. Das wollte ich nicht. Echt.«

»Ach.« Finja gab ein Geräusch von sich, das sich anhörte wie ein Grunzen. »Das war eine willkommene Ausrede, in die Küche zu verschwinden und diese schleimigen Klümpchen aus der Dessertcreme pulen zu können. Alle hab ich ohnehin nicht rausgekriegt.«

Ich musste lachen.

Dann wurde Finja wieder ernst. »Versprich mir, dass du mich auf dem Laufenden hältst.«

»Werde ich.«

Nachdem Finja aufgelegt hatte, beantwortete ich schnell eine Nachricht von meinem Bruder (nein, ich hab keine Idee für den Geburtstag von Marie-Luise!), anschließend starrte ich wieder auf das grün bewachsene Regal. Vielleicht war das früher Nicos Zimmer gewesen. Oder Leons. Es fühlte sich komisch an, so hilflos auf einer Couch zu liegen, wo die drei Brüder in ihrer Jugend vielleicht ihr erstes Bier probiert oder über Mädchen gequatscht hatten. Eventuell hatte jemand auf dieser Couch seinen ersten Liebesbrief geschrieben. Ihn vor den Brüdern versteckt. Bilder von der Angebeteten angeschaut. Ein Mädchen geküsst. Sie in eine enge Umarmung gezogen. Festgehalten. Ganz fest. Irgendetwas in meinem Magen drehte sich um die eigene Achse.

Zentimeter für Zentimeter wagte ich mich zur Kante der Couch vor, tastete nach meinem Rucksack und nahm den Brief heraus, den ich aus einem von Peters Briefkästen gefischt hatte.

*Für dich.*

Nachdenklich strich ich über das Kuvert. Der Kugelschreiber hatte tiefe Rillen darin hinterlassen. So als hätte der Schreibende lang darüber nachgedacht, an wen er den Brief adressieren sollte.

Das Papier raschelte, ich zog das gefaltete Blatt heraus. Hübsche Schnörkel verzierten die Ränder, die pastellgelbe Farbe erinnerte mich an das Limoncello-Eis, das Finja und ich eines Nachts um zwei Uhr versucht hatten zu mischen. Und alles, was an Süßigkeiten erinnerte, war gut. Oder nicht?

Neugierig flog mein Blick über die Zeilen.

Hier schien sich die Schrift in der Zeile zu ducken. Die Buchstaben flogen über das Papier, als schämten sie sich für die Worte, die sie formten. Wer auch immer sie geschrieben hatte, hätte die Botschaft des Briefes mit Sicherheit nicht laut ausgesprochen.

*Hallo du.*

*Ja, genau du. Dich meine ich, wen auch sonst? Wir kennen uns nicht. Obwohl ich das vielleicht nicht sagen sollte. Auch wenn mir dein Gesicht fremd ist, bedeutet es noch lange nicht, dass ich dich nicht kenne. Schließlich hast du diesen Brief gerade aus einem Briefkasten genommen, der mir viel bedeutet. Und das heißt, dass es in meinem Herzen Orte gibt, in denen dieselben Wegweiser herumstehen wie in deinem. Ich bin ähnliche Pfade gegangen wie du und weiß, wie steinig so ein verdammter Weg sein kann. Ich habe frustriert gegen alles Mögliche getreten (Steine vermutlich, wenn es steinig war, ja?), hab geweint (hat hoffentlich niemand gesehen) und geflucht. Manchmal gleichzeitig. Auch wenn ich mir sicher bin, dass ich mehr Flüche kenne als du (darauf mein Wort!), so weiß ich doch, dass es immer irgendwie weitergeht. Und genau wie du habe ich das Wort NEIN lernen müssen wie eine Fremdsprache. So kurz es auch ist, so schwierig ist es. Es gibt so viele Arten, ein Nein zu interpretieren, wie es Menschen gibt. Wusstest du das? Je länger ich darüber nachdenke, desto weniger ergibt es Sinn.*

*Nein! = Ja!*
*Neee = Ich will vernünftig überredet werden, bis ich Ja sage!*

*Nope = Tu einfach so, als hätte ich Ja gesagt. Ich werde so tun, als hätte ich nichts bemerkt.*
*Nö! = Fürs Protokoll bitte vermerken, dass ich dagegen war, allerdings will ich niemandem Unannehmlichkeiten bereiten.*
*Kopfschütteln = Du gewinnst ja sowieso. Schon gut, ich geh heulen.*
*Ne-hein! = Ich bin gerade zickig, aber das geht irgendwann vorbei.*
*Never ever! = Ich weiß, dass es Ja heißen müsste, bin jedoch zu stolz, um es zuzugeben.*
*Nein, verdammt! = Ich leide unter einem erhöhten Aggressionslevel, werde aber bald wieder brav sein.*
*N-E-I-N! = Ich bin total wütend. Hören musst du trotzdem nicht auf mich, weil ich gleich einen Herzinfarkt bekomme und mir dann ohnehin alles egal ist.*
*Nur über meine Leiche! = Du machst es am Ende ja doch. Soll ich mich auf ein saugfähiges Tuch legen, damit du nachher weniger putzen musst, wenn du mich erstichst?*

*Deshalb – sei ganz ehrlich: Welches der vielen Neins hast du schon einmal benutzt? Und hat es gewirkt? Spoiler: Bei mir hat keins davon was gebracht. Zumindest nicht bei Nein-resistenten Leuten. Und davon gibt es ganz schön viele. Falls du weißt, was man sagen muss, damit hinter dem Ist-gleich-Zeichen bei jedem beliebigen Gegenüber auch wirklich NEIN steht, gib mir Bescheid. Denn die Wahrheit ist: Ich hab auch keine Ahnung.*

*PS: NEIN, SONST POLIERE ICH DIR DIE FRESSE ist es auch nicht. Schon ausprobiert.*

Ich ließ den Brief sinken und stemmte mich mühsam vom Sofa hoch. Die Fensterscheibe warf den Widerschein der Stehlampe durch das Zimmer, als ich das Fenster öffnete. Kühle Nachtluft drang herein. Eine Weile starrte ich regungslos auf den dunklen Chiemsee hinaus. Betrachtete die goldenen Lichter der nahe gelegenen Fraueninsel und lauschte dem Plätschern der Wellen, die sanft ans Ufer schwappten.

*Nein.*

Das war es. Das Wort, für das ich an den Chiemsee gereist war. Und es gab kaum vier Buchstaben, die mir mehr Angst machten als diese.

»Jetzt oder nie«, murmelte ich.

Leise schlüpfte ich zur Tür hinaus und stahl mich die Treppen hinab. Nach unten. Trotz meines schmerzenden Rückens klappte diese Aktion beinahe lautlos. Langsam, ja. Aber fast lautlos.

Ich öffnete die Haustür nur einen Spaltbreit. Kurz hielt ich inne und lauschte ins Dunkel. Im Haus war nichts zu hören, nur draußen schlichen leise Schritte durch die Nacht. Angestrengt kniff ich die Augen zusammen. Der Silhouette nach schien es Adrian zu sein. Seine hektischen Blicke über die Schulter verrieten, dass er nicht gesehen werden wollte. Kurz darauf knallte eine Autotür. Ein Motor wurde gestartet, und im schwachen Licht des aufleuchtenden Navis bestätigte sich mein Verdacht. Auf dem Fahrersitz des klapprigen Polos, der gerade in einer Geschwindigkeit ausparkte, die ich für gewöhnlich schon zum Anschnallen benötigte, saß Adrian. Sei's drum. Welches Ziel er um diese Uhrzeit anpeilte, interessierte mich eigentlich nicht.

Vorsichtig – oder sollte ich sagen: rückentauglich? – schlüpfte ich hinaus und zog die Haustür mit einem leisen Klicken hinter mir zu.

Der Chiemsee empfing mich mit endloser Schwärze. Boote schaukelten auf den Wellen. Ich erahnte sie mehr, als dass ich sie sah. Um diese Uhrzeit wohnte dem Chiemsee ein besonderer Zauber inne. Die Ruhe, in der das Gluckern der Wellen lauter wirkte als am Tag, übertrug sich auch auf mich. Ein paar Mal atmete ich tief durch, entspannte die verkrampften Schultern. Ich lief durch die Nachtschwärze der Gassen, durchquerte ein kleines Waldstück und kam schließlich am Fuße einer kleinen Anhöhe heraus. Vereinzelt wiesen mir Lichter aus den Fenstern munterer Nachteulen den Weg, als ich eine Abkürzung über einen Feldweg nahm.

Mir entfuhr ein Schrei, als ich im Dunkeln über eine Wurzel stolperte. Doch zum Glück verhallte er ungehört – zumindest hoffte ich das. Eine Hand auf den Rücken und eine auf den Mund gepresst, lief ich weiter. Die Dunkelheit umhüllte mich wie ein Tarnmantel, wenn ich von niemandem gesehen werden wollte. Und sie würde mich ausspucken, sobald ich bereit dafür war.

Zögernd nahm ich die letzten Schritte hinauf zum Nachbardorf. Hier war ich groß geworden. Gleich dort hinten, hinter dem Bauernhof. Da lugte es hervor, das Haus meiner Eltern. Mit dem Garten, in dem meine große Schwester Marie-Luise und mein Zwillingsbruder Tobi sich immer geprügelt hatten. Ja, selbst ein feiner Name wie Marie-Luise machte aus einem Mädchen keine Prinzessin. *Zum Glück*, würde Mama sagen. *Zum Glück*, würde Papa wiederholen und nicken.

Das dritte Fenster von links im ersten Stock war mein Kinderzimmer gewesen. Wozu dieses Zimmer wohl heute diente? Mir gefiel die Vorstellung, dass meine Möbel noch immer an Ort und Stelle standen. Das Bett unberührt. Die Bettdecke zurückgeschlagen, wie ich sie verlassen hatte. Womöglich hing sogar noch ein Poster von Avril Lavigne an der Wand. *Das Poster ist rebellischer als du*, hatte Papa immer gesagt und gelacht.

Plötzlich bemerkte ich, dass meine Füße sich nicht mehr bewegten. Wie angewurzelt stand ich da und starrte zum Haus meiner Eltern hinüber. Hinter den beiden letzten Fenstern im Erdgeschoss – mit Sicht auf den Wald – schnarchte irgendwo mein Vater, meine Mutter blies den Atem beinahe in demselben Rhythmus. *Hffffff*, würde es tönen, wenn ich ihm lauschen würde. *Hfffff*. Sie schliefen, da war ich sicher. Was sollten sie sonst auch tun? Mich vermissen? Garantiert nicht. Schließlich hatten sie noch immer Tobi und Marie-Louise. Eine Tochter mehr oder weniger? Fiel wohl nicht groß auf. Es schmerzte, das gab ich zu. Aber wahrscheinlich schliefen meine Eltern so ruhig, als läge ich direkt im Nebenzimmer. *Hfffff*.

Zwanzig Meter fühlten sich gut an. Aus dieser Entfernung war die Klingel nur ein winziger dunkler Punkt. Der Name darauf nicht lesbar. Und ich wusste genau, dass ich sie ohnehin nicht drücken würde. Weil mich der Mut verließ. Was sagte man, wenn man seine Eltern drei Jahre lang nicht gesehen hatte?

*Nein* war ein gutes Wort. Aber nicht für eine Begrüßung.

# Kapitel 5

»Störe ich?« Unsicher klopfte ich an die offen stehende Scheunentür. An der Chiemseeseite ließ Peter offenbar gern frischen Wind herein.

»In meiner Werkstatt ist diese Frage unnötig.« Lächelnd sah Peter auf. »Du bist jederzeit willkommen. Guten Morgen, Josefine.«

»Guten Morgen.« Ich schnupperte. Der Geruch von Holz lag in der Luft, der Wind blies ein paar Hobelspäne über den Boden. »Woran arbeitest du gerade?«

»An diesem Nachttisch. Eine Schublade klemmt.« Peter legte eine Feile beiseite. »Magst du mir ein wenig zur Hand gehen?«

»Kann ich machen.«

Er lachte amüsiert. »Klar kannst du. Aber das war nicht die Frage.«

»Ich …« Nachdenklich ließ ich mich auf dem kleinen Hocker nieder, direkt neben der Hobelbank. Eigentlich sollte ich nichts Schweres heben. Und mich über die Hobelbank zu beugen, war vermutlich auch keine gute Entscheidung. Die nächsten Tage würde ich genug im Haushalt für Peter erledigen müssen. Das würde mir ohnehin den Rest geben, wenn ich mich weiterhin weigerte, zur Physiotherapie zu gehen.

»Schön, wenn du mir Gesellschaft leistest. Du wirst eine Weile hier wohnen, und ich weiß noch gar nichts über dich.« Peter sah mich an.

»Was willst du denn wissen?«

»Die Frage ist eher: Was willst du erzählen?«

»Ähm …«, setzte ich an, brach jedoch gleich ab. Was wollte ich erzählen? Vielleicht war es gut, als Erstes mit einem kleinen Missverständnis aufzuräumen. *So what?* Peters Gesellschaft fühlte sich ohnehin überraschend vertraut an. Beinahe so, als würde ich ihn schon ewig kennen. »Ich hasse mein Studium«, gab ich zu.

Peter lächelte nur. »Zumindest ist es dir nicht egal, das wäre viel schlimmer.«

»Ja?«, antwortete ich überrascht.

Er nickte. »Wer hasst, der will Veränderung. Und wer Veränderung will, der bleibt in Bewegung.«

»Was fasziniert dich so an Sprache?«, fragte ich. »Wieso denkst du gern darüber nach?«

»Sprache ist Macht.« Peters Blick glitt in die Ferne, hinaus auf den Chiemsee, von wo aus gerade ein sanftes Lüftchen durch die Scheune wehte. »Worte erschaffen, Worte zerstören.«

Unschlüssig wiegte ich den Kopf. »Denkst du?«

»Wenn ich dir versehentlich auf den Zeh steige, tut es dir eine Stunde lang weh. Wenn ich dich beschimpfe, vielleicht ein ganzes Leben.«

»Mhm«, brummte ich nachdenklich. So ganz überzeugt war ich noch nicht.

Noch immer sah Peter auf den See hinaus. Gedankenverloren und ruhig betrachtete er die Fraueninsel in der Ferne.

»Es gibt Worte«, sagte er schließlich, »für die braucht man einen Waffenschein.«

Ich starrte ihn an. »Flüche.«

»Nicht nur.« Peter drehte sich wieder zu dem Nachttisch, hob eine Schublade heraus und legte sie auf die Hobelbank. »Da reichen schon Sätze wie: *Seit du weg bist, geht es mir viel besser.*« Er stand schweigend neben mir, den Blick in der Ferne. Weit weg. Irgendwo bei den Bergen, die so unscheinbar und doch gewaltig den See umrahmten. Und irgendetwas in mir glaubte zu spüren, dass er diesen Satz einmal gehört hatte.

Ich setzte gerade an, etwas Bestätigendes zu sagen, doch Peter war schneller.

»Oder noch so ein Satz«, schob er nach, und plötzlich schien er in Gedanken wieder hier. Bei mir. »*Du taugst nichts.*«

Jetzt gab es mir tatsächlich einen kleinen Stich. Ja, den Satz hatte ich als Kind oft gehört. Meist in Verbindung mit: *Nimm dir ein Beispiel an deiner großen Schwester.* Wie sehr hatte ich es gehasst, mit jemandem verglichen zu werden, der mir nicht weniger ähnlich hätte sein können.

»Und früher habe ich viel zu oft sorglos mit Worten hantiert«, sagte Peter leise. »Leider kann ich sie nicht zurücknehmen, weißt du? Aber stattdessen kann ich Briefkästen bauen, um andere Menschen vor Fehlern zu bewahren, die ich begangen habe.«

Ein Geräusch hinter mir ließ mich herumfahren, und ich blickte direkt in die durchdringenden dunklen Augen des Riesenschnauzers.

»Da versteht es jemand, unbemerkt zu bleiben.« Amüsiert strich Peter dem Hund über den Kopf. »Er ist faszinierend.«

*Er ist gruselig.*

»Und wir kommen voran. Bei Leuten, die er schon kennt, bleibt er inzwischen ganz gut auf seiner Decke.«

»Er ist nicht angebunden?« Die Panik in meiner Stimme war sicher unüberhörbar.

»Nein. Aber ich kann ihn anbinden, wenn du dich dann sicherer fühlst.«

»Och«, machte ich.

»Oder ihr lernt euch mal vernünftig kennen. Du kannst ihm was Leckeres füttern, wenn du möchtest.«

»Oh ... Also ... Okay, warum nicht?«

Peter sah mich nachdenklich an. Eine Spur zu lang, denn ich errötete unter seinem Blick. »Du musst nicht.«

»Ich weiß.« Aber unhöflich wäre es trotzdem. »Irgendwann müssen wir ja klarkommen, du kannst ihn nicht ständig wegsperren, wenn ich komme.«

Peter kramte in einer Schublade und streckte mir eine Handvoll Leckerlis hin. »Fisch«, sagte er. »Sein Lieblingssnack.«

»Okay.« Ich hielt Peter die Handfläche hin, damit er mir ein paar Brocken hineinwerfen konnte. Strenger Geruch nach getrocknetem Fisch stieg mir in die Nase.

»Klitschko, guck mal!« Peter klatschte in die Hände. »Josefine hat was Tolles für dich.«

Sicherheitshalber stand ich auf und lehnte mich an die Wand, um nicht ein zweites Mal umgeworfen zu werden. Und keine Sekunde zu früh. Der Riesenschnauzer, der gerade noch wie eine Statue auf seiner Decke gewartet hatte, brauchte nur zwei Sprünge und landete mit den Vorderpfoten auf meinen Schultern. Auge in Auge standen wir uns gegenüber. Sein Gewicht lastete schwer auf mir, Schmerz zog sich durch meinen Rücken. Ich biss die Zähne zusammen, um nicht zu schreien.

Kurz musste ich mich sammeln, dann warf ich ihm den entschlossensten Blick zu, den ich fertigbrachte.

»Nein!«, presste ich angestrengt heraus. »Runter mit dir.«

Als Antwort drückte er seine Nase an meine Wange, die langen Barthaare kitzelten auf meiner Haut, und seine Krallen spürte ich sogar durch das T-Shirt hindurch auf meinen Schultern. Der Schmerz in meinem Rücken schien zu explodieren. Aber zumindest stand ich noch aufrecht. Wackelig zwar, aber immerhin.

»Nein!«, versuchte ich es wieder, meine Stimme kraftlos. Die Hand mit den Fischbröckchen hielt ich trotzdem fest geschlossen. »Sitz.«

Kein Sitz. Nicht einmal andeutungsweise. Noch immer standen wir Auge in Auge. Seine Pfoten auf meinen Schultern, der Schwanz wedelte aufgeregt hin und her, hin und wieder flackerten die beiden dunklen Augen empört hinüber zu meiner Hand. Klitschko schnupperte.

»Nein!«, rief ich. Diesmal ein wenig lauter. »Sitz.« Doch nichts geschah.

»Nein«, schaltete sich Peter ein. »Sitz.« Und zu meinem Erstaunen lösten sich die Vorderpfoten von meinen Schultern, und er setzte sich, den Blick starr auf Peter gerichtet.

»Wow.« Beinahe mechanisch massierte ich mir den Rücken. Ich musste später unbedingt eine weitere Dosis Schmerzmittel nehmen.

»Na ja.« Peter zuckte mit den Schultern. »Wenn er die Person schon einmal beschnüffeln konnte, geht es mittlerweile ganz gut.«

»Warum klappt das bei dir? Und bei mir nicht?«

»Ich bin seine Bezugsperson. Riesen binden sich sehr stark an ein, zwei Personen. Fremde mögen sie nicht so gern.« Mit einem Seufzen wandte Peter sich wieder seiner Schublade zu. »Aber es wäre wichtig, dass er lernt, auf dich zu hören, wenn du eine Weile hierbleiben willst. Gerade jetzt, wo ich nicht so fit bin.«

»Was muss ich tun, dass er auf mich hört?«

»Wenn ich das wüsste.« Amüsiert sah Peter mich an.

»Na toll«, bemerkte ich ironisch und lachte. »Du hast keine Tipps für mich?«

»Riesen merken, wer unsicher ist und wer sich durchsetzen kann.«

Seufzend winkte ich ab. Da waren bei mir schon längst Hopfen und Malz verloren. Menschen mochten sich von meiner Fassade täuschen lassen, der Hund hatte mich mit Sicherheit längst durchschaut. Bei ihm wirkten keine coolen Sprüche oder schlagfertigen Antworten, um davon abzulenken, dass ich eines garantiert nicht war: stark. Tja. Klitschko und ich würden vermutlich nie Freunde werden. »Und?« Ich zuckte die Schultern. »Hast du irgendwelche Tipps, wie man sich wirklich durchsetzt? Was muss ich tun? Was will der Hund von mir?«

Die Lachfalten um Peters Augen vertieften sich. »Das wird er dir schon noch beibringen. Riesenschnauzer sind verdammt gute Lehrmeister für alle, die sich selbst kennenlernen wollen.«

Das klang ja ermutigend. Ein rüpelhafter, unsensibler Lehrmeister auf vier dreckigen Pfoten, der mir notfalls auch ein paar Knochen brach. Klasse. Probeweise streckte ich die

Hand aus und hielt Klitschko ein paar Brocken hin. Doch der schnaubte nur verächtlich und wandte sich ab.

»Ich dachte, das sind seine Lieblingsteile?«, fragte ich verwirrt.

»Klitschko hat auch seinen Stolz, weißt du?« Peter lachte. »Essen, das er sich nicht verdient hat, nimmt er nicht an.«

»Dad?«, hörte ich plötzlich Adrians Stimme. Da bog er auch schon um die Ecke. »Möchtest du vielleicht auch einen Kaffee, bevor ich zum Sport verschwinde? Ich wollte nur kurz ... Oh.«

»Hi«, begrüßte ich ihn, als sein Blick an mir hängen blieb. Unauffällig scannte ich sein Gesicht. Womöglich hatte Peter keine Ahnung, dass Adrian gestern Abend einen heimlichen Ausflug gemacht hatte.

»Welch Glanz in Dads unaufgeräumter Hütte!« Ein schiefes Grinsen schlich sich auf sein Gesicht.

»Junge, spar dir das.« Peter seufzte.

Hinter Adrian betraten nun auch seine beiden Brüder die Scheune. Hatten die nichts anderes zu tun, als ständig hier abzuhängen? Gut, es war Sonntag. Vielleicht war mir ab Montag ein wenig mehr Ruhe vergönnt.

»Guten Morgen, Grumpy Rapunzel«, begrüßte mich Nico und schob sich die Kapuze seines Hoodies vom Kopf, als er eintrat.

Dicht gefolgt von Leon, dessen blonde Mähne heute noch wuscheliger in alle Richtungen abstand als gestern. Die Hände hatte er wieder einmal tief in den Hosentaschen vergraben. »Servus, Märchenprinzessin.«

Ich hob nur wortlos die Hand.

Adrian lehnte inzwischen lässig an der Wand, direkt mir gegenüber. »Wie geht's dem Rücken?«, fragte er.

»Gut.«

»Sieht das dein Rücken auch so?«

Ich gab nur ein grunzendes Geräusch von mir, dann drehte ich mich von den drei Brüdern weg. Eigentlich, um vorzugeben, dass ich den Hund streicheln wollte, doch der guckte mich so feindselig an, dass ich nur die Arme vor der Brust verschränkte und auf den Boden starrte.

»Heute Nachmittag ist Dorffest«, meldete sich Leon zu Wort. »Da zeigen wir dem hohen Besuch aus Berlin, wie Feiern geht.«

»Es wird dir gefallen.« Aufmunternd sah Peter mich an. »Tolle Stimmung, liebe Menschen.«

»Fast noch ein wenig netter als wir«, fügte Nico grinsend an.

»Kaum zu glauben, dass das geht«, kommentierte ich ironisch.

»Gell?« Adrian hob eine Augenbraue. »Wir werden später beim Aufbauen helfen.«

»Mhm«, grummelte ich, da er mich so ansah, als erwarte er irgendeine Reaktion.

»Hilfst du auch mit?«, kam es prompt von Leon. »Oder machst du dir deine Märchenprinzessinnen-Hände nicht gern dreckig?«

Nico winkte ab. Er ließ sich auf einen Stuhl sinken, direkt am Eingang. Hinter ihm kämpfte sich gerade die Sonne hinter einer Wolke hervor und streute einen Glitzerteppich auf den See, der noch verschlafen und müde vor Peters Scheunentor lag. »Schwaches Weibchen, ich hab's doch gesagt.« Er zwinkerte mir gut gelaunt zu.

»Ich geb dir gleich ein schwaches Weibchen«, knurrte ich,

hob meinen Arm und spannte meine Muskeln an, um sie ihm zu demonstrieren.

Nico pfiff durch die Zähne. »Wo hast du die denn her?«

»Vom Haarbürsten-Halten.« Adrian lachte, und die anderen stimmten mit ein.

»Kommst du mit aufs Fest, Josefine?«, fragte Peter.

»Es wäre uns eine Ehre«, schob Leon mit einer übertriebenen Verbeugung nach, die exzellent zu seinem frechen Grinsen passte. Der wahre Grund für dieses Theater schien jedoch ein abgebrochenes Stückchen Holz zu sein, das er nun unauffällig in seiner Tasche verschwinden ließ. »Wir rollen dir vielleicht sogar 'nen roten Teppich aus, wenn du mitkommst.«

Ich schluckte. Feste wie diese hatte ich als Kind immer geliebt. Die grandiose Stimmung, das gute Essen und vor allem die bayerische Gemütlichkeit, die ich dort mit jeder Faser aufsog. So verlockend der Gedanke auch klang – vermutlich tat ich gut daran, die Finger davon zu lassen. »Eher nicht.«

»*Eher nicht* heißt, du überlegst es dir noch?«, fragte Peter.

»*Eher nicht* heißt, du traust dich nicht abzusagen«, übersetzte Nico und sah mit hochgezogenen Brauen zu Leon hinüber. Schalk glitzerte in seinen Augen. Dass er auf den Briefkasten seines Vaters anspielte, war mir sofort klar. Die Brüder schienen mich bei meiner Ankunft wirklich genau beobachtet zu haben. »Stimmt's?«

»Was soll das schon wieder?« Genervt hielt ich seinem Blick stand und fegte beiläufig die Reste von zwei staubigen Pfotenabdrücken von meinen Schultern. So langsam regte er mich auf. »Nein. Ich bin nicht dabei. Punkt.«

»Respekt. *Nein* ist ein verdammt schwieriges Wort«, fügte Adrian leise hinzu. Sein schiefes Grinsen kam mir erstaunlich warm vor. Trotzdem machte es mich rasend.

Er hatte so leise gesprochen, dass Peter ihn nicht gehört hatte.

»Ich werde nicht kommen«, sagte ich etwas lauter und wünschte Adrian und seine Brüder dabei auf den Mond. Tot oder lebendig. »Hab schon was anderes vor.«

»Sie sieht sich gern Gemälde an«, zog Adrian mich auf. Und sein Blick war so frech wie durchdringend. »Vorzugsweise in Begleitung ihres Rückens.«

»Jetzt ist es aber mal gut«, schaltete sich Peter ärgerlich ein. »Schluss jetzt, alle drei.«

»Ich kann wirklich nicht«, wiederholte ich. Und diesmal sah ich nur Peter an. »Tut mir leid.«

»Schade«, antwortete der.

Zumindest war es nicht gelogen. Ich konnte tatsächlich nicht, selbst wenn ich noch so sehr wollte. Dorffeste waren nicht mein Ding. Zu viele Menschen. Zu viel Gedränge. Zu viele Körper, die sich über zu enge Plätze schoben und gezwungenermaßen das ein oder andere Mal mit mir zusammenstießen. Und obendrein wollte ich meinen Rücken schonen, von dem Adrian ja noch immer glauben sollte, dass es ihm fantastisch ging.

»Falls ich ein Lebkuchenherz finde, wo Grumpy Rapunzel draufsteht, bringe ich es dir mit.« Seine Augen blitzten schelmisch.

»Ich bin gespannt.«

»Da kannst du lange suchen«, kommentierte Peter. Er warf uns noch einen belustigten Blick zu, dann ging er wieder zurück an die Hobelbank. Bald schon tönten Schleifgeräusche durch die Werkstatt.

»Magst du gern Lebkuchenherzen?«, fragte Adrian.

»Nur, wenn sie frisch sind.« Ich zuckte die Schultern. Ein dröhnendes Hupen zerriss die Luft, als der alte Raddampfer Ludwig Fessler ein paar Hundert Meter weiter vom Anlegesteg auf den See hinaus startete. »Du?«

»Am liebsten mürbe.« Der Ausdruck, der jetzt in seine Augen trat, gefiel mir nicht. »Dann kann man sie umso besser auseinanderbrechen.«

»Herzensbrecher.« Ich verdrehte stöhnend die Augen. »War ja klar.«

»Wer nicht weiß, wie es sich anfühlt, wenn ein Herz bricht, der hat noch nie geliebt.« Er sah sich erstaunt um. »Hab ich das gerade gesagt? Grandios. Vielleicht werde ich noch Poet.«

»Yes, Sir.« Leon schnalzte mit der Zunge. Ein Seitenblick auf Peter, dann zog er das Stückchen Holz wieder aus seiner Hosentasche, um es genauer zu begutachten. »Unser Bruder geht in die Geschichte ein.«

»Das ist kompletter Bullshit«, antwortete ich gereizt. Auch wenn ich zugeben musste, dass ich noch nie lang genug bei einem Mann geblieben war, um mein oder sein Herz wirklich zu brechen.

»Woohooo.« Nico hob beide Hände. »Ganz ruhig, gutes Mädchen.«

»Liebe bricht keine Herzen.« Okay, zugegeben: Ich war nicht diejenige, die über Liebe sprechen sollte. Denn tatsächlich hatte ich keine Ahnung davon. Vermutlich – und das ist die traurige Wahrheit, die ich Mister Mexx garantiert nicht unter die Nase reiben würde – hatte ich noch nie geliebt.

»Liebe ist ein Actionspiel.« Adrian beugte sich näher zu mir herüber, seine Stimme so leise, dass Peter ihn mit Sicherheit nicht verstehen konnte. »Nervenkitzel und Verletzungen sind da an der Tagesordnung. Aber – wie sagt man so schön? No risk, no fun, hm?«

»Wer so denkt, ist …«

»Ja?« Ein amüsierter Ausdruck trat auf sein Gesicht. »Ich weiß genau, welches Wort du gerade runtergeschluckt hast.«

»Gib's ihm, Kleine.« Die Hände in den Hosentaschen vergraben, so stand Nico daneben und hatte eine Miene aufgesetzt, als verfolge er einen Stierkampf.

»Ach.« Ich winkte ab.

»Traust du dich nicht, es auszusprechen?« Adrian lachte, er warf einen Blick über die Schulter, wo sein Vater konzentriert an der Hobelbank arbeitete und uns keines Blickes mehr würdigte. Sein Grinsen war – und das verwirrte mich maximal – plötzlich sehr, sehr warm. »Feigling.«

»Okay«, gab ich erhitzt zurück. »Wer so über Frauen denkt, ist ein Arsch.«

»Na also.« Triumphierend verschränkte er die Arme vor der Brust.

»Ach, verpiss dich«, rutschte es mir heraus. Um einiges schärfer als geplant.

»Welche Laus ist dir denn über die Leber gelaufen, hm?« Gut gelaunt legte Adrian mir einen Arm um die Schultern. Einfach so. Als wäre nichts dabei. »Mach dich mal locker, Grumpy Rapunzel.«

Ich zuckte zusammen. Warm und schwer spürte ich den Arm an meinem Nacken, sein Gewicht lastete auf meinen Schultern. Eigentlich nicht viel, da Adrian offensichtlich

Rücksicht auf meinen Rücken nahm. Und dennoch. Haut an Haut. Adrians herber, dunkler Geruch hüllte mich ein. Mein Magen krampfte, meine Sicht verengte sich. Einzelne Details schienen auf mich einzuprasseln. Eindrücke. Geräusche. Die Hobelbank wie in weiter Ferne. Adrian, der laut irgendetwas fragte, das ich längst nicht mehr verstand. Seine Augen, die mir immer näher kamen, als könnte er mich aus meiner Trance holen, wenn er sich nur nah genug zu mir beugte. Seine Finger, die inzwischen beruhigend über meine Schulter strichen. Nico und Leon, die mich ansahen wie ein seltenes Insekt. Peter, der sich von der Hobelbank umdrehte und mich mit besorgtem Gesicht musterte. Adrian. Wieder und wieder Adrian. Der so nah war. Näher, als ich es aushalten konnte. Verdammt. Viel zu nah. Wie in Trance packte ich Adrians Arm und schob ihn schwungvoll von mir.

»Ich muss los«, nuschelte ich durch zusammengebissene Zähne – und da flüchtete ich auch schon aus der Scheune, ohne mich noch einmal umzudrehen. Hinaus ans Ufer des Sees, der so blau und glitzernd in der Sonne lag, als wäre nichts geschehen.

»Alles okay?«, hörte ich Adrian rufen, doch ich reagierte nicht mehr.

So schnell mich mein schmerzender Rücken ließ, stürmte ich den kleinen Uferweg entlang. Von dem, was Peter zu Adrian sagte, hörte ich nur noch das Wort »Rücken« heraus – offenbar dachte er, Adrian hätte mir wehgetan –, dann befand ich mich außer Hörweite. Die Wellen gluckerten sanft zu meiner Rechten, als versuchten sie, mein aufgeregtes Keuchen zu beruhigen. Vögel zwitscherten, ein paar davon zogen ihre unbeschwerten Kreise über dem See. Höher, weiter, freier. Segelboote glitten über das glitzernde Blau, ich erspähte entspannt aussehende Urlauber darin und fragte mich, wann ich das letzte Mal wirklich entspannt gewesen war. Als Kind vielleicht. Als die Welt noch bunt und einladend gewirkt hatte.

Schnaufend blieb ich an einer Bank stehen. Mit durchgedrücktem Rücken ließ ich mich darauf sinken und presste eine Hand auf meine Stirn, die sich feucht und kalt anfühlte zugleich. Warum? Warum musste immer alles so kompliziert sein?

Mein Blick schweifte hinüber zu den Bergen. In weiter Ferne wachten sie über den Chiemsee. Ja, genau das: unbeweglich und in weiter Ferne. So mochte ich die Menschen am liebsten. Weit weg.

Adrians Berührung spürte ich noch immer auf meiner Haut. Wie ein unsichtbares, federleichtes Tattoo, das mich für ein paar Stunden begleiten würde. Jede meiner Fasern erinnerte sich an die Wärme seines Arms, als läge er noch immer auf meinen Schultern. Irgendetwas in mir war erwacht. So beklemmend und bedrohlich ich Körperkontakt auch fand und so eine verdammte Nervensäge Adrian auch war – etwas in mir sehnte sich seine Berührung zurück.

Es war paradox. Ich konnte es selbst nicht fassen. Lag es an der fürsorglichen Art, die trotz allem immer wieder durchschien?

So groß meine Angst auch war – in mir wuchs plötzlich die Sehnsucht nach Berührung. Nach körperlicher Nähe.

Ich musste verrückt geworden sein.

# Kapitel 6

Suchend flog mein Blick zwischen den Holzbuden umher. Die laue Sommerluft vibrierte unter Gelächter, Stimmengewirr und dem Rücken von Tischen. Nur noch gelegentlich glaubte ich, das Gluckern der Wellen zu hören, die sanft ans Ufer schwappten. Vielleicht bildete ich es mir aber auch nur ein. Ein Anker der Ruhe in diesem Chaos. Dirndlschürzen wirbelten vorbei, ganze Kisten mit Semmeln, Würsteln und Gebäck wurden an mir vorübergetragen. Gelegentlich pustete jemand zum Test in ein Mikrofon. Dafür, dass gerade erst aufgebaut wurde, tummelten sich hier schon echt viele Menschen. Ich nagte an meiner Unterlippe.

»Sieh an, unser schwaches Weibchen kommt ja doch vorbei zum Helfen«, tönte Nicos Stimme über den Dorfplatz.

Sosehr ich die Sprüche der drei Brüder auch hasste ... Wenn sie nach meiner Panikattacke heute Morgen plötzlich nett zu mir gewesen wären, hätten sie es mir damit um einiges schwerer gemacht. Aber so konnte ich einfach so tun, als wäre nichts passiert. In diesem Moment war ich Nico beinahe dankbar.

»Achtung, Achtung, ich bin schwer beladen«, tönte ich mit lauter Stimme und näherte mich – eine winzig kleine Schachtel mit weiß-blauen Bayernfähnchen in der Hand.

Leon legte seine Hände trichterförmig an den Mund. »Aus dem Weg, Grumpy Rapunzel ist schwer beladen!«

Nico stellte sich neben ihn. Auch er formte seine Hände zu einem Trichter. »Meine Damen und Herren, niemand hätte es für möglich gehalten – sie überschreitet die 50-Gramm-Grenze. Diese Frau ist unglaublich!«

Unsicher hielt ich die Fähnchen hoch. »Die soll ich … in die Auszog'nen stecken«, murmelte ich.

»Hm?« Nico schien den Großmaul-Modus an- und ablegen zu können wie ein Faschingskostüm. Denn als er sich jetzt näher zu mir beugte, sah er eigentlich freundlich und hilfsbereit aus.

»Die Fähnchen«, wiederholte ich etwas lauter. »Wo muss ich hin?«

Er wies mit dem Daumen hinter sich. »Für die ist Adrian zuständig.«

»Danke.«

Linker Hand öffnete gerade ein uriger Dorfbäcker die Verkaufsklappe, der Duft nach frisch gebackenen Brezen stieg an meine Nase. Rechts parkte der Geschichtenerzähler Johannes mit seinem Wohnwagen ein. Tobi hatte mir viel von ihm erzählt. Die Leute glaubten, er könne seinem Gegenüber ins Herz gucken – und die Geschichte erzählen, die es heilen würde. Bislang war er mit seinem Wohnwagen von Ort zu Ort gezogen, doch offenbar hatte er sich in Emma verliebt, deren Großeltern einen Hof in der Nähe besaßen. Seitdem schien er am Chiemsee sesshaft geworden zu sein. Kurz fragte ich mich, welche Geschichte er mir wohl erzählen würde, dann verwarf ich den Gedanken. Ich musste mich vor den Bachhuber-Brüdern nicht noch einmal lächerlich machen.

Tapfer schob ich mich durch das Getümmel, gelegentlich stellte ich mich auf die Zehenspitzen, um nach Adrian

Ausschau zu halten. Und da war er. In einer Bude, über der das Wappen irgendeines Vereins prangte. Durch das große Ausgabefenster konnte ich sehen, wie er Gebäckstücke in der Auslage verteilte.

Ich fing seinen Blick auf, noch bevor er mich zu sich herüberwinkte. Zögernd trat ich ein. Der Duft von frischem Hefeteig umhüllte mich. Gerade wollte ich genüsslich schnuppern, doch Adrian sah so ernst aus, dass ich stockte. Im Gegensatz zu seinen Brüdern schien er nicht in der Stimmung zu sein, mich aufzuziehen.

»Hey.«

»Darf ich bei dir meine schwergewichtigen Fähnchen loswerden?« Probehalber grinste ich ihn an, von ihm kam allerdings nur ein mildes Lächeln zurück.

»Wie geht's dir?«

»Könnte nicht besser sein.« Ich hielt die kleine Schachtel wie eine Trophäe in die Höhe. »Ich liebe Fähnchen.«

»Hör mit diesen scheißblöden Fähnchen auf«, fuhr er mich an, seine Stimme kaum lauter als ein Flüstern und der Ausdruck in seinem Gesicht alles andere als feindselig. »Wie geht's dir wirklich?«

»Gut.«

»Ach«, machte er ironisch.

Ich schob mich an ihm vorbei, sorgfältig darauf bedacht, ihn nicht zu berühren. In der Bude gab es kaum Platz, trotzdem stellte ich mich tapfer neben Adrian. Schweigend stopfte ich Fähnchen für Fähnchen in die Auszog'nen, deren große Servierplatten Adrian für mich auf den Tisch hievte, ehe er die Gebäckstückchen mit Puderzucker bestäubte. Verdammt gut sahen sie aus und rochen sehr verführerisch nach frischem Hefeteig. Goldgelb in Butterschmalz ausgebacken, in der Mitte mit der charakteristischen Vertiefung.

»He!«, brüllte Nico quer über den Dorfplatz. »Adrian, Grumpy Rapunzel, könnt ihr uns helfen, den Tisch zu tragen?«

Ich biss die Zähne zusammen. Shit. Es wäre besser gewesen, überhaupt nicht aufzukreuzen. Wenn Peter mich nicht gebeten hätte, die Fähnchen hinüberzutragen, die Adrian auf dem Küchentisch vergessen hatte, wäre ich auch mit Sicherheit nicht hier. Und vor den drei Jungs wollte ich mir die Blöße nicht geben, laut zu schreien, wenn mein Hexenschuss sich mit dem Tisch nicht anfreunden konnte.

»Ihr Loser, echt«, rief Adrian zurück, allerdings sah er dabei nicht Nico an, sondern mich. »Wollt ihr wirklich, dass sich die Leute nachher erzählen, dass wir eine starke Frau gebraucht haben, um einen jämmerlichen Tisch zu heben?«

»Niemals«, tönte es prompt von Leon zurück. Ein Glück, dass er sich von Adrian so leicht beeinflussen ließ. »Watch us, Grumpy Rapunzel.«

Adrian streckte mir seinen erhobenen Daumen entgegen, und ich schenkte ihm ein schwaches Lächeln.

Ich atmete unauffällig durch. Schweigend stopfte ich Fähnchen in die Gebäckstücke, bis der Tisch an Ort und Stelle abgestellt war und Adrian sich wieder zu mir in die Bude gesellte. Mit Puderzucker bewaffnet machte er sich an die Arbeit. Auch er sagte keinen Ton.

Da war sie wieder, die Enge in meinem Brustkorb. Ein flaues Gefühl breitete sich in meinem Magen aus. Obwohl er mich nicht berührte, glaubte ich seine Anwesenheit physisch zu spüren. So nah war ich ihm zuletzt im Bus gewesen, bei unserer unfreiwilligen Umarmung. Mister Mexx. Fresh Bus. Unwillkürlich schnupperte ich. Adrians Geruch war deutlich neben dem Gebäck zu riechen. Doch heute schien er kein Parfum aufgelegt zu haben. Aftershave vielleicht, vermischt mit etwas, das ich als Adrians eigenen Körpergeruch eingeordnet hätte. Dunkel, herb, männlich. Es ließ sich nicht leugnen, er roch verdammt gut. Ich ertappte mich dabei, dass ich dem Duft nachspürte. Für einen kurzen Moment schloss ich sogar die Augen, um jede noch so kleine Nuance erschnüffeln zu können.

Ich zuckte zusammen, als ich Schritte auf dem Kies hörte. Leon schlenderte zu uns herüber, eine offene Schachtel Puderzucker in der Hand. »Wenn du mit den Fähnchen fertig bist, kannst du Adrian helfen. Hier ist noch eine Packung Puderzucker.«

Gerade wollte ich die Hand danach ausstrecken und mich bedanken, da fasste Adrian nach meinem Handgelenk. Die Packung riss er an sich.

»He!«, protestierte Leon.

Adrian warf mir einen finsteren Blick zu. »Traue nie einer angebrochenen Packung, wenn es mein kleiner Bruder ist, der sie dir gibt.« Vorsichtig stäubte er ein wenig daraus in seine Handfläche und probierte.

Leon blickte beleidigt drein. »Du tust ja gerade so, als ...«

»Zu Recht.« Adrian verzog das Gesicht und spuckte in ein Taschentuch. »Bäh, ist das eklig. Was ist das?«

»Backpulver.«

Genervt schloss Adrian die Packung und warf sie Leon mit solchem Schwung entgegen, dass er Mühe hatte, sie zu fangen. »Nimm deinen Scheiß und mach weiter mit deinen Aufgaben, Bro.«

»Wie bist du denn heute drauf?« Leon verdrehte die Augen. »Grumpy Rapunzel hat einen schlechten Einfluss auf dich, du Spießer.«

»Sind das nicht die Bachhuber-Brüder?«, hörte ich plötzlich eine glockenhelle Stimme. Ein ganzer Schwung junger Frauen stöckelte an uns vorbei. Haare wurden graziös über Schultern geschüttelt, und eine Wolke unterschiedlicher Parfums waberte über die Auszog'nen hinweg. »Hi Adrian, schön, dich zu sehen.«

»Hey Ladys.« Adrian lehnte noch immer lässig an der Auslage, den echten Puderzucker in der Hand.

»Oh«, schaltete sich eine zweite Frau ein. »Mit viel Liebe von dir bestäubt.«

»Mein Bruder bestäubt alles, was nicht bei drei auf einem Baum ist«, meldete sich Nico lautstark von einer Bude schräg gegenüber, wo er gerade säuberlich Besteck in verschiedene Körbe sortierte.

Adrian warf ein Geschirrtuch nach ihm, grinste aber dabei.

Seufzend wendete ich mich den Auszog'nen zu. Das Kichern der Mädels rückte in weite Ferne, ihre Gespräche interessierten mich nicht. Auch Adrians Erzählungen über Island, Australien, Kenia, Chile, New York und Co blendete ich einfach aus, so gut es mir gelang. Fähnchen für Fähnchen stach ich Löcher in das Gebäck. Beinahe meditativ. Je offensiver Adrian mit den Mädels zu flirten begann, desto unsympathischer wurde er mir. Ein Weiberer war er, wie man hier in Bayern sagte, weiter nichts.

Vermutlich suchte er nur das nächste mürbe Herz, das er

brechen konnte. Und keines dieser Mädchen hätte Nein gesagt, wenn es darum ging, sich das Herz vom gut aussehenden, selbstbewussten Adrian brechen zu lassen.

Verrückt. Ich mochte mein Herz am liebsten am Stück.

Nach endlosen Minuten hatte ich alle Auszog'nen mit Fähnchen versehen und schlich mich, leise und unbemerkt, zum Haus zurück.

Auf meinem Handy fand ich einen Vorschlag von meinem Bruder Tobi, den ich dankbar abnickte. Marie-Luise würde sich riesig über ein wenig Sportausrüstung freuen. Während sich Tobi um eine geräumige Sporttasche mit personalisiertem Anhänger kümmern würde, hatte ich noch drei Wochen Zeit, eine Trinkflasche und Handschützer zu finden.

Direkt unter Tobis Nachricht wartete auch bereits eine von Finja.

> Hey meine Liebe,
> alles okay mit dir? Der Rücken wieder brav? Beim Hund muss ich vermutlich nicht fragen? Oder hast du den in der Zwischenzeit schon gezähmt? Und den Typen? (In dieser Reihenfolge?)

Schnell tippte ich:

> Hey, hey,
> passt schon, keine Sorge! Wenn ich flach auf der Couch liege und mich nicht bewege, sind alle drei kein großes Problem. Solange der Typ nicht in mein Zimmer kommt :-/

Finjas Antwort kam so schnell, dass ich das Handy noch in der Hand hielt, als es vibrierte.

Flach hinlegen ist vermutlich auch in diesem Fall eine gute Lösung.

Never ever. Vergiss es, Finja.

Ich wäre mir da nicht so sicher …

Finja!!! Der Kerl ist ein Arsch.

Eben. Genau dein Beuteschema.

:-P

Na herzlichen Dank auch. Ich musste grinsen. Nein. Von Adrian würde ich sicher die Finger lassen. Von ihm sowieso, aber auch von Männern allgemein. Ich war einfach nicht für Beziehungen gemacht, das hatte ich schon vor ein paar Tagen beschlossen. Es gab haufenweise Frauen, die ihr Singledasein genossen und keine Sehnsucht nach einem Mann hatten. Warum sollte es mir da anders gehen?

Irgendwo in der hintersten Ecke meines Hinterkopfs meldete sich die Erinnerung an den heutigen Morgen. Adrians Haut auf meiner. Sein Arm an meinem Nacken …

Ich schob den Gedanken weg. Er hatte hier nichts zu suchen. Erst recht nicht jetzt, so schnell nachdem meine letzte Beziehung – konnte man das nach dieser kurzen Zeit überhaupt so nennen? – zerbrochen war. Und warum? Weil ich nicht dazu taugte, Beziehungen zu führen. Ich würde nie dazu in der Lage sein, das galt es zu akzeptieren. Ob es mir gefiel oder nicht. Daran würde auch Adrians beiläufige Berührung nichts ändern, sosehr sie sich auch immer wieder in meine Gedanken schlich.

Ich drückte die Klinke der Haustür und trat ein. Peter hatte sie anstatt eines Türknaufes installiert. Leon, so hatte er mir erzählt, verlor immer wieder einmal Schlüssel. Und irgendwann hatte er sich dazu entschieden, sein Haus überhaupt nicht mehr abzuschließen. In einem so kleinen Dorf wie diesem, wo man sich gegenseitig kannte, hatte er ohnehin nie die Notwendigkeit dazu gesehen. Jetzt, da Klitschko eingezogen war, würde es erst recht niemand mehr wagen, auch nur einen Fuß in dieses Haus zu setzen. Wer es doch tat, würde es dann spätestens in der Waagrechten bereuen.

Im Haus war es ruhig, meine Schritte hallten von den Wänden des Eingangsbereichs wider. Kein kehliges, lautes Hundegebell begrüßte mich. Kein energiegeladener Klitschko stürmte mit Anlauf gegen das für ihn installierte Hundegitter. Offenbar hatte Peter den Hund mit an den See genommen, um mit ihm zu spielen.

»Hallo! Ich bin wieder da!«, rief ich trotzdem, um Peter nicht zu erschrecken, falls er doch zu Hause war. Obwohl es vermutlich kaum etwas gab, das den Besitzer eines Riesenschnauzers noch erschrecken konnte.

Wie erwartet antwortete niemand. Ich fand einen kleinen Klebezettel über dem Telefonschränkchen, direkt neben der Eingangstür. *Neue Briefe – kann die jemand für mich einwerfen? Ich schaffe es heute nicht mehr.*

Neugierig trat ich näher. Ein paar säuberlich beschriftete Briefe lagen neben dem Telefon bereit. Alle in derselben Handschrift und denselben pastellgelben Kuverts wie der, den ich oben in meinem Zimmer aufbewahrte. Offenbar verfasst von Peter. Reiner Zufall, schließlich hatte ich blind einen Brief herausgefischt, in dem Briefe von Dutzenden von Menschen steckten. Denn an Peters Projekt arbeitete, so hatte er mir stolz erzählt, mittlerweile das ganze Dorf mit. Auch ich war jederzeit dazu eingeladen, ein paar Briefe beizusteuern. Zu einem Thema, das mir wichtig war.

Ich nahm mir vor, Peter später zu fragen, in welchen Briefkästen sie verteilt werden mussten. Auf diese Weise konnte ich mich trotz meines Rückens nützlich machen.

Ächzend stieg ich die Treppe nach oben zu meinem Zimmer. Dankbar, niemandem erklären zu müssen, warum mein Rücken sich so sehr für Gemälde begeisterte. Oben angekommen spülte ich eine Schmerztablette mit einem Glas Wasser hinunter und legte mich auf die Couch, direkt unter dem offenen Fenster. Es tat gut, den warmen Sommerwind sanft auf dem Gesicht zu spüren. Dem Rauschen der Blätter zu lauschen und die Lichtpunkte zu verfolgen, die die Sonnenstrahlen quer durch das Zimmer schickten.

Dann schlief ich ein.

Ich wusste nicht, wie lange ich geschlafen hatte. Irgendwas hatte mich geweckt, vermutlich das Vibrieren meines Handys. Finja hatte mir den Link zu einer Physiotherapie-Praxis in der Nähe von Prien am Chiemsee geschickt und wollte wissen, ob der Mitarbeiter namens Adrian – ein blonder 18-Jähriger – mit meinem Adrian identisch war. Ich verzichtete darauf, schockiert zu sein, dass sie ihn bereits zu »meinem« Adrian erklärt hatte, und schrieb nur zurück:

> Das ist er nicht :-D Finja! Ich will mit diesem Kerl nichts zu tun haben, du musst ihn nicht stalken.

Ich stalke ihn nicht! Ich will nur ein fahndungstaugliches Foto für alle Fälle *grimmig guck*. Kannst du mir eins raussuchen? Eins von vorne und eins im Profil.

Haha :-D

Ich rappelte mich umständlich von der Couch hoch und schlurfte gähnend aus meinem Zimmer hinaus in Richtung Bad. Doch als ich die Klinke herunterdrückte, dämmerte mir bereits, dass etwas nicht stimmte. Die Geräusche, das Klappern und Rauschen … Klang das alles nicht ein wenig zu nah, um von der Straße aus durch ein gekipptes Badfenster zu schallen? Zu spät. Die Zugluft ließ die Tür mit einem Knall gegen die dahinter gelegene Wand schlagen.

Ich schnappte nach Luft. Unfähig, mich zu bewegen.

Adrian.

Halb nackt.

Heiße, feuchte Luft drang aus dem Bad heraus, ein Hauch von Aftershave stieg an meine Nase. Ich ballte die Hände zu Fäusten, um wenigstens an meinen eigenen Fingern Halt zu finden. Er sah gut aus, das ließ sich nicht leugnen. Attraktiv. Doch der Anblick, den andere Frauen als sexy empfunden hätten, machte mir vor allem Angst.

Adrians Haare waren nass, an seinem nackten Oberkörper perlten Wassertropfen. Er hatte sich ein Handtuch um die Hüfte gewickelt und sah mich belustigt an.

»Kannst den Mund wieder zumachen, so schön bin ich auch wieder nicht.«

»Sorry!« Hitze stieg mir ins Gesicht. »Tut mir … echt leid.«

»Entspann dich. Du tust ja so, als hättest du mich nackt im Supermarkt getroffen.«

»Äh.«

»Magst du die Tür wieder schließen, bevor dein Kopfkino anspringt?«, fragte er grinsend.

Endlich fing ich mich wieder. Besser spät als gar nicht. »Im Leben nicht würde ich mir das vorstellen«, fauchte ich. Dann machte ich auf dem Absatz kehrt und hoffte, dass Adrian meinen kleinen Schmerzenslaut nicht hörte, den mich dieser dramatische Abgang kostete.

In meinem Zimmer lehnte ich mich gegen die Wand und presste die Hände auf meine erhitzten Wangen. Kühl fühlte ich meine Finger auf meinem Gesicht. Was war bloß los mit mir? Es tat mir längst schon wieder leid, Adrian so angepflaumt zu haben. Was konnte er schon dafür, dass der Anblick eines halb nackten Mannes bei mir alle Alarmglocken schrillen ließ? Nicht umsonst hatte ich den ersten Sex in jeder Beziehung lange hinausgezögert. Um festzustellen, dass ich ihn – egal mit welchem Partner – genauso verabscheute wie das Kuscheln. Oder sonstige Aktivitäten, die darauf ausgerichtet waren, sich in irgendeiner Form nahe zu sein.

Adrians Arm auf meinen Schultern hatte mich aus der Bahn geworfen, das ließ sich nicht leugnen. Ich sehnte mich nach Nähe. So sehr, dass es wehtat. Nur war die Angst davor genauso groß. Die beiden Gefühle in meinem Herzen würden noch eine ganze Weile miteinander kämpfen, da war ich sicher. Aber ich sollte mir nichts vormachen. Die Angst gewann immer. Ich fütterte sie schon seit so vielen Jahren. Kein Wunder, dass sie alles niederdrückte.

# Kapitel 7

Der Bus bremste an der nächsten Haltestelle. Mit kleinen, vorsichtigen Schritten erreichte Peter die hinteren Türen. Ich folgte ihm mit einigem Sicherheitsabstand. Halbwegs entspannt – denn zum Glück waren außer uns noch keine anderen Passagiere unterwegs.

»Schön, dass du mir hilfst.« Peter nickte lächelnd, als er die Haltestange an der Bustür mit beiden Händen umschloss und sich vorsichtig hinunterhangelte. »Noch dazu in aller Herrgottsfrühe.« In seinem Blick lag so viel Wärme, dass ich schluckte.

»Ist ein schöner morgendlicher Ausflug«, antwortete ich und biss die Zähne fest zusammen, um nicht zu schreien. Den Höhenunterschied zur Bordsteinkante hatte ich wohl unterschätzt.

Auch Peter hielt sich die Hüfte. Gemeinsam starrten wir auf den Bus, der sich nun in Bewegung setzte und den Blick auf die wunderschönen Häuser freigab, die Gstadt zu bieten hatte. Holzfassaden im typisch bayerischen Stil gaben dem Ort sein Gesicht. Die Giebelwände der Gstadter Häuser hatte ich schon immer geliebt.

»Das mit den Briefkästen finde ich übrigens eine tolle Idee«, sagte ich. Langsam setzte Peter Fuß vor Fuß. »Was für einen Titel trägt der, den wir heute aufhängen?«

Ich passte mich Peters Tempo an, damit er die Anhöhe in Richtung Naturpark Hofanger ohne größere Anstrengung bewältigte. Nicht, dass ich mich großartig hätte bremsen müssen. Mit meinem Rücken passte mein Gehtempo hervorragend zu Peters.

»*Ich sorge mich um dich.*« Peter blieb stehen und zog die Tragetasche leicht auseinander, damit ich sein Werk begutachten konnte. Kunstvoll geschwungen ragte die Klappe über den Briefkasten hinaus, der Titel gut lesbar auf dem wunderschön gemalten Muster aus Eukalyptusblättern. »Adrian hat dieses Thema vorgeschlagen.«

Ich stockte. Bislang hatte Adrian in meiner Gegenwart nur über das Projekt gespottet. Und ausgerechnet er schlug ein Thema vor. »Ach ja?«

»Nun ja. Offenbar macht er sich Sorgen um jemanden. Zumindest ist das meine Interpretation.« Peter zwinkerte. »Ich kann mir kaum vorstellen, wer das sein könnte.«

Mit einem Räuspern richtete ich mich kerzengerade auf und folgte Peter, der sich inzwischen wieder in Bewegung gesetzt hatte. »Vermutlich eine der Ladys, die bei den Vorbereitungen für das Fest auf einen Ratsch vorbeigekommen sind.« Gerade wollte ich mich verbessern – Finja hielt mir immer vor, dass man außerhalb von Bayern wohl Plausch dazu sagte –, da fiel mir ein, dass ich ja wieder daheim in Bayern war.

»Muss wohl so sein, ja.« Den amüsierten Seitenblick, den Peter mir jetzt zuwarf, bemerkte ich nur aus dem Augenwinkel.

Adrian sorgte sich? Na, sicher nicht um mich. Ja, gelegentlich hatte mich seine fürsorgliche Art selbst überrascht. Aber dennoch. Dass er sich um mich sorgte, dazu kannten wir uns viel zu kurz. Da interpretierte Peter ein wenig zu viel hinein. Und obendrein versteckte sich hinter Adrians ständiger Fragerei nach meinen Schmerzen wohl auch die Hoffnung, mich irgendwann mit entblößtem Rücken auf eine Liege zu bekommen, direkt unter seine Finger.

»Wie war's gestern eigentlich?«, fragte ich beiläufig, um das Thema zu wechseln. »Auf dem Fest?«

»Ich glaube, er mag dich«, sagte Peter.

Okay. Themenwechsel geglückt, würde ich sagen. Ich starrte nach rechts, wo sich inzwischen der Chiemsee ins Bild schob. Die Fraueninsel wirkte um diese Uhrzeit noch verschlafen, die Bergketten verschwammen größtenteils hinter dem dichten Morgennebel. Hier und da erahnte ich eine weiß schimmernde Bergspitze.

»Das freut mich.« Angestrengt lächelte ich.

»Hm«, machte Peter schmunzelnd.

»Ich ihn natürlich auch«, fügte ich schnell hinzu. Mit einem unbeholfenen Räuspern folgte ich Peter den Weg entlang. Linker Hand blühten Blumen in Rot- und Rosatönen. Dicht an dicht drängten sie sich kunstvoll in einer Kurve um einen Pavillon. Ein Gebilde aus verflochtenen Stäben, zwischen ihnen rankten Rosen hindurch. Ein wunderschönes Chaos an Verflechtungen und Schlaufen, genau wie meine Gedanken. »Ich mag Adrian auch. Er ist … nett.« Vermutlich war »nett« das Wort, das ich am wenigsten mit Adrian und seinen Brüdern in Verbindung brachte. Und es kam so zögerlich aus meinem Mund, dass es auf Peter wie eine Beleidigung wirken musste. Aber ja, ich mochte Adrian tatsächlich. Auf eine ganz andere Weise, als ich sonst Menschen einordnete, die ich kennenlernte. Und das, obwohl er mir die meiste Zeit mit seinen Sprüchen gehörig auf die Nerven ging.

Peter blieb stehen, um die Rosenranken zu prüfen. Ein paar davon ragten weit über den Pavillon hinaus. »Die Rosen halten das Gewicht vermutlich nicht aus.«

So gut es meine Rückenschmerzen zuließen, hielt ich den Briefkasten fest, während Peter ihn an einem stabil wirkenden Stück der gebogenen Stahlstäbe festknotete.

»Das ging fix.« Zufrieden betrachtete er sein Werk. »Fertig, ab nach Hause. Ich danke dir für deine Hilfe.«

»Gern.«

»Nico sagte, er hat Adrian Arm in Arm mit einem dunkelhaarigen Mädchen gesehen.« Peter warf mir einen prüfenden Blick zu, während wir die blühende Pracht hinter uns ließen und die Haltestelle anpeilten, von der aus uns der Bus zurück nach Hause bringen würde. »Während des Dorffestes. Und ich war sicher, er spricht von dir.«

»Nein.« Mein Herz setzte kurz aus. »Aber ich habe mitgekriegt, dass er sich für sie … frisch gemacht hat.«

Eine Mischung aus Erleichterung und Erschöpfung breitete sich in mir aus. Um ein Haar hätte ich aufgelacht. Diese sinnlose Sehnsucht nach Nähe, die ich seit gestern Morgen mit einem wachsenden Kloß im Hals spürte, musste mir in nächster Zeit kein Kopfzerbrechen bereiten.

»Ich bin's nicht«, schob ich nach.

Nicht, dass ich Adrians Haut tatsächlich auf meiner ertragen hätte. Nein. Fantasie kennt keine Grenzen, sagte man. Meine schon. Ausgerechnet Adrian hatte diese Grenze um ein paar Zentimeter verschoben, was mir genug Furcht einflößte. Gut, dass diese lächerliche Vorstellung von seiner

Haut auf meiner nun zerplatzte wie eine Seifenblase. Ich musste hier am Chiemsee nicht Angst vor meinen eigenen Wünschen haben, musste nicht länger davon träumen, über meinen Schatten zu springen. Was für ein erlösender Gedanke.

»Schade«, hörte ich Peter nach einer gefühlten Ewigkeit sagen. »Du hättest mir für Adrian gefallen.«

*Als Freundin? In der Realität? Das hätte ganze drei Stunden gehalten.* »Nehme ich als Kompliment«, gab ich zurück und grinste Peter an, der schmunzelnd abwinkte. »Immerhin habe ich harte Konkurrenz.«

Peter wollte nach meiner Hand greifen, doch ich schob schnell eine Haarsträhne hinters Ohr und tat so, als hätte ich seinen Versuch nicht bemerkt.

»Er flirtet gern«, sagte Peter leise. »Aber er ist keiner, der sich durch das Dorf schläft.«

Wenn dem so wäre, erführe es Peter als Letzter, da war ich mir sicher. Immerhin schlich Adrian sich ja auch zu nächtlicher Stunde aus dem Haus. Ich biss mir auf die Lippen. Ohne ein weiteres Wort darüber zu verlieren, überquerten wir die Straße.

»Ich habe übrigens auch schon einen Brief aus einem deiner Briefkästen genommen«, erzählte ich.

»Ja?« Peter lächelte. Offenbar war er sensibel genug, nicht nachzufragen, aus welchem. »Das freut mich sehr.«

»Du hast ihn geschrieben.« Meine Schritte wurden noch ein wenig langsamer, da ich merkte, wie sehr Peter die Bordsteinkante zu schaffen machte. »Ich habe deine Handschrift erkannt.«

»Ach?«

»Du bist sehr weise«, sagte ich leise und blieb neben dem Haltestellenschild stehen. Ein kurzer Blick auf die Uhr verriet mir, dass wir noch eine ganze Weile würden warten müssen.

»Bin ich das?« In seinem Grinsen erkannte ich für einen kurzen Moment seine Söhne. Eine komische Assoziation. Äußerlich ähnelten die vier einander sehr, bislang war mir das nicht aufgefallen.

»Du gibst keine Ratschläge.«

»Will ich auch nicht.« Ein bitterer Ausdruck legte sich auf sein Gesicht. Als hätte er in seinem Leben schon viel zu viele Tipps bekommen. »Ratschläge sind Schläge, Josefine. Was für mich funktioniert, muss noch lange nicht für dich funktionieren.«

Nachdenklich kickte ich einen Kieselstein weg. »Deine Briefe bieten keine Lösung an. Das Problem ist noch da. Warum fühle ich mich trotzdem so viel besser, wenn ich das lese?«

»Ein Problem, über das man spricht, kann man besser fassen«, antwortete Peter. Er kniff die Augen zusammen, um sie vor der Morgensonne zu schützen. »Aber es braucht Mut, das eigene Leben in Worte zu kleiden.«

Ich schwieg, weil ich ihn nicht unterbrechen wollte. Da waren wir wieder. Es ging um Peters Lieblingsthema.

»Ein paar Worte auf Papier sprechen für diejenigen, die das Leben stumm gemacht hat.«

Kurz sah ich ihn einfach nur an. Seine Art, sich für die Welt einzusetzen, beeindruckte mich. Und er tat es auf die Weise, die ihm am besten entsprach.

Gerade wollte ich etwas erwidern, da kam auch schon der

Bus. Die Heimfahrt verlief schweigend. Ohne ein weiteres Wort zu wechseln, saßen wir auf unseren Sitzen, jeder von uns auf einem Doppelplatz. Peters Gegenwart hatte etwas an sich, das Worte überflüssig werden ließ. Manche seiner Blicke rangen mir beinahe automatisch ein Nicken ab, als wären sie Teil einer Unterhaltung, die man nur mit Menschen führen konnte, die so im Hier und Jetzt lebten wie Peter.

Kaum waren wir ausgestiegen, sah ich Adrian in einem alten Polo vor dem Haus sitzen. Er hob die Hand zum Gruß. Schüchtern winkte ich zurück.

»Bist du so weit, Dad? Können wir los?«, rief er, und Peter reckte den Daumen nach oben.

»Wohin?«, fragte ich.

»Ins Krankenhaus«, antwortete er mit einem Blick, als wüsste ich genau, wovon er sprach.

»Krankenhaus?«, wiederholte ich. »Wieso?«

»Das stand doch ... Stand das nicht in der Annonce?« Verwirrt kratzte er sich über die Stirn. »Nico hat sich darum gekümmert, die online zu stellen. Vielleicht hat er vergessen, das genau zu ... Ach. Ich dachte, du weißt das.«

»Da stand nichts von Krankenhaus«, sagte ich besorgt. »Ist es was Schlimmes?«

»I wo! Ich werde nur operiert.« Grinsend wies Peter mit dem Kopf in Richtung Scheune. »Mir geht es wie der Schublade. Verschleißteile austauschen.«

»Bleibst du länger weg?« Entsetzt starrte ich ihn an. Vielleicht war er wochenlang weg, und ich hatte längst das Haus verlassen, wenn er zurückkehrte. Womöglich hatte er das Zimmer deshalb ausgeschrieben, damit jemand seinen verwöhnten Adrian versorgte. Ernsthaft? »Was wird gemacht?«

»Neue Hüfte«, brummte er, sah dabei aber aus wie jemand, der sich damit abgefunden hatte. »Minimalinvasiv. Das bedeutet, dass ich heute Abend schon wieder zu Hause bin.«

»Brauchst du …?« Ich stockte. Langsam dämmerte es mir. Ich war Peters Hilfe für den Krankenstand. Genau wie Adrian, der sich als Physiotherapeut um seinen frisch operierten Vater kümmern wollte. Ich hatte ihm unrecht getan. »Soll ich irgendetwas herrichten? Was ändert sich, wenn du zurück bist?«

»Mach dir keine Sorgen.« Liebevoll wuschelte Peter mir durch die Haare. Ich ließ ihn gewähren, obwohl es mir nicht leichtfiel. »Adrian hat alles vorbereitet. Was dich anbelangt, freue ich mich einfach nur über eine zusätzliche helfende Hand.«

»Okay.« Nervös kaute ich auf meiner Unterlippe herum. Plötzlich fühlte ich mich schlecht. Eigentlich sollte ich Peter eine große Hilfe sein, jetzt, da er mich brauchte. Mit meinem Hexenschuss wäre jeder normale Mensch längst zur Physiotherapie gegangen. Allerdings … Wenn so ein Mensch vorbeikäme, hätte ich kein Problem, ihm meinen Hexenschuss mitzugeben. In der Papiertüte oder so.

»Keine Sorge«, wiederholte Peter. »Adrian wird viel stemmen.«

»Ich helfe, wo ich kann«, versprach ich. »Musst du gar nicht auf Reha?«

»Gegen die hab ich mich erfolgreich gewehrt. Meinen persönlichen Physiotherapeuten hab ich ja zu Hause.« Er nickte zuversichtlich. »Bis bald, Josefine.«

»Alles Gute für die OP.«

Während Adrian seinem Vater vorsichtig ins Auto half, fühlte ich Schamesröte in meine Wangen steigen. Und ich hatte tatsächlich gedacht, Adrian würde sich ins gemachte Bett legen. Nein. Ganz im Gegenteil. Er war nach seiner Weltreise zu seinem Vater gezogen, um ihn zu pflegen. Ich war so eine Idiotin.

Ich winkte, bis das Auto um die Kurve verschwunden war, anschließend holte ich meinen Rucksack aus dem Haus und brach auf ins Nachbardorf. Peter würde mich die nächsten Tage brauchen, und ja, ich würde mich so gut wie nur möglich um ihn kümmern, weil er mir in der kurzen Zeit ans Herz gewachsen war. Wenn ich die verbleibenden Stunden bis zu seiner Rückkehr noch nutzen wollte, dann sollte ich es jetzt tun.

Mit Sicherheit war es Einbildung, doch hier im Nachbardorf, ein paar Hundert Meter weiter, schimmerte der Chiemsee nicht ganz so verheißungsvoll und schön. Das Wasser wirkte ein wenig dunkler, als hätte jemand Nuancen von Grau hineingemischt.

Meine Schritte wurden langsamer, je näher ich meinem Elternhaus kam, meine Gedanken rasten dafür umso schneller in meinem Kopf herum. *Sind sie unterwegs? Hoffentlich guckt keiner aus dem Fenster. Was, wenn doch? Winken oder weggucken? Würden ihnen die Nachbarn erzählen, dass ich hier war?*

Ich grüßte, als der Bauer des benachbarten Hofes auf dem Traktor vorbeifuhr. Er hob die Hand, doch in seinem Gesicht erkannte ich keine Regung. Kein Wunder. Meine Haare, die jetzt lang und dunkel über meine Schultern fielen, kannten sie nur als wirren Knoten, und außerdem war ich in den drei Jahren etwas runder geworden. Wer nach mir Ausschau hielt, würde nach einem Skelett im T-Shirt suchen, aber sicherlich nicht nach weiblichen Rundungen, inklusive ausgeprägter Speckröllchen. Die gab es erst an meinem Bauch, seitdem es mir besser ging. Und ich trug sie mit Stolz.

Unauffällig ließ ich mich am Chiemseeufer nieder, direkt hinter einer dicken Trauerweide. Ihr Stamm schirmte mich zuverlässig vor allen Blicken ab. Im Schneidersitz setzte ich mich auf das warme Gras und sah hinab auf die untersten Spitzen der Zweige, die sanft im Wasser hin und her glitten.

Ich kramte in meinem Rucksack, fand ein Notizbuch und meinen Füller, mit dem ich mir regelmäßig die Finger beschmierte, seitdem ich ihn einmal an Finja verliehen hatte (was zur Hölle stellte sie nur immer an?!) – und packte beides auf meinen Schoß.

Kurz schloss ich die Augen. Hinter diesem Stamm, den ich so warm und stark an meinem Rücken spürte, lag das Haus meiner Eltern. Ich sah es nicht, aber es war da. Die Präsenz meiner Eltern konnte ich beinahe physisch fühlen, als säßen sie direkt neben mir.

Nicht einmal die Flucht nach Berlin hatte mich davon befreit. Wie sehr hatte ich meinem achtzehnten Geburtstag entgegengefiebert. Und? Was hatte es gebracht? Kaum etwas. Selbst in Berlin waren sie da gewesen, viel zu groß und überdeutlich. Und genau da lag mein Problem. Wie konnte etwas in meiner Nähe existieren, von dem mich so viele Kilometer trennten? Wieso fühlte es sich an, als säßen sie mit uns in der Küche, sobald Finja von ihren Eltern sprach? Wie schlichen sie sich in meine schlaflosen Nächte, sobald ich die Augen schloss, und verschwanden erst, wenn Finja am nächsten Morgen laut »Frühstück!« rief?

Peters kleiner, abgewetzter Zettel kam mir in den Sinn: *Wo Worte sind, ist eine Welt.*

Ich zückte den Stift. *Liebe Mama, lieber Papa.* Sofort kritzelte ich über das Geschriebene, strich es energisch durch. Diese Anrede erzeugte eine Vertrautheit, die mir über die letzten Jahre verloren gegangen war. Also ein neuer Versuch. *Hallo Mama, hallo Papa. Ich bin hierher an den Chiemsee gereist, weil ich euch Worte zurückgeben möchte. Vermutlich habt ihr sie recht achtlos verloren damals. Jung, wie ich war, habe ich sie aufgehoben und in irgendeiner Gehirnwindung aufbewahrt. Mein Kopf spult sie ab wie eine Radiowerbung, die den Tag ab und zu unterbricht. Brave Mädchen dürfen nicht undankbar sein, habt ihr immer gesagt. Aber heute will ich kein braves Mädchen sein. Mir hat nie jemand erklärt, wie man Worte richtig entsorgt. Sprache fällt unter Sperrmüll, nehme ich an. Selbst nach drei Jahren in Berlin bin ich sie nicht losgeworden. Also nehmt zurück, was euch gehört.*

Unschlüssig starrte ich auf das Papier. Diesen Brief würde ich vermutlich nie absenden. Und dennoch tat es gut, ihn zu schreiben. Hier, am Ufer des Chiemsees, im Schatten dieser Trauerweide, nur wenige Meter vor meinem Elternhaus. Verrückt, wie wenig Kilometer bedeuteten. Jetzt, wo ich die Meter zwischen uns zählen konnte, erschien mir die Distanz zwischen uns kein bisschen kleiner als in Berlin, wo sie genauso in meinem Kopf wohnten wie hier.

*Verdammt.*

Nein, ich würde ihn nie absenden. Dazu fehlte mir im Moment noch der Mumm. Irgendwann, das hatte ich mir versprochen, kam die Zeit dafür. Aber heute nicht.

Heute nicht.

Entschlossen rutschte ich näher ans Ufer heran und tauchte den Brief ins Wasser. Ich würde ihn auswaschen wie einen dreckigen Lappen. Das Papier weichte auf, seine Enden tanzten im See. Ich sah zu, wie die Schrift zu kleinen Wolken verschwamm und sich schließlich ganz auflöste. Die Tinte meiner Gedanken verschwand ins Wasser, meine Worte wurden Teil der Wellen im See.

# Kapitel 8

Nico war ein Held. Schließlich hatte er einen Tag Urlaub genommen, um sich um den Riesenschnauzer zu kümmern. Erstaunlicherweise besaß er noch alle Gliedmaßen, als er am Abend in Peters Haus eintraf.

»Dieses Vieh nehme ich nie wieder mit«, knurrte er durch zusammengebissene Zähne, als ich meinen Kopf über das Treppengeländer streckte und mehr hörte als sah, wie er Klitschko mit einiger Mühe hinter das Gitter bugsierte. »Ist Dad schon wieder da?«

»Noch nicht.«

»Okay …« Halbherzig zuckte er mit den Schultern. »Sag Adrian, ich brauche das Auto bis spätestens um sechs zurück. Liebe Grüße an Dad, wird ihm schon gut gehen.«

»Ich …«, setzte ich an, doch da hatte Nico schon die Haustür hinter sich geschlossen. Sah fast so aus, als würde ich mich mehr um seinen Vater sorgen als er. Irgendwas schien zwischen den beiden vorgefallen zu sein.

Ein kurzer Kontrollgang durch das Haus stellte mich zufrieden. Nichts lag im Weg, falls Peter mit dem Rollstuhl hier ankommen sollte. Zum Glück befand sich sein Schlafzimmer im Erdgeschoss. Dort blies durch die weit geöffneten Fenster der Sommerwind herein und ließ die Gardinen tanzen. Ein helles, frisch gelüftetes Zimmer würde Peter erwarten – und ein von Adrian frisch bezogenes Bett. Es ähnelte denen, die ich aus Krankenhäusern kannte. Offenbar litt Peter schon länger unter Hüftproblemen, womöglich hatte er auch schon die ein oder andere Operation hinter sich.

Für das Essen hatte ich gesorgt. Wenn ich mich schon anderweitig nicht nützlich machen konnte, so wollte ich wenigstens einen kleinen Teil beitragen. Mein Eintopf – eine gute Köchin war ich nie gewesen – köchelte auf Stufe 3 dahin und roch zumindest so, dass sich niemand direkt weigern würde, ihn zu essen. Jedenfalls hoffte ich das. Probehalber rührte ich in den etwas matschig gewordenen Kartoffeln.

Die Haustür schnappte auf. Die Zugluft trug einen ganzen Schwung frische Seeluft ins Haus. »Nicht so schnell, Dad. Mach ganz vorsichtig.«

»Keine Sorge, ich bin nicht aus Zucker«, hörte ich Peter antworten.

»Wie lief's?«, rief ich sofort.

Ich trat aus der Küche heraus und sah Peter mit Krücken über die Stufe steigen, die die Haustür vom Eingangsbereich trennte. Adrian mit einer Hand an seinem Rücken, jederzeit bereit, ihn zu stützen. Ganz vorsichtig.

»Alles gut«, gab Peter sofort zurück. Doch in seinen Augen sah ich Erschöpfung und Schmerz.

»Was kann ich tun?« Schnell öffnete ich die Dielentür sowie die Schlafzimmertür weit und presste mich an die Wand, um die beiden durchzulassen.

»Im Moment nichts.« Mit dem Fuß schloss Adrian die Haustür. »Aber ist nicht schlecht, wenn du hier bist. Um notfalls schnell mithelfen zu können.«

Unschlüssig folgte ich den beiden und blieb in der Tür zu

Peters Schlafzimmer stehen. Adrian hatte seinen Vater mit praktischen Anweisungen ans Bett manövriert und half ihm, sich zu setzen.

»Langsam«, hörte ich ihn sagen. »Ganz langsam.«

Gestützt von Adrian schaffte es Peter auf die Bettkante, wo er mit angestrengtem Gesicht sitzen blieb.

Peter griff nach Adrians Hand. »Mir ist ein wenig schwindelig. Kann ich mich hinlegen?«

Seit meiner Ankunft hatte ich Adrian noch nie so erwachsen erlebt. Der spitzbübische, jungenhafte Ausdruck war verschwunden, er wirkte konzentriert und ruhig, als er Peters Beine auf dem Bett absetzte. Die Schultern seines Vaters hoben und senkten sich, seine Beine lagen schwer und unbeweglich auf dem frischen Laken.

»Ruh dich aus«, sagte Adrian leise. »Wir bringen dir gleich was zu essen.«

Peter warf einen Blick auf die Uhr. »Du müsstest längst beim Sport sein.«

»Hab ich abgesagt.«

»Meinetwegen?«, fragte Peter.

Adrian antwortete nicht. Vermutlich fürchtete er, eine längere Diskussion damit auszulösen.

»Ich wollte noch …«, setzte Peter an und drehte sich in Richtung Nachttisch, doch Adrian schob ihn zurück.

»Das operierte Bein nicht so weit nach außen drehen«, schalt er Peter. Sanft drückte er ihn wieder zurück in Position. »Was brauchst du?«

»Mein kleines Nackenkissen.«

»Einfach sagen.« Adrian schob ihm das Kissen behutsam unter den Kopf.

»Ich kann doch nicht bei jedem Handgriff nach euch schreien.«

»Genieße es. Eine Weile kannst du uns jetzt herumkommandieren.« Grinsend positionierte Adrian ein paar Medikamente auf Peters Nachttisch.

»Na sicher«, winkte Peter ab. »Ich will euch nicht auf die Nerven fallen. Ihr kommt dreimal am Tag vorbei ... Schau mich nicht so an, Adrian, das reicht allemal.«

»Sag das deiner Blase.« Mit einem Grinsen winkte Adrian ab. »Außerdem muss ich dafür sorgen, dass du dich vorsichtig ein wenig bewegst. Gelegentlich Übungen für die Hüfte, ein paar Schritte im Flur und im Garten ...«

Peter seufzte. »Kann ich mir wenigstens meine Schlafanzughose allein anziehen?«

»Das operierte Hüftgelenk nicht über neunzig Grad beugen.«

»Ist das Physio-Sprache für Nein?«

»Exakt.«

Während Adrian einen frischen Schlafanzug aus dem Schrank nahm, verabschiedete ich mich in die Küche, um das Essen zu holen. Peter würde mit Sicherheit im Bett essen – und vielleicht leistete ihm Adrian Gesellschaft.

Das Geschirr klapperte unter meinen Händen, als ich zwei Teller mit je einer ordentlichen Portion dampfendem Eintopf füllte. Der Geruch nach gekochtem Gemüse – definitiv dominiert von den Karotten – stieg mir in die Nase.

»Langsam«, hörte ich Adrians Stimme durch den Gang schallen. »Ganz vorsichtig, am besten die Knie dabei nicht durchdrücken.«

»Kannst du mir eine Gebrauchsanweisung für meine Hüfte dalassen?«

»Die haben sie in der Klinik versehentlich mit eingebaut«, gab Adrian zurück.

»Sehr witzig«, brummte Peter.

»Ich höre sie zumindest rascheln.«

»Ach, das ist das Mottenpapier in meiner Schlafanzughose.«

»Warum hast du ...?«, setzte Adrian an.

»Spar dir das.«

Adrian gab ein undefinierbares Geräusch von sich. »Ich fische es raus.«

Ich hörte Peter ächzen, vermutlich zog er sich gerade das Oberteil über den Kopf. Er schimpfte irgendetwas, das ich nicht recht verstand, dann machte ich mich auf den Weg zurück in sein Schlafzimmer. Mittlerweile dürfte die Aktion *Schlafanzug* abgeschlossen sein.

»Hunger?«, fragte ich und klopfte vorsichtig an die ohnehin geöffnete Zimmertür.

Peter lag auf dem Bett, inzwischen im Schlafanzug, und schnupperte, als ich eintrat. »Das riecht nach ...«

»Nichts Besonderem«, antwortete ich verlegen.

»Ui.« Adrian warf einen Blick auf die undefinierbare Matsche in den Tellern und nickte anerkennend. »Sogar schon vorgekaut. Dad, da kümmert sich jemand aufopferungsvoll um dich.«

Ich streckte ihm die Zunge raus. »Guten Appetit euch beiden.« Dann griff ich nach der Türklinke und verschwand. Aus dem Augenwinkel sah ich Peter gerade auf einen freien Stuhl zeigen und Luft holen, doch ich tat so, als hätte ich es nicht bemerkt.

»Kannst du Klitschko füttern?«, rief Adrian mir noch nach. »Zwei große Dosen Nassfutter.«

»Klar.«

Gut, so klar war das nicht. Wenn Klitschko mich so begrüßte wie immer, würde ich bei dieser Raubtierfütterung vermutlich die weißen Wände mit Nassfutter vollspritzen. Zugegebenermaßen nervös kramte ich in der Küche nach den Dosen. Der Geruch nach Dosenfleisch stieg in meine Nase, als ich die Lasche aufzog. Mit einem Löffel schaufelte ich es in den Napf.

»Gleich«, murmelte ich, als ich Klitschko jämmerlich fiepen hörte.

Dieser Hund war gigantisch. In einem Moment fiepte er herzzerreißend, im nächsten verwandelte er sich in eine fellbewachsene Abrissbirne.

»Ich bring dir gleich was«, versprach ich, denn das Fiepen steigerte sich mit jeder Sekunde mehr in eine Art Jaulen. »Du verhungerst schon nicht.«

Eine Minute später wartete ich schließlich mit Klitschkos Napf vor dem Hundegitter. Mit respektvollem Abstand natürlich. Klitschko hatte seine Pfoten auf den oberen Rand gelegt und forderte mit wütendem Gebell sein Abendessen. In aufrechter Position war er ziemlich genauso groß wie ich. Auge in Auge stand ich meinem Lehrmeister gegenüber, gelegentlich spürte ich ein paar Spucketropfen auf meinem Gesicht.

*Nun sag schon, Klitschko. Was muss ich tun, damit du mich ernst nimmst?*

»Nein«, sagte ich leise. Auch wenn die Chancen, dass er mich akustisch verstand, gegen null gingen. Schließlich hatte sein Bellen mittlerweile den Lautstärkepegel einer Kettensäge erreicht.

»Nein«, wiederholte ich. Notfalls würde ich das so lange sagen, bis Klitschko glaubte, das sei sein Name.

Der Protest dauerte ganze zehn Minuten an. Adrian streckte zweimal den Kopf aus der Schlafzimmertür, um zu gucken, ob ich Hilfe brauchte, doch ich gab ihm nur den Daumen nach oben. Die Schüssel in meinen Händen erschien mir mit jeder Minute schwerer. Klitschko, der langsam heiser wurde, verschwand kurz, um einen Schluck Wasser zu trinken, und bellte danach weiter, als wäre das sein Job.

»Peter sagte, du bist mein Lehrmeister«, knurrte ich. »Also bring mir endlich etwas bei.«

»Das tut er bereits«, hörte ich Peter aus dem Schlafzimmer rufen. »Er lehrt dich Geduld.«

»Klasse.«

Irgendwann – nach einer gefühlten Ewigkeit – gab der Riesenschnauzer auf. Ich nahm meinen ganzen Mut zusammen, öffnete das Gitter und schob ihm sein Essen hin. Gerade wollte er sich mit Anlauf daraufstürzen, da trat ich noch einen Schritt vor. Zwischen ihn und die Schüssel.

»Nein«, wiederholte ich. Ganz leise. Aber mit einem Selbstbewusstsein, das nur der Frust von zehn Minuten Lärm in mir hervorrufen konnte.

Jetzt geschah das Unglaubliche. Klitschko stockte ein paar Zentimeter vor mir – und setzte sich artig auf die Hinterpfoten.

»Guter Junge«, lobte ich ihn. Mit einem Grinsen trat ich beiseite. »Deins. Lass es dir schmecken.«

Klitschko wartete noch, bis ich hinter der Absperrung verschwunden war, dann erst stand er auf, um zu fressen.

Ein wenig stolz war ich schon. Das Grinsen stand mir ins Gesicht geschrieben, als ich mir in der Küche selbst einen Teller vollud. Für das Essen machte ich es mir mit einem Stuhl direkt am Eckfenster bequem, das den schönsten Ausblick über den Chiemsee bereithielt – die Fraueninsel leuchtete um diese Zeit wunderschön in der Sonne. Meine Gedanken allerdings wanderten immer wieder zu Klitschko. Natürlich hatte ich diesen Hund nicht geknackt, das war mir selbst klar. Morgen würde ich dasselbe Theater erleben wie heute, da machte ich mir nichts vor. Aber zumindest hatte ich das Gefühl, dass wir nun ebenbürtige Gegner waren, Klitschko und ich.

Nach dem Abwasch – Adrian hatte mir Peters und sein Geschirr in die Spüle gestellt – tapste ich mit kleinen Schritten zu Peters Zimmer hinüber. Mein Rücken schmerzte wieder. Wenn es nichts mehr gab, das ich tun konnte, würde ich die Füße hochlegen.

»Hey«, sagte ich, doch offenbar kam ich gerade ungelegen. Als ich durch die weit geöffnete Tür trat, saß Adrian gerade auf dem Bett. Neben ihm Peter. Sein hochgerollter Schlafanzug entblößte einen blassen Bauch.

»Nicht erschrecken«, hörte ich Adrian sagen.

Ich wartete, bis er mit der Thromboseprophylaxe fertig war, dann ging ich näher heran.

»Kann ich noch was tun?«, fragte ich und wich Adrian aus, der aus dem Zimmer verschwand, um das benutzte Set zu entsorgen.

»Ach, magst du mir gerade noch das Kopfteil ein wenig runterstellen?« Peter klopfte neben sich auf das Kopfkissen. »Zum Schlafen ist es mir zu hoch.«

»Klar.« Suchend tastete ich die Rückwand des Kopfteils ab, doch ich wurde nicht fündig.

»Das Ding ist relativ alt«, erklärte Peter. »Das muss man ein kleines Stück hochheben und in der jeweiligen Position einrasten lassen.«

»Okay.«

Ein Stückchen unterhalb der Lehne fand ich eine Schlaufe, an der ich zog. Schmerz schoss durch meinen Rücken, mir entfuhr ein Schrei, dann knickte ich ein. Gerade machte ich mich darauf gefasst, auf dem harten Parkettboden aufzuschlagen, da fingen mich zwei starke Arme in der Luft und zogen mich aufrecht. Sie umschlossen meinen Oberkörper und gaben mir Halt. Ich fühlte einen warmen Körper an meinem Rücken. Der Schmerz, der mir durch die Muskeln zuckte, radierte für einen Moment meinen Verstand aus. Ich zappelte, um der Enge zu entkommen, die mich ängstigte. Und gleichzeitig wünschte ich, für alle Ewigkeit diese Wärme auf meiner Haut spüren zu dürfen, die etwas in mir antippte, das ich längst tot geglaubt hatte.

»Josefine?« Seine Stimme war sanft. Und ... er hatte Josefine gesagt, nicht Grumpy Rapunzel. Adrian entließ mich aus seiner ungewollten Umarmung. Sein Gesicht war ganz nah an meinem. »Alles okay?«

Ich antwortete nicht. Schlang meine Arme um mich, als müsste ich seine Wärme ersetzen, die ich ohnehin von mir gestoßen hätte, und stolperte in Richtung Treppenhaus davon. Für heute hatte ich genug. Ich würde mich ins Bett legen und in eine Decke einkuscheln, bis ich den Blick vergaß, den Adrian mir jetzt noch zuwarf.

# Kapitel 9

»Josefine?« Adrians Stimme drang dunkel und leise durch meine Tür. Er klopfte. »Bist du da?«

»Hm?«, stöhnte ich und öffnete ein Auge.

»Darf ich reinkommen?«

»Ja.« Tatsächlich war ich dankbar, dass er nicht einfach eintrat. Etwas, das ich Finja nie hatte beibringen können. Aber sie war ja schließlich meine beste Freundin, und der verzieh ich grundsätzlich alles.

»Wie geht's dir?«, fragte Adrian und kam näher an das Sofa, auf dem ich noch immer lag. Von schräg unten fiel mir auf, wie attraktiv er eigentlich war. Oder vielleicht lag es auch gar nicht an der Position, sondern daran, dass ihm seine Fürsorge besser zu Gesicht stand als seine blöden Scherze. Seine Augen wirkten in meinem halbdunklen Zimmer dunkelgrün, als er vor dem Sofa in die Hocke ging. »Alles okay?«

»Ich hab geschlafen.«

»Das war nicht die Frage.«

»Ich weiß.« Mühsam setzte ich mich auf und gähnte.

Adrian saß vor mir und sah mich an. Und ich flehte innerlich, er würde nicht nachfragen, was das alles bedeutete. Eher würde ich nackt auf dem Tisch tanzen, als zuzugeben, warum ich ständig vor ihm floh.

»Trinkst du ein Bier mit uns?«

»Warum braucht ihr mich dazu?«, brummte ich, in der Hoffnung, ihn damit loszuwerden.

»Spreche ich mit Josefine oder mit Grumpy Rapunzel?« Ein schiefes Grinsen flog über sein Gesicht. »Dad fände es schön, wenn wir bei ihm sind.«

»Sorry. War nicht so gemeint.«

»Schlechte Laune?«

»Bisschen.«

Ohne jedes Widerwort stemmte er sich aus der Hocke hoch. Seine Augen blitzten, sein Blick war warm. »Dann lasse ich dich in Ruhe.«

Als er nach der Klinke griff, um die Tür zu schließen, fuhr ich hoch. »Bitte geh nicht.«

»Also … kommst du mit nach unten?« Unschlüssig stand er in der Tür.

*Nein. Jein.* Eigentlich hatte ich überhaupt keine Lust auf Adrians Gesellschaft. Aber genauso wenig wollte ich gerade allein sein. Hoffentlich bekam er von meinem Gedankenchaos nichts mit.

»Nur ein Bier …? Oder habt ihr was Bestimmtes vor?«

Eine seiner Augenbrauen hob sich. »Ich habe ein abendfüllendes, actionreiches Programm ausgearbeitet«, antwortete er sarkastisch.

»Aha. Und was ist Punkt eins?«

»Du könntest noch mal umkippen. So richtig dramatisch. Darin hast du ja inzwischen Übung.«

»Grandiose Idee«, knurrte ich.

»Alternativvorschlag?«

Ich atmete tief durch. »Können wir umgekehrtes Bingo spielen?«

»Umgekehrtes was?«

Ich nagte an meiner Unterlippe. »Wenn bestimmte Begriffe fallen, stoßen wir ein letztes Mal an, und ich verschwinde.«

»Lass mich raten, das Wort *umkippen* ist eines davon.«

»Exakt.« Mein vorsichtiges Lächeln schien seine Wirkung nicht zu verfehlen, denn Adrian lächelte zurück. »Die anderen sind: *Rücken, Physiotherapie, Schmerzen, weglaufen* und ...«

»Schon gut, ich sage nichts mehr«, unterbrach er mich. »Lass uns runtergehen.«

Umständlich stemmte ich mich vom Sofa hoch und folgte ihm die Treppe hinunter, wenn ich auch mit seinem Schritt nicht ganz mithalten konnte. Zumindest blieb mein Schneckentempo unkommentiert.

»Ich hole dir was zu trinken«, rief er, unten am Treppenabsatz angekommen. »Weizen, Helles, Pils?«

»Ein Pils für mich«, sagte ich und sah ihn hinter der Kellertür verschwinden. »Danke.«

Als er mit ein paar Flaschen zurückkam, hatte ich die Treppe bereits bezwungen. Obwohl Peters Schlafzimmertür ohnehin offen stand, klopfte ich vorsichtig an. Der Höflichkeit halber.

»Komm rein zur Party«, hörte ich Peter müde sagen. Seine Augen wirkten glasig, tiefe Ringe gruben sich darunter in die faltige Haut.

»Du solltest schlafen.«

»Man soll so viele Dinge im Leben«, gab er zurück. Um seinen Mund spielte ein mattes, kraftloses Lächeln. »Aber gute Gesellschaft ist wie Medizin. Man verträgt die Schmerzen besser.«

Ich ließ mich ohne weitere Widerworte von Adrian auf das Sofa schubsen, das irgendjemand in die kleine Lücke zwischen Kleiderschrank und Bücherregal gequetscht hatte und das ziemlich fehl am Platz wirkte. Das weiße Kuschelkissen stopfte ich mir zwischen Oberschenkel und Armstütze.

»Dad, ich hab was Alkoholfreies für dich.« Adrian hob zwei Flaschen hoch. »Helles oder Pils?«

Peter antwortete nicht.

»Dad?«, wiederholte Adrian.

Doch Peters Atem war laut und langsam geworden, sein Kopf lag in einem unbequemen Winkel auf der Seite, und sein Mund stand offen. Einmal noch hob und senkte sich sein Brustkorb, dann ertönte bereits lautes Schnarchen.

»Eine wilde Party«, bemerkte ich trocken.

Adrian zuckte die Schultern. Mit dem Kopf nickte er in Richtung seines Vaters. »Das nehme ich persönlich, ehrlich gesagt.«

Ich lachte leise. »Zumindest sind fünfzig Prozent deiner Partygäste noch wach.«

»Noch.« Mit einem schiefen Grinsen entkorkte Adrian die Bierflaschen und stellte sie auf dem Beistelltisch ab.

»Sollen wir gehen?«, flüsterte ich, um Peter nicht aufzuwecken. »Er braucht seinen Schlaf.«

»Dad killt uns, wenn wir jetzt abhauen.« Adrian warf einen Blick auf die Uhr. »Wir geben ihm eine halbe Stunde. Wenn er bis dahin nicht wieder wach ist, erkläre ich die Party für beendet.« Aus Peters Nachttisch kramte er ein altes Handy heraus und legte es in Reichweite neben das Bett. »Falls er nachts aufs Klo muss«, murmelte er – mehr zu sich selbst als zu mir. Adrian warf noch einen prüfenden Blick auf das operierte Bein seines Vaters, dann gesellte er sich zu mir auf die Couch. Allerdings nicht wie ein normaler Mensch auf der Sitzfläche, sondern auf eine der beiden breiten Armstützen. Was zwangsläufig dazu führte, dass ich zu ihm aufschauen musste. Ich zuckte zusammen, als sich beim Drehen des Kopfes ein heftiger Schmerz durch meinen Rücken zog.

»Kannst du dich vernünftig hinsetzen?«, rutschte es mir heraus, bevor ich näher nachdenken konnte.

Adrian wirkte eher belustigt als genervt. »Magst du mir einfach eine Liste schreiben, welche Sitzpositionen und welche Wörter erlaubt sind?«

»Sorry«, murmelte ich. »Ich habe nur ... Egal.«

»Ich weiß.« Seufzend ließ er sich von der Lehne auf das Polster gleiten und landete ... Ja, wo wohl? Oberschenkel an Oberschenkel, direkt neben mir.

Ich rutschte so schnell von ihm weg, dass ich beinahe mein Bier vom Couchtisch fegte. Mein Rücken quittierte die Aktion mit einem heftigen Stich im unteren Drittel.

»Ich hab keine Krätze oder so.« Adrians Miene war nicht zu lesen.

Mein Blick durchbohrte ihn regelrecht. Und blieb dabei offensichtlich nicht ohne Wirkung, denn Adrian hob beide Hände in die Höhe.

»Was?«, protestierte er. »Krätze stand nicht auf der Wortliste, oder?«

Sogar ich selbst war von meiner heftigen Reaktion ein wenig erschrocken. Gut, Adrian war ein Fremder. Obendrein einer, der regelmäßig blöde Sprüche riss und – wen wunderte das? – den ich nicht recht leiden konnte. Irgendwie hatte ich den Eindruck, dass Adrians Berührungen mich stärker triggerten als die anderer Menschen. Warum? Warum zur Hölle? Und warum blieb ich trotzdem neben ihm sitzen? Irgendetwas an ihm faszinierte mich. Mehr noch. Entfachte in mir den Wunsch nach ebendieser Nähe, die ich so fürchtete. Paradox.

»Erzähl mir was von dir«, forderte ich mit gedämpfter Stimme, bevor Adrian mich weiter durchschauen konnte.

»Wie viele Wörter habe ich dafür zur Verfügung?« Seine Augenbrauen hoben sich. »Und soll ich dir das Quietschie aus dem Spiel *Tabu* bringen, damit du hupen kannst, wenn ich ein verbotenes benutze?«

»Sehr witzig.« Ich legte die Hände unter meine Oberschenkel, um mich noch ein wenig weiter an die Rückenlehne der Couch zu bringen und meinen Rücken zu entlasten. Peters Schnarchgeräusche untermalten meine Aktion auf skurrile Weise. »Erzähl einfach.«

»Was genau?«

»Irgendwas.« Ich zuckte die Schultern. »Was du die letzten paar Jahre so getrieben hast. Oder …«

»Ich habe in München gelebt.«

»Okay.« Mit meiner Linken angelte ich nach dem Pils und nahm ein paar kräftige Schluck.

»Als ich meine Ausbildung in der Du-weißt-schon-was gemacht habe.«

»Deine was?«, fragte ich verwirrt.

Adrian blies die Backen auf und atmete hörbar aus. Ein Grinsen versteckte sich hinter der gespielt ahnungslosen Miene. »Ich darf das Wort nicht sagen.«

Lachend warf ich ihm das Kissen gegen den Kopf. Okay, zugegeben. Ein Abend mit mir war nicht einfach.

»Wie war's mit der hübschen Dunkelhaarigen gestern?«, fragte ich stattdessen und ignorierte einen extrem lauten Schnarchlaut von Peters Seite. »Ich hab gehört, du hattest ein Date.«

»Wer sagt das?«

»Nico.« Gut, eigentlich hatte Peter mir erzählt, dass Nico ihm gesagt hatte … Aber was machte das schon? »Stimmt's denn nicht?«

»Date würde ich das nicht unbedingt nennen«, meinte Adrian schulterzuckend. Mit einem Seitenblick auf seinen schlafenden Vater senkte er die Stimme wieder ein wenig. »Auch wenn sie recht hübsch war.«

»Du hast ihr einen Korb gegeben, weil sie keinen so schönen Rücken hat wie ich.« Grinsend setzte ich die Bierflasche an die Lippen und nahm einen kräftigen Schluck. Es würde ihn ärgern, das wusste ich. »Gib's zu, mein Rücken beschäftigt dich.«

»Ich kann an nichts anderes mehr denken.« Adrian versuchte, ein ernsthaftes Gesicht aufzusetzen. »Schließlich versteckst du deinen Rücken wie andere ihre Brüste.«

Wieder setzte ich die Flasche an meine Lippen. Ich wollte es gar nicht leugnen. Alkohol entspannte mich. Er gab mir das Gefühl, dass ich mich in Adrians Nähe wohlfühlte und gern Zeit mit ihm verbrachte. Notiz an mich: Das war die Meinung des eisgekühlten Pils', nicht meine.

Eine Weile saßen wir schweigend da, gelegentlich nippte einer von uns an seinem Bier. Skurril war es schon, neben einem Typen zu sitzen, der mich im nüchternen Zustand auf die Palme brachte, und dem Schnarchen seines Vaters zu lauschen. Irgendwann, nach einer kleinen Ewigkeit, räusperte ich mich. Ein kleines fieses Grinsen konnte ich mir nicht verkneifen. »Sag ehrlich: Hat sie dich abserviert?«

»Das war nur eine Zufallsbekanntschaft. Ich hab sie gestützt, weil sie sagte, ihr ist im Kettenkarussell schwindlig geworden.«

»Was sich die Frauen alles einfallen lassen, um in deinen Armen zu liegen.«

»Sie hat mir auf die Schuhe gekotzt.«

»Oh.«

Peter gab einen wimmernden Laut von sich und startete einen Versuch, sich auf die Seite zu drehen. Nach ein paar Anläufen ließ er es bleiben. Für eine Weile sahen wir zu ihm hinüber, doch schon bald wurden seine Atemzüge wieder regelmäßiger.

»Ist bei dir schon mal ein erstes Date schiefgegangen?«, flüsterte Adrian.

*Fast alle.* Aber das ging ihn nichts an. »Selten.«

»Ich bin ganz Ohr.« Grinsend nahm er mir die leere Pilsflasche aus der Hand und reichte mir eine neue. Vorsichtig und leise stellte er sie auf dem Beistelltisch ab.

Eigentlich trank ich fast nie. Aber mit jedem Schluck, der mir durch die Kehle lief, wurde Adrians Nähe selbstverständlicher. Natürlicher. Angenehmer. Man konnte sich Männer also offenbar nicht nur schön, sondern auch handzahm saufen.

»Mit einem Typen war ich im Kino. Ein Horrorfilm.« Der Kronkorken klirrte leise, als er auf dem Boden aufschlug. Ich bückte mich in Zeitlupe danach, um Adrian keinen Anlass zu geben, einen blöden Spruch loszulassen. »Ich hasse Horrorfilme. Am Ende habe ich mir meine Jacke übers Gesicht gezogen und die Ohren zugehalten.«

»Hat er sich drüber lustig gemacht?«

»Keine Ahnung. Nach zwei Stunden hat mich das Reinigungspersonal aufgeweckt«, gab ich zu. Und irgendwie fühlte sich meine Zunge plötzlich so schwer an. »Der Typ war da längst weg.«

Adrians Lachen übertönte einen Moment lang Peters Schnarchen. »Du Arme.«

»Du bist dran«, entschied ich, bevor mir die Wörter ausgingen. Ziellos schienen sie in meinem Gehirn herumzuschwimmen, während ich mit jedem Satz müder wurde. Zu müde, um Wörter einzufangen.

»Ich bin eine Weile mit zwei Frauen ausgegangen, weil ich mich nicht entscheiden konnte.« Adrian kickte seine Schuhe von sich und stellte die Füße auf die Couch. Nachdenklich nippte er an seinem Bier und lehnte sich zurück. »Und eines Abends haben sie beide spontan die Idee gehabt, mich in meiner Wohnung zu überraschen. Glaub mir, ich habe nach diesem Abend nie wieder zwei Frauen gleichzeitig ausgecheckt. Die eine hat fast den kompletten Inhalt ihrer Handtasche nach mir geworfen. Da waren ein paar Sachen mit scharfen Kanten dabei.«

»Hört sich nach einem einschneidenden Erlebnis an.« Grinsend nahm ich noch ein paar Schluck Bier.

Auch Adrian setzte sein Pils an die Lippen. »Ich hab's verdient. Damals war ich ein Arsch.«

Ich beobachtete ihn aus dem Augenwinkel. Klar, immer wieder mal riss er blöde Sprüche, aber eigentlich schien er ein guter Kerl zu sein. Irgendetwas hatte er an sich, dass ich ihn mochte. Und das lag nicht nur an seinen grünbraunen Hazel-Augen, die so wunderschön blitzten, wenn unsere

Blicke sich trafen. Nicht an seiner warmen Stimme. Oder seinem dunklen, herben Geruch, der mich schwindelig machte, und … Hä? Moment, Josefine. Was war los mit mir? Langsam, ganz langsam, stellte ich meine Bierflasche zurück auf den Beistelltisch. Sie schepperte unwirklich laut dabei.

»Hoppla«, sagte Adrian.

Offenbar hatte es sich nicht nur für mich so laut angehört. Sogar Peter drehte murmelnd den Kopf, und das Schnarchen verstummte, bis es ein paar Sekunden später wieder in seinen Rhythmus fand.

»Ich …«, setzte ich an. Hätte ich angesetzt. Würde ich ansetzen. Keine Ahnung. Mir war schwindelig. Und irgendetwas in mir fürchtete, Adrians Geruch war diesmal nicht schuld daran.

»Vielleicht sollten wir schlafen gehen.« Adrians Blick war nicht zu durchschauen. Ernst sah er aus. Aber gleichzeitig auch freundlich. So ernsthaft freundlich eben. Herrgott noch mal, was war nur mit mir los?

»Hmmm«, antwortete ich – und wollte schrecklich stolz darauf sein. Einen so langen Satz hätte ich mir nicht zugetraut.

»Kommst du?«, fragte Adrian.

Ich nickte bloß. Ratlos starrte ich auf meine Beine. Vermutlich hatte ich mal gewusst, wie man sie bediente. Man spannte die Muskeln an, drückte sich nach vorn und … Aufstehen war eine Wissenschaft für sich.

»Alles okay mit dem Körperteil, das nicht genannt werden darf?«, flüsterte er.

»Ähm.« Ziellos ruderte ich mit den Armen.

»Ich helfe dir.« Er sah mich an. Wartete auf eine Regung. Und da ich nicht widersprach, griff er mir kurzerhand unter die Achseln und zog mich hoch.

Mit viel Mühe verkniff ich mir ein lautes Lachen. Ein Prusten kam trotzdem aus meinem Mund, bevor ich es verhindern konnte. »Kitzlig«, flüsterte ich.

Doch Adrian hatte mich bereits mit starkem Griff um die Schultern gepackt und schob mich – vermutlich schleifte er mich eher – aus dem Zimmer. Kaum hatten wir die Schwelle überschritten und Peters Tür geschlossen, sank ich schon zu Boden. Gott, war mir übel. So unendlich übel. Ein paarmal schluckte ich hart, um nicht die zweite Frau innerhalb von zwei Tagen zu sein, die Adrian auf die Schuhe kotzte.

»Du hast Schmerzmittel genommen, oder?« Adrian verdrehte die Augen. »Wie konnte ich das vergessen? Und ich Idiot biete dir ein Bier an. Schmerzmittel und Alkohol, eine grandiose Idee.«

Ich zuckte die Schultern. »Der ist flauschig«, stellte ich mit leiser Stimme fest. Gedankenverloren streichelte ich über den Teppich.

»Hier kannst du nicht bleiben.« Adrian drehte meinen Kopf, sodass ich ihn ansehen musste. »Sonst ist dein Rücken morgen tot. – Ja, ich hab das böse Wort gesagt.«

»Vielleicht … kannst du mir Kissen …«

»Nein.« Seine Kiefermuskeln traten hervor, als er überlegte. »Dann muss ich dich wohl oder übel hochtragen.«

»Keine gute Idee«, murmelte ich, doch für echten Widerstand fehlte mir die Kraft.

»Darf ich?«, fragte Adrian.

*Nein, darfst du nicht! Niemals.* »Okay.«

Seine Arme fühlten sich warm an, als er mich hochhob. Wie durch ein Wunder schwieg sogar mein Rücken. Oder vielleicht wusste Adrian auch einfach nur, welche Bewegungen er meinem Rücken zumuten konnte. Ich presste meine rechte Schulter an seine Brust, meine Beine baumelten kraftlos aus seiner Armbeuge.

»Alles in Ordnung?« Kurz spürte ich seinen Atem an meiner Stirn.

»Weiß nicht.« Bei Körperkontakt war nie alles in Ordnung. Eigentlich. Denn wenn ich ehrlich war, genoss ich seine Wärme. Genoss es, Adrians Haut zu fühlen, eine Hand an meinem Oberarm, seinen Dreitagebart an meiner Stirn. Wenn ich mich genau konzentrierte, glaubte ich sogar, sein Herz an meiner Wange klopfen zu spüren. In einem entspannten, langsamen Takt, dessen Ruhe sich ein Stück weit auf mich übertrug.

Stufe für Stufe trug Adrian mich die Treppe hinauf. Mein Körper schien die Berührung geradezu aufzusaugen, entspannte an Adrians Brustkorb, der sich so beruhigend hob und senkte. Die müden Muskeln ließen endlich los, ließen sich halten. Stützen. Wärmen. Festhalten. Fest. Viel zu eng. Zu nah. Viel zu stark. Dieser viel größere Körper. Nicht den Hauch einer Chance hätte ich, wenn … Festhalten. Fest. Viel zu fest …

»Lass mich los«, rief ich mit erstickter Stimme, mit Händen und Füßen zappelte ich in der Luft. Versuchte, mich loszureißen.

»Hey.« Ich fühlte Adrians Hand beruhigend an meiner Schulter, als er mich sanft auf die Treppenstufen gleiten ließ. »Hey, beruhige dich. Alles ist gut.«

»Lass ... ich muss ...« Wieder ruderte ich mit den Armen, um Adrian auf Abstand zu bringen, der sich besorgt über mich beugte. Mühsam hielt ich mein Gleichgewicht auf der schmalen hölzernen Stufe. Die nächste gleich dahinter bohrte ihre Kante hart in meinen Rücken, doch das bemerkte ich kaum. Adrians Körper erschien mir unwirklich groß. Er musste noch nicht einmal etwas tun. Allein sein Gewicht würde mich niederdrücken. Und ich wäre gefangen darunter. In der Enge. So nah. Schwer. Viel zu schwer.

»Ganz ruhig.« Gerade streckte er noch einmal die Hand aus – vermutlich, um sie mir auf die Schulter zu legen –, da zog er sie instinktiv wieder zurück. Nachdenklich sah er aus, als er sich neben mich setzte. »Was ist los?«, fragte er leise.

»Mir geht's gut«, wehrte ich ab.

»Glaub ich dir aufs Wort.« Sein Blick traf meinen. Und er wirkte, als versuche er, in meinen Augen das zu lesen, was ich seit Tagen verschwieg. Als stünde all das in meinem Blick geschrieben. In einer fremden Sprache, die er nicht verstand.

»Keine Sorge.«

»Josefine.« Wieder beugte er sich ein Stück näher zu mir, und in all meiner Verwirrung wich ich diesmal nicht zurück. Der Alkohol schien meine Angst aus- und anzuknipsen wie eine Stehlampe. *Knips.* Sonderbar angstfrei starrte ich nun in diese grünbraunen Augen, die umrahmt waren von schwarzen Wimpern und die mich auf eine Art und Weise ansahen, wie mich lange kein Mensch mehr angesehen hatte. »Was ist wirklich los?«

»Ich ...« Der Alkohol umnebelte meine Sinne. Was hatte er gerade gesagt? Und warum war ich in seinen Armen panisch geworden, wenn sich die Wärme, die mich dabei umhüllte, so unfassbar gut anfühlte? Und warum sehnte ich mich dorthin zurück, obwohl ich wusste, dass es nur ein paar Sekunden dauern würde, bis mich die Panik einholte?

»Josefine.« Adrian griff nach meiner Hand.

*Knips.* Ich zog sie zurück, als hätte ich auf eine heiße Herdplatte gefasst. »Nicht anfassen.«

Adrian sah bestürzt drein, doch er schwieg.

Mit einem Mal füllten sich meine Augen mit Tränen. Ich drängte sie mit aller Macht zurück, und trotzdem liefen bereits die ersten Tropfen nass und kalt über mein erhitztes Gesicht. »Nicht anfassen«, wiederholte ich so leise, dass Adrian es vermutlich nicht einmal verstand.

»Werde ich nicht«, flüsterte er zurück, seine Stimme kaum lauter als ein Lufthauch.

»Entschuldige.« Ich vergrub mein Gesicht in den Händen. Nicht ganz. Nur so, dass ich noch rechtzeitig reagieren konnte, falls Adrian doch näher kam.

»Für Angst sollte man sich nicht entschuldigen.«

»Sie hat mich … einfach im Griff«, sagte ich. Und es dauerte, bis ich die Worte einsammelte, die mir in meinem Kopf immer wieder entglitten wie ein nasses Stück Seife.

»Männer …«, setzte Adrian an, doch ich schüttelte heftig den Kopf.

»Nein.« Erschöpft ließ ich mich gegen das Geländer sinken und entspannte mich sogar ein wenig dabei. *Knips.* Eine Marionette des Alkohols war ich, weiter nichts. »Ich bin nicht … Es war keine … Niemand hat mich …«

»Okay.« Seine Stimme klang heiser. Und ich war ihm unendlich dankbar, dass er keine weiteren Fragen stellte. So konnte ich ein wenig mehr erzählen, wenn ich wollte. Oder eben auch nicht.

»Ich habe Angst vor Menschenmengen«, gab ich schließlich zu und hoffte, dass Adrian nicht hörte, wie schwer es mir fiel, diese Worte zu formen. »Vor Gedränge, dicht an dicht. Vor Nähe. Vor Berührung. Eigentlich vor allem, was mich in die Enge treibt.«

Adrian hatte sich keinen Zentimeter bewegt. Ganz versunken saß er auf der Treppe und sah mich an. Obwohl er kein Wort sagte, fühlte es sich an, als wäre ich gerade der einzige Mensch auf der ganzen Welt, um den er sich Gedanken machte. »Was kann ich tun?«

»Bitte«, flüsterte ich, und der Alkohol nebelte meine Gedanken ein. »Bitte umarme mich, aber fass mich dabei nicht an.«

# Kapitel 10

»Verdammt«, zischte ich leise, als mir der Apfel zum zweiten Mal aus den Händen fiel. Glücklicherweise landete er nur auf dem Holzbrett, nicht auf dem Boden.

Ich stand an der Anrichte und bereitete ein Tablett für Peter vor. Eine Portion Frischkäse, weiches Rührei vom Bauernhof nebenan und klein geschnittener Bergkäse. Cremiger Joghurt, ein bisschen Obst. Wenn die handgeschriebene Notiz stimmte, kam bald Nico mit den frischen Brezen. Nach der Operation wollte ich Peter gut umsorgen, damit er so schnell wie möglich wieder auf den Füßen stand. Beziehungsweise auf den Beinen. Was auch immer. Finja konnte ich damit in den Wahnsinn treiben, sie legte Wert auf diese Unterscheidung. Als gebürtige Oberbayerin fingen für mich die Füße direkt bei der Hüfte an.

Schnelle Schritte polterten die Treppe hinab. »Guten Morgen«, hörte ich Adrians Stimme schräg hinter mir.

Röte schoss mir ins Gesicht. Deshalb sah ich nicht auf, sondern schnippelte energisch an meinem Apfel herum. »Guten Morgen.«

Die Schritte wurden langsamer und stoppten genau am Kücheneingang. »Wie geht's dir?«

Ich drehte mich noch immer nicht um. Hilflos starrte ich durch das große Küchenfenster hinaus auf den Chiemsee, der noch verschlafen und trüb im Morgendunst lag. Nach dem gestrigen Abend blieben mir nur zwei Alternativen. Entweder würde ich Adrian mit allen Mitteln abweisen und auf Abstand halten oder – und das klang zunächst einmal einfacher – ich musste so tun, als wären meine Worte Blödsinn aus dem Mund einer Betrunkenen gewesen. »Gut«, antwortete ich und bemühte mich, dabei locker und beschwingt zu klingen. Dann plapperte ich einfach drauflos. »Und du? Hast du gut geschlafen? War ein langer Abend gestern. Eine gute Idee jedenfalls, das Zusammensitzen war echt nett. Und wir haben's ja ne ganze Weile auf dem Sofa ausgehalten. Auch wenn Peter durchgeschnarcht hat. Wie geht's ihm denn? Ist er schon wach?«

Adrian gab nicht sofort eine Antwort. Sein Blick saß mir im Nacken, ich spürte ihn genau. Irgendwo zwischen dem linken Schulterblatt und der Wirbelsäule durchbohrte er mich. Wartete darauf, dass ich mich zu ihm drehte.

»Hoffentlich hat er Hunger auf Frühstück«, fügte ich an, um die Stille zu füllen. »Ich habe ein wenig Joghurt mit Früchten und Ei und Frischkäse und Bergkäse und frischen Kaffee und …«

»Josefine.«

Jetzt drehte ich mich doch um. In meinem Magen brodelte die Scham, meine Schultern zog ich hoch hinauf, auch wenn sie mich gegen Adrians Blick kaum schützen würden. Da stand er, gegen den Türrahmen gelehnt, in den Händen eine Wärmflasche.

»Wegen gestern«, setzte Adrian an, doch ich ließ ihn nicht ausreden.

»Zu viel Bier«, sagte ich schnell.

»Ja, schon …«

»Ich rede schrecklichen Stuss, wenn ich zu viel getrunken habe.« Mein Herz geriet kurz aus dem Takt. Flink schnappte ich mir den restlichen Apfel, um ihn zu entkernen. »Hoffentlich war es diesmal nichts Peinliches.«

»War es nicht.« Nachdenklich sah er mich an.

»Ich habe nicht mehr an die Schmerzmittel gedacht.« Mit etwas zu viel Schwung warf ich die Apfelbutzen in den Kompost. Es knallte dumpf, als sie in dem noch recht leeren Eimer auftrafen. »Ehrlich gesagt kann ich mich nur noch vage erinnern, was passiert ist.« Okay, das war gelogen. An jede unerträglich demütigende Sekunde erinnerte ich mich. Und ich würde so ziemlich alles geben, um den gestrigen Abend noch einmal zurückzuspulen und meinem gestrigen Ich das Maul zu stopfen.

Adrians Schweigen kam mir fast unerträglich vor. Kein kaltes Schweigen, nein, damit hätte ich umgehen können. Sondern jene Art von warmem, bedeutungsschwangerem Schweigen, das mich beinahe so einengte wie eine körperliche Umarmung. Er trat noch ein paar Schritte näher, stoppte jedoch einen Meter vor mir und legte die Wärmflasche auf der Küchenzeile ab.

*Mach dich lustig drüber*, betete ich inständig. *Reiß irgendeinen blöden Witz. Dann bin ich einfach nur das sturzbesoffene Mädchen aus Berlin, das sich die absonderlichsten Geschichten ausdenkt, sobald Alkohol im Spiel ist.*

»Wenn ich dir irgendwie helfen kann, bin ich für dich da«, hörte ich Adrian sagen, und eine warme Welle Fürsorge schwappte auf mich über. Das hätte ich Adrian gar nicht zugetraut.

*Abstand, Jo. Du musst Abstand schaffen.*

»Du glaubst das doch nicht ernsthaft?« Meine Stimme zitterte ein wenig. Es kostete mich Überwindung, nicht auf sein lieb gemeintes Angebot einzugehen. Etwas in seinen Augen fühlte sich so vertraut und richtig an. Wie ein sicherer Hafen nach dem Sturm. Doch nun war es mehr die Scham als die Angst, die mich von Adrian fernhielt.

»Ich kann mir vorstellen, dass dir das ein wenig unangenehm ist.« Adrian steckte eine Hand in die Hosentasche und lehnte sich gegen die Küchenzeile. »Vermutlich hast du nicht geplant, mir das zu sagen.«

*Es überhaupt jemandem zu sagen, war nie geplant! Und dir erst recht nicht!* »Ich war betrunken. Da redet man schon mal Unsinn.«

»Das war kein Unsinn, das war echt.« Adrian sah mich an. »Und das wissen wir beide.«

»Du bist nicht allwissend.«

»Aber auch nicht blöd.« Er zuckte die Schultern, und ich fragte mich, wie er so verdammt ruhig bleiben konnte, während mein Herz fast explodierte. Schließlich hielt er mir die Wärmflasche hin, die er vorhin auf der Arbeitsplatte abgelegt hatte. »Hier.«

»Für … Peter?«, fragte ich unsicher.

»Für deinen Rücken.«

»Oh.« Am heutigen Morgen fühlte sich mein Rücken schon viel besser an. Vielleicht hatte der Alkohol geholfen, mich zu entspannen, eventuell auch die Dehnungsübungen, zu denen ich mich dank irgendeiner YouTube-Physiotherapeutin regelmäßig zwang. Trotzdem rührte es mich, dass Adrian sich um meine Schmerzen sorgte.

Er drehte sich zur Seite, um mir die Stelle an seinem eigenen Rücken zu zeigen. »Hier, im Bereich der Lendenwirbelsäule – bis unten zum Gesäß – hilft Wärme meistens ganz gut, wenn es ein Hexenschuss ist. Probier's mal aus.«

»Ähm. Danke.« Ich starrte auf die Stelle, wo seine Hände lagen – jupp, der Anblick seines Hinterns war tatsächlich ganz nett –, und nestelte an der Wärmflasche herum.

Ein lautes Hämmern am Küchenfenster ließ mich zusammenfahren. Nicos und Leons Gesichter tauchten über dem Fenstersims auf und verdeckten einen Moment lang die morgendliche Idylle des Sees. Ihr breites Grinsen fühlte sich für mich eher wie eine Drohung an. Ich packte einen von Adrians breiten Oberarmen und zog ihn mit aller Kraft zu mir. Vor Schmerz entfuhr mir ein leises Quietschen, doch ich biss mir auf die Lippe.

»Kein Wort zu deinen Brüdern«, fauchte ich nah an seinem Ohr. Mit meinen Schmerzen ein wenig schärfer als beabsichtigt. »Oder zu irgendwem!«

Keine fünf Sekunden später betraten die beiden Jungs auch schon gut gelaunt die Küche. Nico trug zwei Bäckertüten in der Hand, und Leon – Kindskopf – balancierte eine eng gerollte Zeitung auf seinem ausgestreckten Zeigefinger. Angespannt hielt ich mich an der Wärmflasche fest.

»Sie hat dir auf den Hintern gestarrt«, rief Nico und rannte mit hoch erhobener Hand auf Adrian zu. »Schlag ein, Bruder.«

»Wundert dich das bei diesem Hintern?« Grinsend schlug Adrian ein.

»Wofür die Wärmflasche?« Leon stupste dagegen, und ich wich nach hinten aus, bis mein Rücken an die Küchenzeile stieß.

»Um Dads Rühreier warmzuhalten«, antwortete Adrian und packte Leon an den Schultern, um ihn aus meiner Reichweite zu ziehen. »Wenn ihr noch länger quatscht, sind die nämlich kalt.«

Das waren sie bereits. Seufzend ließ ich die Eier wieder zurück in die Pfanne flutschen. Später musste ich dann nur noch die Hitze aufdrehen. Typisch für mich. Zeitplanung war noch nie meine Stärke gewesen.

»Ich hab nicht lang Zeit.« Nico ließ die beiden Bäckertüten auf die Anrichte fallen.

»Dito«, kam es von Leon, der die Zeitung in meine Richtung warf.

Adrian fing sie im Flug. Zum Glück, denn eine so ruckartige Bewegung hätte meinem Rücken mit Sicherheit den Rest gegeben. »Und der Riesenschnauzer?«

»Den übernimmt Grumpy Rapunzel.« Nico zwinkerte mir noch zu, dann verschwand er mit einem Winken aus dem Haus. Leon folgte ihm nur eine Sekunde später.

Ich räusperte mich. »Danke.«

Meine Stimme klang heiser. Außerdem hätte ich nicht hundertprozentig sagen können, ob Adrian sie gehört hatte. Aber der Hauch eines Lächelns zupfte an seinem Mundwinkel und ließ mich mit einem sonderbaren Gefühl zurück. Eine Mischung aus Scham und Unsicherheit. Irgendetwas in mir fürchtete, dass ich meine gestrige Ehrlichkeit noch weit schlimmer bereuen würde als jetzt.

»Ich sehe mal nach Dad.«

»Okay.« Sofort griff ich nach dem Pfannenstiel. »Sag ihm, ich bringe gleich sein Frühstück.«

»Wir decken draußen auf.« Adrian öffnete die Terrassentür, und frische Luft strömte in die von der Morgensonne gewärmte Küche. »Wäre nicht schlecht, wenn er gleich nach der OP zumindest ein, zwei Schritte geht.«

»Ähm …«, machte ich und zuckte die Schultern. »Wenn der Profi das sagt.«

Ich stopfte mir die Wärmflasche hinten in den Hosenbund. Tatsächlich wirkte sie bereits nach ein paar Minuten Wunder. Meine Schmerzen verschwanden zwar nicht, allerdings flachte die Schmerzkurve ein wenig ab.

Schweigend deckten wir den Tisch in der Gartenlaube, danach folgte ich Adrian zögerlich in Peters Schlafzimmer. Ich hätte einiges dafür gegeben, mich jetzt in mein Zimmer verziehen zu können. Weit weg von Adrian.

»Guten Morgen, ihr beiden.« Peter gähnte. Mit vorwurfsvollem Blick zeigte er auf die Bierflaschen, die Adrian und ich bei ihm im Zimmer vergessen hatten. »Die große Party lief ohne mich ab?«

Mir gab es einen Stich, als sich der gestrige Abend mit all seinen Peinlichkeiten wieder in meine Gedanken schlich.

»Wer verpennt, ist selber schuld.« Das Bett knarzte, als Adrian sich zu ihm setzte. »Wie geht's dir?«

»Ich fühle mich so knackig wie nie.« Müde, aber schelmisch zwinkerte Peter uns zu. »Bei jeder Bewegung knackt es irgendwo.«

»Alles klar.« Adrian lachte. »Schmerzen?«

»Geht. Bin ja zugedröhnt.«

»Kreislauf?«

»Kreislauf ist nicht existent«, antwortete Peter und gähnte wieder. »So kaputt war ich selten.«

Unsicher nestelte ich an der Wärmflasche hinter meinem

Rücken herum und drückte mich mit der Schulter an den Türrahmen. Ein kostenloses Zimmer gegen ein wenig Hilfe während Peters Krankheitszeit. Das war – in der Annonce, die Nico nicht vollständig abgetippt hatte – der Deal gewesen. Abhauen konnte ich nicht, auch wenn ich mir gerade nichts sehnlicher wünschte, als über die Treppe hinauf in mein Zimmer zu flüchten. Die Unterhaltung zwischen Adrian und Peter zog an mir vorbei wie ein im Hintergrund dudelndes Fernsehprogramm.

Unauffällig zog ich mein Handy aus der Tasche. Tobi hatte Fotos von Sporttaschen geschickt, die für ein Geburtstagsgeschenk infrage kamen. Innentaschen, Außentaschen, mit Reißverschlüssen und ohne. Ein paar davon mit der Möglichkeit, einen individuellen Namen aufdrucken zu lassen. Die meisten schwarz oder grau, eine davon dunkelrot. Sah alles nicht übel aus. Ich setzte einen erhobenen Daumen darunter. Marie-Luise war pragmatisch, optisch konnte man nicht viel falsch machen.

Erst als Peters freundlicher Blick mich fand, kehrte meine Aufmerksamkeit zu den beiden zurück. Ich antwortete mit einem matten Lächeln und stopfte das Handy schnell zurück in die Tasche.

»Schön, dass du hier bist, Josefine.«

»Brauchst du …«, setzte ich an, doch meine Worte gingen unter, da Adrian bereits in den Arbeitsmodus umgeschaltet hatte.

»Drück mal deine Fußspitzen in Richtung Wand und zieh sie wieder zu dir.« Adrian schlug die Bettdecke ein Stückchen zurück. »Nein, nicht zur Seite, nur … genau. Das bringt den Kreislauf ein wenig in Schwung.«

Peter verdrehte die Augen, folgte allerdings den Anweisungen. »Darf ich das jetzt Frühsport nennen? Schließlich hab ich meine Zehen bewegt.«

»Du Sportskanone.« Adrian grinste. »Gleich noch mal.«

»Richtig so?«

»Perfekt. Und jetzt die Ferse auf der Matratze lassen. Zieh dein operiertes Bein langsam zu dir. Ganz langsam … Vorsicht …« Sanft schob er Peters Knie wieder in eine gerade Position, als der es zu sehr zur Seite kippen ließ. »Knie und Zehen müssen zur Decke zeigen … Genau … Stopp, weiter musst du gar nicht.«

Mein Magen zog sich schmerzhaft zusammen, je länger ich den beiden bei ihren physiotherapeutischen Übungen zusah. Angst, Scham und Zuneigung kämpften in meinem Inneren. Gedankenverloren starrte ich auf Adrians Hände, die so vorsichtig und behutsam mit Peters operiertem Bein umgingen, dass ich für einen Augenblick erwog, Adrian an meinen Rücken zu lassen. Schließlich wusste er nun Bescheid und konnte Rücksicht nehmen. Würde er bestimmt. Nach seiner Reaktion heute Morgen in der Küche schätzte ich ihn schon so ein, dass er genug Fingerspitzengefühl besaß, diesen wackeligen Grat zu gehen. Doch selbst mit einem vorsichtigen Physiotherapeuten würde das in blanker Panik enden, keine Frage. In Situationen wie diesen schaltete sich mein Verstand aus. Auch Adrian hatte keine Chance gegen diesen Automatismus.

»Das ist meine Art von Sport.« Grinsend warf Peter mir einen Blick zu und riss mich aus meinen Gedanken. »Wie mache ich mich?«

»Grandios«, antwortete ich und lächelte. »Als Belohnung wartet ein Frühstück.«

Beschämt dachte ich an das glitschige Rührei, das ich in ein paar Minuten noch einmal aufwärmen würde. Aber gut. Als ich mich auf das Zimmer beworben hatte, war ich ehrlich gewesen. Und auf meine Bemerkung hin, dass ich beim besten Willen nicht kochen konnte, hatte Peter nur gelacht. *Ich bin kein Gourmet, Josefine.*

»Na dann.« Mit Adrians Hilfe stemmte sich Peter in eine Sitzposition, wenn auch ein wenig wacklig. »Adrian? Kannst du mir …«

»Klar.« Vorsichtig griff Adrian ihm unter die Kniekehlen und hob Peters Beine aus dem Bett, bis sie sicher auf dem Boden standen. »Hier sind deine Schuhe, da die Krücken.«

»Hach.« Der erste Versuch, auf die Füße zu kommen, scheiterte. Mit schmerzverzerrtem Gesicht hielt er sich die Hüfte.

Kurz unterdrückte ich den Impuls, ihn zurück ins Bett zu schicken. So kurz nach der OP schon aufzustehen, stufte mein Gefühl nicht als richtig ein. Allerdings würde es der Physiotherapeut schon wissen. Und die OP-Techniken der modernen Zeit brachten auch das ein oder andere Wunder mit sich.

Adrian legte eine Hand auf den Rücken seines Vaters. »Ganz langsam, Dad. Du bist gerade erst operiert. Nimm dir Zeit«, sagte er. Die Ruhe, die ich in seiner Stimme hörte, übertrug sich auch auf Peter und mich. »Bei frisch reparierten Möbeln muss man ja auch erst mal warten, bis der … ähm … Sekundenkleber trocken ist.«

»Gut, dass du kein Schreiner geworden bist.«

Adrian grinste. »Ich weiß.«

In Zeitlupe richtete Peter sich auf. Seine linke Hand krampfte sich um die Haltestange am Kopfende des Betts. »Ich … fühle mich recht wacklig.«

»Keine Sorge.« Sachte lagen Adrians Hände an Peters Schultern. »Du kannst nicht fallen. Ich hab dich.«

»Mit ein wenig Schwung sollte es gehen …«

Peter wollte sich gerade umdrehen, doch Adrian hielt ihn zurück. »Das Bein nicht drehen. Mach viele kleine Schritte, wenn du nach rechts willst.«

Leise tapste ich zurück in die Küche, wo ich den Herd aufdrehte und nach dem Pfannenstiel fasste. Uh. Um an einem Ei zu scheitern, musste man wirklich eine miserable Köchin sein. Oder ziemlich durcheinander. Auf mich traf vermutlich beides zu. Gedankenverloren starrte ich auf das Ei. Mein Fluchtinstinkt kam mir größer vor als je zuvor. Adrian kannte nun eine Seite an mir, die ich normalerweise gewissenhaft geheim hielt.

Das Frühstück stellte ich schnell auf den Gartentisch, während Adrian seinen Vater durch den Flur begleitete. Mit seinen Krücken sah er noch recht wacklig aus. Ich zupfte ein paar Servietten in Form, goss Peter eine Tasse Kaffee ein und stellte das Rührei auf eine feuerfeste Unterlage. Und jetzt? Nichts wie weg.

»Braucht ihr mich gleich noch?«, rief ich von draußen in den Flur. »Sonst würde ich ein wenig rausgehen und später zum Abwasch wiederkommen.«

»Na ja …« Adrian blickte mich peinlich berührt an. »Eigentlich … Ach. Eine blöde Idee. Vergiss es.«

»Ja?«, fragte ich vorsichtig nach.

»Klitschko müsste mal raus.«

»Oh.« Ich straffte die Schultern. Nach einer guten Idee klang das nicht. Andererseits wollte ich Adrian und Peter auch nicht hängen lassen, immerhin wohnte ich hier umsonst. »Schon okay. Ich werde das … überleben.«

»Kommst du wirklich mit dem Hund klar?«, rief Adrian. Ich sah ihn zweifelnd die Stirn in Falten legen, als ich den Kopf durch die Terrassentür steckte. »Vielleicht besser nicht. Wie gesagt, war eine blöde Idee. Er ist ja doch recht lebendig. Und dein Rücken momentan weniger.«

»Keine Sorge«, antwortete ich tapfer. Zumindest würde mich das pöbelnde Tier auf andere Gedanken bringen. Und niemand würde mir vorhalten können, ich hätte es nicht versucht. »Mein Rücken ist lebendig genug, um mit dem haarigen Problem rauszugehen.« Ich klammerte mich mit der Hand an die Terrassentür, um meine Lendenwirbelsäule zu entlasten. Nein, der Rücken war nicht okay. Aber irgendwie würde ich das schon hinkriegen.

»Sicher?«, fragte auch Peter.

»Definitiv.« Ich gab ihm den Daumen hoch und ignorierte Adrians intensiven Blick, der mein schnelles und unüberlegtes Einlenken als Flucht zu werten schien. Womit er definitiv nicht falschlag.

# Kapitel 11

»Hey!«, rief ich laut.

Zwei Passanten am Uferweg drehten sich nach mir um. Mein Gesicht hatte inzwischen mit Sicherheit die Farbe reifer Tomaten angenommen. Schweiß lief mir von der Stirn. Glücklicherweise erwies sich mein Rücken nach der erholsamen Nacht und der Wärmflaschenbehandlung als erstaunlich belastbar. Schmerz schoss mir trotzdem durch den unteren Rücken, und ich presste die Zähne aufeinander. Immerhin stand ich noch aufrecht. *Durchhalten, Josefine.*

»Das war nicht an mich gerichtet, oder?«, fragte Finja an meinem Ohr.

»Ne.« Schnaufend wickelte ich die Leine enger um mein Handgelenk und zupfte das Mikro meiner In-Ears wieder in Position. Aber ich bezweifelte, dass Klitschko sich durch ein *Hey* beeindrucken ließ.

»Du hast dir eine Pause verdient.« Es gluckerte, vermutlich goss Finja sich gerade ein wenig mehr Schokomilch in ihr Glas. »Schließlich gehst du schon zwanzig Minuten mit ihm spazieren.«

»Er mit mir«, keuchte ich.

»Oder so.« Sie seufzte.

Ich stolperte Klitschko hinterher, der zielstrebig auf einen Busch zusteuerte, um das Beinchen zu heben. Einen Busch mit fantastischer Aussicht auf glitzernde Wellen und majestätische Berge. Geschmack hatte der Hund jedenfalls. Eine Toilette mit derartiger Aussicht fand man nicht alle Tage. »Und er geht nicht mit mir spazieren, er schleift mich spazieren.«

Ein Lachen dröhnte durch die Leitung. »Mehr Kuchen essen. Wenn du mehr Kilos auf die Waage bringst, wirft er dich nicht mehr so schnell um.«

»Warum hab ich dich nicht früher gefragt?«

»Jup.« Ein Lächeln ließ ihre Stimme weich klingen. »Für pragmatische Lösungen bin ich immer … Shit.«

»Hm?«, machte ich.

»Ach.« Irgendetwas klapperte leise. »Ich muss mir nur geschwind einen Lappen holen, mir ist die Milch übergeschwappt.«

Typisch Finja.

»Verdammt, das klebt.« Es raschelte, offenbar hatte sie sich das Telefon zwischen Schulter und Wange geklemmt. »Wo gehst du jetzt noch hin?«

Ich warf einen unschlüssigen Blick auf Klitschko. »Das musst du den Hund fragen. Ich hab hier gar nichts mitzureden.«

»Dann hoffe ich, er hat sich ein schönes Ziel für euch ausgesucht.« Finja lachte.

»Einen vollgepissten Baum vermutlich.« Missmutig kickte ich gegen einen Stein. »Wie geht's deinem Briefkasten inzwischen?«

»Der Tesa hält.« Sie zögerte. »Noch. Allerdings hatte ich nicht bedacht, dass ich damit ja die Klappe auch mit festklebe. Ende der Woche muss ich mal die vielen Lagen Klebeband durchschneiden und Omas Briefe rausholen.«

»Hoffentlich ist nichts Dringendes dabei«, meinte ich grinsend.

»Ach.« Finja grunzte. »Passt schon. Aber erzähl mal du, wie läuft's mit Mister Mexx?«

»Er … also … ich …« Kurz stockte ich. Am liebsten hätte ich all meine Gedanken auf einmal mit Finja geteilt. Mir fiel es schwer, sie zu ordnen. Widersprüchlichste Gefühle wie Scham, Angst, Sehnsucht und so etwas wie schüchternes Vertrauen gingen gerade Hand in Hand. Sie wechselten sich in meinem Gehirn ab, als würden sie im Schichtdienst arbeiten.

Sie seufzte. »Spuck's aus, Jo.«

»Denkst du, man ist verrückt, wenn … Na ja. Wenn man sich etwas wünscht, vor dem man große Angst hat?«

»Nähe.«

»Mhm.«

»Mit Adrian Bachhuber.« Es war weniger eine Frage denn eine Feststellung.

Mein Magen machte einen Salto rückwärts. »Ja.«

Eigentlich hatte ich erwartet, Finja würde sich darüber amüsieren, dass ich mir ausgerechnet Adrians Nähe wünschte. Von seiner verständnisvollen Reaktion auf meine Ehrlichkeit hatte ich noch gar nichts erzählt. Von seinem Mitgefühl. Seiner Sorge. Alles, was sie bislang von ihm mitbekommen hatte, waren blöde Sprüche. Doch stattdessen wurde ihre Stimme ganz sanft. »Natürlich bist du nicht verrückt. Hör auf, so was zu denken.«

»Wie kann man eine so große Sehnsucht haben … nach etwas, das …« Resigniert stolperte ich Klitschko hinterher, der inzwischen eine Bank am Chiemseeufer der Hundewiese als neues Ziel auserkoren hatte. Momentan waren allerdings weder Zwei- noch Vierbeiner in Sicht. »Etwas, bei dem es mir jedes Mal wieder alle Sicherungen raushaut.«

»Ohne Nähe geht man doch kaputt«, sagte Finja leise.

Ich schwieg.

»Berührungen sind kein nettes Extra im Leben.« Ein Seufzen drang durch den Hörer. »Sie sind wie die Luft zum Atmen.«

»Quatsch.«

Unwirklich laut schlürfte Finja ihre Schokomilch, ganz dicht an meinem Ohr. So war sie, meine beste Freundin. Kaum gab es Widerworte, stieg sie aus der Diskussion aus. Ein Teil von mir dankte ihr dafür. Wirklich sicher war ich nicht, ob ich hören wollte, was sie zu dieser Meinung brachte. Ein anderer Teil jedoch war längst neugierig geworden.

»Was … Warum denkst du das?«, fragte ich dann doch. Ein wenig zaghaft, aber immerhin.

Finja holte tief Luft. »Babys können sogar sterben, wenn sie nicht berührt werden. Wusstest du das?«

»Ähm.« Ich stockte. Kraftlos ließ ich mich auf die Bank fallen und kramte Klitschkos Schleppleine aus meinem Rucksack. Adrian hatte sie mir noch schnell in die Hand gedrückt, bevor ich endgültig die Flucht ergriffen hatte. Und jetzt war ich tatsächlich dankbar dafür. Hundewiese hin oder her, bei Klitschko konnte es nicht schaden, ihn ein wenig einzuschränken. Gedankenverloren band ich den Hund damit an der Bank an. Sie würde ihm Bewegungsfreiheit für den Umkreis von fünf Metern bieten, ohne dass ich auf ihn achten musste. Um durchzuatmen. Mich zu beruhigen. »Wenn sie genug Milch und Sauerstoff und …«

»Wenn sie alles haben, was sie sonst so brauchen. Und komplett gesund sind.« Finja räusperte sich. »Dann sterben sie trotzdem, weil ihnen niemand Körperkontakt gibt.«

»Das ist ja schrecklich.« Ich starrte auf den See hinaus, hinüber zur Fraueninsel, während Klitschko glücklich im seichten Wasser herumsprang – so weit die Schleppleine reichte. Finja erzählte zu Hause oft und viel von ihrer Ausbildung zur Kinderkrankenschwester. Doch dieses Thema hatte sie bislang nie erwähnt. Warum wohl? »Das schockiert mich.«

»Es zeigt, wie wichtig Berührungen sind«, erwiderte Finja.

»Als Erwachsener …«, setzte ich an.

»Wirst du nicht dran sterben«, vollendete sie meinen Satz. »Aber wer nicht berührt wird, hat trotzdem ein höheres Risiko für Krankheiten. Herz-Kreislauf-Erkrankungen zum Beispiel.«

»Grandios. Noch ein Problem mehr«, gab ich sarkastisch zurück.

Finja tat so, als hätte sie mich nicht gehört. »Denkst du, irgendwann könntest du mit Adrian einen vorsichtigen Versuch wagen?«, fragte sie stattdessen.

»Nein.«

»Sicher?«

Ich nickte. »Bombensicher.«

»Okay.«

Genau das war eines der vielen Dinge, die ich an Finja liebte. Eventuell fragte sie mal vorsichtig nach. Aber sobald meine Entscheidung stand, wurde sie nicht mehr angezweifelt.

»Dann verabschiede ich mich schon einmal von meinem Herz-Kreislauf-System«, verkündete ich ironisch.

»Nicht nötig, Jo.« Finjas Grinsen hörte ich, ohne es zu sehen. »Hunde zu streicheln, hat nämlich eine ganz ähnliche Wirkung.«

»Sehr gut.« Ich schnaubte durch die Nase. Finster sah ich hinüber zu Klitschko, der in einiger Entfernung an einem Grasbüschel schnüffelte. Er schien meinen Blick zu spüren und starrte mich abweisend an. »Dann hab ich hier den perfekten Kandidaten.«

»Wir holen uns einfach einen kuscheligen Hund aus dem Tierheim«, quietschte sie. »Sobald ich von Oma zurück bin, gehen wir gucken. Was meinst du?«

»Bei dir überleben ja nicht einmal Topfpflanzen.«

»Stimmt.« Die Euphorie verschwand so schnell, wie sie gekommen war.

»Adrian weiß übrigens seit Kurzem Bescheid.« Mit der Spitze meiner Sneakers kratzte ich im weichen Sand herum. Klitschko erspähte in just diesem Moment eine Ente und jagte wie ein Blitz durch das seichte Wasser. Weit kam er dank der Schleppleine nicht. In meinem Handy war es unterdessen still. Ich konnte Finjas Gedanken trotzdem förmlich in der Leitung knistern hören. »Ich hab es ihm erzählt.«

»Ernsthaft?« Nun konnte Finja ihre Überraschung nicht verbergen. »Das ist … gut, oder? Hätte ich nicht gedacht. Heißt das, du …«

»War nicht freiwillig.« Und bevor Finja mich falsch verstehen konnte, fügte ich an: »Alkohol.«

»Oh.«

»Wenn er es seinen Brüdern erzählt …«

»Dann kann er aber was erleben«, beendete Finja grimmig meinen Satz.

Gerade wollte ich antworten, da sprang Klitschko auf etwas zu, das er gerade im hohen Gras erspäht hatte. In letzter Sekunde erkannte ich, was er da mit begeisterter Miene anpeilte: eine Leberkäsesemmel.

»Stopp!«, brüllte ich.

Nicht, dass es großartig was geholfen hätte. Klitschko zuckte nicht einmal mit der Wimper. Er raste die komplette Länge seiner Schleppleine auf das halb von Alufolie bedeckte Etwas zu. Doch eine Handbreit davor hatte der Hund das Ende der Leine erreicht. Gerade als er zum letzten Sprung ansetzte, spannte sie sich und – *bang* – Klitschko federte an seinem Geschirr ein wenig zurück.

»Ich muss aufhören, sorry!«

Hastig verabschiedete ich mich von Finja. Wir versprachen uns, ganz bald wieder zu telefonieren, dann rannte ich auch schon hinüber zu dem Hund, der mit lang gezogenem Hals frustriert in Richtung der Semmel schnappte. Faszinierend war das schon, wie lang so ein Hundehals werden konnte. Doch trotz aller Anstrengung erreichte Klitschko das Objekt seiner Begierde nicht. Glücklicherweise. Wer wusste schon, ob sie jemand dort platziert hatte? Mit Rattengift oder gar Rasierklingen gespickt?

»Tabu«, rief ich noch, bevor ich unter heftigem Protest nach der Semmel griff und sie im nächsten Mülleimer entsorgte. Zeit für eine Diskussion blieb an dieser Stelle nicht.

Wütendes Bellen zeigte mir deutlich, was er im Moment von mir hielt.

»Du nervst«, brummte ich, als ich mich schließlich auf die Bank fallen ließ und in meinem Rucksack kramte.

Klitschko schmollte nicht lange. Im Gegenteil, mit seinen

Emotionen schien er ganz im Moment zu leben. Keine zwei Sekunden später war die Semmel vergessen. Er sprang mit den Vorderpfoten auf meine Knie, drückte mir einen recht groben Kuss auf die Wange und verzog das Maul zu einem glücklichen Grinsen.

»Du nervst sogar richtig doll.« Ich stöhnte. »Aus unerfindlichen Gründen mag ich dich trotzdem.«

Ich pulte einen zusammengefalteten Zettel aus den Tiefen meines Rucksacks, zückte einen Stift und begann zu schreiben. Klitschko drückte den Kopf zwischen meine Füße und kuschelte sich an meine Knöchel.

*Hallo Mama, hallo Papa,*
*wisst ihr, was gute Eltern ausmacht? Ich weiß es auch nicht, habe aber in den letzten paar Jahren viel darüber nachgedacht. Ihr habt euch immer bemüht, mir gute Vorbilder zu sein. Was ist der Unterschied zwischen einem Vorbild und einem Abbild? Manchmal hatte ich den Eindruck, Mama hätte sich am liebsten als Stempel gesehen, der sich in den weichen, formbaren Charakter ihrer drei Kinder drückt und exakte Kopien herstellt. Nennt mich egoistisch, aber ich hätte gern meine Eigenarten. Etwas ganz und gar Josefinisches, das nur mir gehört und niemandem sonst. Ein Original. Dazu gehört auch, dass ich herausfinden darf, was ich mag. Und vor allem, was ich nicht mag. Das muss nicht notwendigerweise mit dem übereinstimmen, was euch gefällt. Vielleicht*

*besitze ich Talente, die ich entdecken möchte. Auch wenn ihr euch sicherlich gewünscht hättet, dass sich meine Fähigkeiten nicht so sehr von euren unterscheiden. Pssst, ein Geheimtipp von meiner Seite: Druck führt auch nicht dazu, dass Talente wachsen, die vorher nicht da gewesen sind. Manchmal hatte ich den Eindruck, dass Papa das gemerkt hat. Dass er hinter den Stirnfalten mit Zweifeln kämpfte. Aber da war Mamas grandioser Plan, mich zu einem starken Menschen zu machen. Und das heiligt viele Mittel. Papa war schon immer ein Listenmensch. Häkchen setzen, zum nächsten Punkt der To-do-Liste gehen. Mit Mamas klarem Ziel vor Augen. Vielleicht hat er deshalb nie ein Wort der Skepsis verloren. Finja hat mir mal erzählt, dass es für eine gute Beziehung zwischen Eltern und Kindern spricht, wenn sich die Kinder trauen, Gefühle aller Art zu zeigen. Hab ich das? In der wenigen Zeit, die wir miteinander verbracht haben – wenn ich mich mal nicht in irgendeinem Kuhstall verkrochen oder in einer Baumkrone am Ufer des Chiemsees versteckt habe –, habe ich Gefühle gezeigt? Weiß ich nicht mehr. Gefallen hätte es euch jedenfalls nicht. Mama am wenigsten. Gefühle zu zeigen, macht verletzlich, so hieß ihr Motto. Jede kleine Regung in deinem Gesicht kann einem Menschen verraten, wo deine Schwachstellen sind. Erst wer sich von allen Emotionen löst, ist wirklich frei. Emotionen hatte ich trotzdem. Und vermutlich haben sie mich tatsächlich verletzlich gemacht. Aber ist es nicht gerade die Verletzlichkeit, die zum Menschsein dazugehört? Mamas Level der Emotionskontrolle hat Papa nie erreicht. Für ihn gab es ein Limit. Rückblickend erst erinnere ich mich: Irgendwann platzte bei ihm immer die Fassade auf. Manchmal nur eine Sekunde lang, manchmal länger. Eine zitternde Lippe. Feuchte Augen, ein verstecktes Blinzeln. Ein kurzer unvorhersehbarer Wutanfall, um uns Kinder auf Spur zu bringen. Und dann zurück zum Plan. Finja hat mich mal gefragt, ob ihr mich liebt. »Klar«, habe ich geantwortet. Ihr wolltet nur das Beste für mich. Allerdings: Was ist Liebe eigentlich? Ich bin überzeugt davon, dass ihr mich geliebt habt. Aber ist es wirklich Liebe, wenn man ständig gesagt bekommt, an welche Bedingungen diese Liebe geknüpft ist? Liebe sollte es gratis geben, sonst ist es keine. Manchmal ärgere ich mich, dass ich nie eine Gelegenheit gesucht habe, mit Papa zu sprechen. Oder Mamas Fassade aufzubrechen. Vielleicht hätten wir dann noch Kontakt. Bestimmt haben euch Tobi und Marie-Luise erzählt, was ich studiere. Trotzdem … Mit Sicherheit würdet ihr wissen wollen, was für ein Mensch aus eurer Tochter geworden ist. Obwohl – offen gestanden weiß nicht einmal ich selbst so genau, wer ich bin. Was mag ich? Was mag ich nicht? Was will ich vom Leben? Mein Studium macht mir keinen Spaß. Zumindest ist es ganz weit von dem entfernt, was ihr für mich geplant hättet. Wer sein ganzes Leben damit verbracht hat, sich anzuhören, wie man sein müsste, kommt gar nicht drauf zu fragen, wie und wer man wirklich ist.*

Ein prüfender Blick über die Schulter verriet mir: Heute war am Uferbereich der Hundewiese wenig los, da konnte ich ein erfrischendes Bad wagen. Nicht umsonst hatte ich mir vor der Gassirunde nicht nur hundetaugliche Klamotten, sondern auch einen Bikini darunter angezogen. Klitschko liebte das Wasser, hatte Adrian mir erzählt. Gemeinsam mit ihm zu schwimmen, würde ihm sicher eine Freude machen.

Ich streifte meine Schuhe ab und zog mir das T-Shirt über den Kopf.

Seit Ewigkeiten war ich nicht mehr geschwommen. Bei dem Gedanken lief mir ein Schauer über den Rücken. In den Schwimmbädern von Berlin war es meist überfüllt. Im Sommer wuselten dort gut gelaunte Menschen herum, lagen braun gebrannt auf ihren Handtüchern im Freibad herum oder zogen ihre Bahnen. Eltern unterstützten ihre Kleinkinder bei ersten Versuchen mit Schwimmflügeln, und kichernde Teenager spritzten sich gegenseitig mit Wasser voll. Auch die Badeseen fanden regen Zulauf. Ruhe und Platz suchte ich da vergeblich. Und da ich mangels Übung keine guten Schwimmkenntnisse vorweisen konnte, blieb ich gern nah am Ufer – wo sich natürlich die meisten Leute tummelten.

Selbst hier, wo ich nur ganz vereinzelt jemanden in den Wellen erkennen konnte, machte mich die Aussicht auf ein Bad im See nervös. Wenn sich jemand tatsächlich unbemerkt näherte, fehlte immerhin eine schützende Schicht Kleidung, oder nicht?

»Meins!«, fauchte ich, als Klitschko einen meiner Schuhe in die Luft warf – mit einer Miene überquellender Euphorie. So, als wären diese ausgebeulten, dreckigen Sneakers das schönste Spielzeug dieser Welt. Ein herzerweichender Blick traf mich. Der Schuh baumelte inzwischen an einem Schnürsenkel zwischen seinen Zähnen.

»Aus.« Ich setzte eine bitterböse Miene auf. Oder zumindest hielt ich sie dafür.

Sie wirkte tatsächlich. Klitschko spuckte mir den Schuh mit einem Ausdruck tiefster Verachtung vor die Füße und ließ sich daneben nieder, um ihn zu bewachen.

Zumindest würde Klitschkos Anwesenheit die meisten Menschen fernhalten. Wenn Peters Hund einen entschiedenen Vorteil hatte, dann diesen. Die wenigsten trauten sich näher als zwanzig Meter heran.

Inzwischen hatte ich mich meiner Hose entledigt und watete ins Wasser. Meine Versuche, Klitschko in die seichten Wellen zu locken, scheiterten, auch wenn es die Länge seiner Schleppleine ohne Weiteres erlaubt hätte. Seine Prioritäten lagen erst einmal bei meinem Schuh.

Der Sommerwind wirbelte warm durch meine Haare. In einiger Entfernung schipperte die MS Berta mit einem Deck voller Urlauber vorbei und schickte ein paar Wellen ans Ufer. Kühl und sanft spielten sie um meine nackten Waden. Kieselsteine schimmerten rötlich, golden und cremefarben durch das klare Wasser hindurch. Ihre glatten Erhebungen spürte ich deutlich unter meinen Fußsohlen. Mit jedem Meter, den ich mich tiefer in den See hinauswagte, stieg das Wasser an.

Inzwischen reichte es mir bis zu den Achseln. Sanft spülten kleine Wellen um meinen Körper. Das Wasser hüllte mich ein, und …

*Huch!*

Ein kleiner Schrei kam mir über die Lippen, bevor ich mich beherrschen konnte. Etwas streifte meinen Fuß. War es ein Taucher? Panisch zog ich mein Bein zurück. Doch ein näherer Blick ins Wasser bestätigte mir, was jeder normale Mensch ohnehin längst vermutet hätte: Ein dicker, dunkler Fisch zog dicht neben mir seine Kreise. Die Flossen schlugen energisch gegen den Wasserwiderstand an.

*Puh.* Durchatmen.

Ich warf noch einen unsicheren Blick nach hinten. Nein, niemand in Sicht. Beherzt stieß ich mich mit den Füßen ab. Es brauchte keine ausladenden Bewegungen, um im Wasser zu schweben. Sogar mein Rücken kam mir beinahe schwerelos vor.

»Klitschko!«, rief ich. »Komm ins Wasser!«

Keine Reaktion.

Eine nasse Haarsträhne hing mir über die Augen. Tropfen perlten darauf, sie glitzerten ein wenig im Licht. Dann drehte ich mein Gesicht zur Sonne und genoss die Schwerelosigkeit.

Warm spürte ich das Licht auf meinen nassen Wangen. Das Wasser umschloss mich, als wäre ich ein Teil des Chiemsees. Auf sonderbare Weise mit ihm verbunden. Und mit jeder kleinen Bewegung, die mich in der Schwebe hielt, übertrug sich seine Ruhe auf mich.

Mit geschlossenen Augen ließ ich mich von den Wellen sanft hin und her schaukeln. Vor meinen geschlossenen Lidern erahnte ich schemenhaft das Glitzern der Wellen im

Sonnenlicht. Sanft fühlte ich die Bewegungen des Wassers an meiner Haut. Wellen schwappten leise gegen meinen Hals. Und zu meiner Überraschung ließ ich los. Meine Muskeln entspannten sich.

Langsam atmete ich ein und aus. Mit jeder kleinen Paddelbewegung wurden meine Arme und Beine wärmer. Und nicht nur das. Offenbar bemerkte ich gerade zum ersten Mal bewusst, dass ich Gliedmaßen besaß. Im Alltag schienen sie mir so selbstverständlich. Ich achtete kaum auf meinen Körper. Meist lebte ich, als wäre ich nichts als ein schwebender Kopf. Ein ständig rotierendes Gehirn ohne Körper und Erdung. Kein Wunder. Einen Körper zu haben, hatte sich in meinem Leben selten als Vorteil herausgestellt. Vielleicht war es an der Zeit, ihn nicht länger zu ignorieren.

Womöglich waren meine Beine nicht nur dazu gedacht, immer nur wegzulaufen. Und vielleicht fand sich auch für meine Arme eine sinnvolle Aufgabe, anstatt automatisch jeden von mir zu stoßen, der in meine Nähe kam.

Eine Silhouette bewegte sich über den Wanderweg, einen vierbeinigen Begleiter konnte ich nicht ausmachen.

»Müssen Sie vorbei?«, rief ich vorsichtshalber. Auch wenn es sich hier um eine Hundewiese handelte, blieb Klitschko eben Klitschko. »Soll ich den Hund kürzer anbinden?«

»Ich komme klar, danke!«, schallte es von der Dame dort zurück.

Eine Weile sah ich ihr nach, beobachtete, wie sie sich auf einer Parkbank niederließ. Als sie schließlich ein Buch aus ihrer Handtasche nahm und durch die Seiten blätterte, entspannte ich mich wieder.

Ich seufzte. Das Wasser um mich herum fühlte sich an wie

eine weiche, federleichte Decke. Sie hüllte mich ein, gab mir Schutz, ohne mich einzuengen. Vielleicht hatte ich lange Zeit die Wirkung des Sees unterschätzt. Der Chiemsee schloss mich in seine Arme.

Der Wasserstrom eines vorbeischwimmenden Fisches streifte sanft meinen Bauch, und ich lächelte. Wer hätte schon gedacht, dass ich – an einem gewöhnlich recht belebten Stück des Chiemsees – im Wasser planschen und nach all der langen Zeit tatsächlich entspannen würde? Ganz ohne Angst, jemand könne unbemerkt in meine Nähe kommen.

Niemand interessierte sich für mich. Das redete ich mir zumindest ein. Niemand.

»Hallo?«, schallte es zu mir herüber.

Irritiert öffnete ich die Augen. Die Frau vom Wanderweg stand inzwischen direkt am Ufer. Sie beugte sich über Klitschko, der seine fünf Meter lange Leine mehrmals um die Holzbank gewickelt hatte und nun an Ort und Stelle festsaß. Selbst aus der Ferne erkannte ich den feindseligen Ausdruck, mit dem er die Dame bedachte.

»Ist das Ihr Hund?«

Ich fuhr hoch, hastig schwamm ich in Richtung Ufer. Zu hastig. Ein Schrei entfuhr mir, als sich ein stechender Schmerz in meinen Rücken bohrte. Es kostete mich meine komplette Selbstkontrolle, die Zähne zusammenzubeißen und weiterzuschwimmen. »Was ist passiert?«, rief ich atemlos. Meine Füße platschten durch das seichte Wasser, als ich zurück ans Ufer rannte. »Hat er was angestellt?«

»Nein, ich möchte ihn nur gern streicheln.«

Keuchend hielt ich mir meinen schmerzenden Rücken, presste die Hände fest auf meine Lenden. Der Schmerz steckte mir in der Rückenmuskulatur wie ein Messer. »Das geht leider nicht.«

»Warum?« Sie wich zurück. »Beißt er?«

*Nur Erwachsene. Kinder schluckt er im Ganzen.* »Nein, aber ...«

»Ach so.« Sie ging in die Hocke und streckte die Hand nach Klitschko aus, der ihr einen bohrenden Blick zuwarf und ein paar verzweifelte Zentimeter nach hinten rutschte – so weit es die verhedderte Leine erlaubte. »Dann kann man ihn ja doch streicheln.«

»Nicht anfassen!«, brüllte ich. Meine Stimme war kräftig und unfreundlich geworden. Niemand konnte sich besser in Klitschkos Lage versetzen als ich.

»Aber ...«, setzte die Dame an, die erschrocken zurückgezuckt war.

Ich stellte mich schützend vor Klitschko, der sich inzwischen in Sitzposition gebracht hatte. Durch die verkürzte Leine war er allerdings nicht fähig, den Rückzug anzutreten. Die Härchen an meinem Nacken stellten sich auf. Die Dame war viel zu nah. »Er mag nicht gestreichelt werden.«

»Und der gehört Ihnen?« Ihr skeptischer Blick wanderte an mir herab. »Was will man denn mit einem Hund, der sich nicht streicheln lässt?«

Kurz unterdrückte ich den Impuls, der Dame durch die perfekt frisierten Haare zu wuscheln – *Ach, das mögen Sie nicht?* –, dann drehte ich mich wortlos um und entwirrte Klitschkos Leine.

Der Hund schenkte mir sein schönstes Hundelachen, und ich lächelte zurück. Meinen bis zur Unkenntlichkeit zerkauten Schuh entdeckte ich erst ein paar Sekunden später.

# Kapitel 12

Noch drei Meter. Die Haustür der Bachhubers wartete auf mich wie die Ziellinie beim Marathon. Aus den Augenwinkeln sah ich, wie Leon hindurchschlüpfte. Offenbar verbrachte er seine Mittagspause hier.

»Klitschko!«, brüllte ich und klammerte mich an die bis zum Äußersten gespannte Leine. Mein zerrissener Schuh rutschte mir beinahe vom Fuß. »Nicht so schnell!«

Japsend und fiepsend nahm der Hund Anlauf. Er peilte die Haustür an, die sich noch einmal öffnete und einen Blick auf Adrian freigab. Vielleicht hatte er Klitschkos Japsen gehört. Insgesamt dreimal sprang der Hund mit aller Kraft in die Leine, bis sie mir aus der Hand rutschte.

Adrian fungierte glücklicherweise als Prellbock. Ihm entwich ein schmerzvolles »Uh«, als zwei Pfoten in seiner Magengegend auftrafen.

Kurz blieb ich stehen. Unfähig, die Aufmerksamkeit auf mehr zu lenken als meine erschöpfte, viel zu schnelle Atmung. Irgendwo ganz unten, fast beim Zwerchfell, stach die einströmende Luft erbarmungslos in meine unsportliche Lunge. Ich schloss die Augen. Nicht nur, um meinen Kreislauf zu beruhigen, sondern auch, um Adrian nicht ansehen zu müssen. Der Wunsch nach Nähe war so schnell verschwunden, wie er gestern gekommen war. Scham stieg in mir auf, als ich ihm gegenüberstand. In diesem Augenblick fühlte ich mich nackt und verletzlich. Klein und hilflos. Vielleicht war es am besten, ihm die kalte Schulter zu zeigen, bis ich abreiste. Irgendwann würde er damit aufhören, mich verstehen oder gar unterstützen zu wollen. Antipathie ertrug ich leichter als Mitleid.

»Wie läuft das Krafttraining mit deinem stark behaarten Personal Trainer?«, fragte Adrian gut gelaunt, während er das flauschige Energiebündel mit einiger Anstrengung durch die Tür bugsierte. Meine Unsicherheit schien er entweder nicht zu spüren oder ganz bewusst über sie hinwegzugehen. Gut, dass ich in diesem Augenblick ohnehin weder Kraft noch Atem hatte für ein Gespräch.

Ich warf ihm nur einen matten Blick zu, während ich ihm ins Haus folgte. Mein hochroter Kopf und die verschwitzten Haare waren Antwort genug.

Adrian verstand. Er grinste mich nur an. »Ein kühles Glas Wasser?«

»Sauerstoffzelt«, brummte ich erschöpft. Aber ich grinste nicht zurück. Stattdessen lehnte ich meine verschwitzte Stirn an den Türrahmen, fasste nach der Klinke und schloss die Haustür hinter mir.

Laut drang das Geräusch von einer wasserschlabbernden Hundezunge durch die Wohnung. Klitschko stillte offenbar seinen Durst am Trinknapf.

Gerade wollte Adrian sich abwenden, da blieb sein Blick an meinen Füßen hängen. »Was, um Himmels willen, ist mit deinem Schuh passiert?«

»Klitschko hat mir … zur Vermeidung von Fußschweiß Luftlöcher und ein ausgeklügeltes Belüftungssystem empfohlen.« Ich seufzte leise. »Und gleich tatkräftig umgesetzt.«

Umständlich hob ich den Fuß und zupfte an den Fetzen herum. Ein Wunder, dass ich es damit unfallfrei bis nach Hause geschafft hatte. *Moment.* Erschrocken biss ich mir auf die Unterlippe. Hatte ich gerade ernsthaft *nach Hause* gedacht?

»Dieser Hund.« Adrian schüttelte verständnislos den Kopf, dann drehte er sich um und ließ mich mit Klitschko allein, der gerade mit tropfnassem Bart aus seiner Trinkschüssel auftauchte und den halben Flur unter Wasser setzte. Sein Bart schien ähnliche Mengen Wasser speichern zu können wie ein Wischmopp.

»Meister Tropfebart«, murmelte ich belustigt.

Der Hund grinste mir zu. Wassertropfen trafen mit einem unwirklich lauten Geräusch auf dem Dielenboden auf. Im ersten Stock hallten Schritte durch das Treppenhaus, offenbar hatte Leon sich dorthin verzogen.

»Das geht auf Klitschkos Konto?«, hörte ich Peters Stimme. »Fleißiger Bursche, hm?«

Ich blickte auf. Im Schatten des fensterlosen Flurs hatte ich seine leicht schwankende Gestalt mit Gehhilfe zunächst gar nicht wahrgenommen. Peters Stimme klang so freundlich und vergnügt wie immer. Nur wenn man genau hinhörte, bemerkte man den leisen Hauch einer Erschöpfung darin. »Ich werde dir die Schuhe natürlich ersetzen, Josefine.«

»Nicht nötig«, wehrte ich ab.

»Doch.«

»Ich war selbst schuld«, betonte ich. »Schließlich habe ich sie direkt in seiner Reichweite liegen gelassen, als er unbeaufsichtigt war.« Schnell wechselte ich das Thema. »Soll ich die Tür schließen, damit er dich in seiner Aufregung nicht umrennt?«

»Wird er nicht.«

Mit dem Kopf nickte ich in Klitschkos Richtung. »Du hast Mut«, sagte ich.

»Nein, Vertrauen«, verbesserte er mich.

Meine Augenbrauen hoben sich unwillkürlich. Dass Klitschko so etwas wie Rücksicht kannte, kam mir ähnlich wahrscheinlich vor wie die Existenz von grünen Männchen auf dem Mars.

Und wer würde mir diese Einstellung verübeln? Der Hund – offenbar entrüstet, dass er meine Aufmerksamkeit mit Peter teilen musste – sprang mir gerade mit den Pfoten voraus in die Magengrube. Ich sog scharf die Luft ein, als ein stechender Schmerz durch meinen Rücken schoss. »Schluss jetzt«, rief ich ärgerlich.

Doch Klitschko hörte nicht auf mich. Seinen plötzlichen Stimmungswechsel hätte ich im Leben nicht voraussagen können. Verrückt. Offenbar wohnten da zwei Hunde sehr unterschiedlichen Charakters in einem Körper. Dr. Jekyll und Mr. Hyde. Er raste im Slalom um uns herum und stieß mit dem laut fluchenden Adrian zusammen, der mir ein Glas Wasser hinstreckte und sich anschließend anschickte, den Hund an seinem Halsband zu fassen. Fehlanzeige. Klitschko erwies sich als viel zu flink.

Peter öffnete den Mund, doch ich hob die Hand.

»Einmal …«, sagte ich und nahm einen hastigen Schluck Wasser. Dabei verschüttete ich beinahe so viel wie Klitschko mit seinem Bart. »Nur einmal möchte ich es selbst schaffen, ihn zur Vernunft zu bringen.«

Offenbar verstand Peter genau, was ich meinte, denn er nickte nur wortlos, in seinen Augen ein verschmitztes

Lächeln. Vermutlich freute es ihn sogar, dass ich nicht empört meine Koffer packte und auszog, sondern gewillt war, dem Riesenschnauzer tief in die Augen zu sehen und um die Vormachtstellung zu kämpfen.

Adrian zuckte grinsend die Schultern. »Wenn du Glück hast – und seine zwei Gehirnzellen, die er besitzt, mal zusammenarbeiten …«

»Sprich nicht so über den Hund«, fuhr Peter ihn scharf an. Obwohl er ihn nicht einmal hätte verteidigen müssen, da der Hund Adrian im Vorbeilaufen so arg anrempelte, als hätte er ihn verstanden.

»Schluss!«, brüllte ich, als der Hund mit Tempo zwischen meinen Beinen hindurchpolterte und mich beinahe zu Fall brachte.

Peter hatte sich keinen Zentimeter gerührt. »Zeig ihm deine Stärke, Josefine.«

»Meine Stimme ist am Limit.«

»Wer hat gesagt, dass Stärke laut sein muss?«

Ich schloss kurz die Augen und atmete tief durch. Obwohl ich Klitschko auf eine ganz eigenartige Weise gernhatte, kostete er mich definitiv Nerven.

»Glaubst du, dass du das Zeug hast, in dieser Beziehung die Stärkere zu sein?«, fragte Peter.

Resigniert zuckte ich mit den Schultern. »Eigentlich nicht. Führung und Stärke waren noch nie mein Ding.«

»Wenn du es dir schon nicht zutraust«, sagte Peter langsam, »wieso sollte er?«

»Hm«, machte ich.

Die Hände in die Hüfte gestemmt, ignorierte ich eisern den Hund, dessen Schnauze sich nun zwischen Handfläche und Pulli hindurchbohrte. Was er auch immer dort zu finden glaubte.

»Denkst du, ich hätte mich an der Hüfte operieren lassen, wenn der Arzt an seinen Fähigkeiten gezweifelt hätte?« Peter lachte laut. »Wenn er mir signalisiert hätte, dass Operieren noch nie sein Ding war?«

»Punkt für dich.« Ich grinste schief.

»Er formt deinen Charakter, dieser Hund.« Peter lächelte, als sich der Riesenschnauzer an seine Seite drückte. »Wie ein Kind mit Knete. Und um etwas zu formen, braucht es Druck. Das mag vielleicht mal wehtun. Aber am Ende kommt hoffentlich etwas Schönes dabei heraus.«

»Wenn du das sagst.« Um ehrlich zu sein, sah ich in Klitschko weniger den Knete-Künstler, sondern eher den Zerstörer. Und meine sorgsam gepflegte Nervensammlung erwartete genau dasselbe unselige Ende wie meinen linken Schuh.

»Eure Beziehung muss auch erst einmal wachsen, Stück für Stück.« Liebevoll kraulte Peter den Hund an den Ohren. Dafür musste er sich noch nicht einmal bücken. Eine rückenschonende Hunderasse. Was auch sonst, in einem Haushalt, wo ein Physiotherapeut wohnte? »Und nicht vergessen, dabei die Rangordnung auszudiskutieren.«

»Ich dachte eigentlich, wir wären schon weiter«, gab ich zu. Wehmütig erinnerte ich mich daran, wie Klitschko sich artig zurückgenommen hatte, als ich endlich den Mumm gefunden hatte, mich zwischen ihn und sein Essen zu stellen. Doch das fühlte sich mittlerweile an wie eine Erinnerung aus lang vergangenen Zeiten. Verrückt. »Gestern zum Beispiel …«

»Gestern bleibt im Gestern. Das Heute ist ein fast unbeschriebenes Blatt«, sagte Peter. Liebevoll sah er auf den Hund hinab. »Beziehungen sind kein Zustand. Eher ein Ringen um Balance. Ein gemeinsamer Seiltanz in zehn Metern Höhe. Fragil. Beweglich.«

»Seiltanz«, wiederholte ich.

Peter nickte. »Und am nächsten Tag hat sich der Wind gedreht, und man beginnt von Neuem.«

»Das ist kein Seiltanz, das ist Wrestling«, schaltete sich Adrian ein, der seinen Vater sanft auf die kleine Schuhkommode schob und die Krücken an die Wand lehnte. »Deine Hüfte verträgt das lange Stehen noch nicht.«

»Dann hört es nie auf?«, fragte ich nachdenklich.

»Doch.« Wieder lächelte Peter. »Wenn man sich vertraut und respektiert, geht es schneller.«

»Oder wenn man einfach genauso heftig wie der Hund in die entgegengesetzte Richtung zieht«, schlug Adrian trocken vor. »Funktioniert genauso gut.«

»Das nennt man rücksichtslos.« Peters Augen schienen seinen Sohn zu röntgen.

Adrian grinste. »Nein. Das nennt man Physik.«

Noch immer mit einem Grinsen im Gesicht klatschte er auf seine Oberschenkel, um Klitschko zu sich zu rufen. Während er ihm Halsband und Geschirr auszog, suchte sein Blick meinen. »Stimmt's, Josefine?«

Doch ich gab nur ein unbestimmtes »Hm« von mir und zuckte mit den Schultern. Adrians Hazel-Augen strömten eine Wärme aus, die ich liebte und hasste zugleich. *Verdammt. Verdammt. Verdammt.* Sie faszinierten mich. Ich schaffte es nicht wegzusehen, sondern starrte stattdessen nur weiter auf den hellbraunen Stern rund um seine Pupille, der sich nach außen hin in einem hellen Grünton verlor. Umrahmt wurde das Farbenspiel von einem dunkelgrünen Ring, der seinen Blick intensivierte. Adrian schien mich anzuziehen wie ein Glas Nuss-Nougat-Creme. In dem Wissen, dass mir schlecht sein würde, wenn ich es auslöffelte.

»War er brav?«, fragte Adrian weiter. »Klitschko, meine ich? Auf dem Spaziergang?«

Ich starrte ihn an.

»Für seine Verhältnisse«, fügte er hinzu.

»Ja.« Mein Nicken war steifer als sonst. Als wäre mein Kopf auf dem Hals eingerostet. Das Mitleid, das schon wieder in seinem Blick aufflackerte, kam mir näher, als ich es ertragen konnte. Ich wäre gern geflüchtet. Aber wie wurde man jemanden los, dem man selbst zu Hause ständig über den Weg lief? *Zu Hause.* Schon wieder dieses Wort.

Auch Adrian sah mich nachdenklich an. Vielleicht versuchte er, sich einen Reim auf meine Einsilbigkeit zu machen. »Freut mich«, meinte er schließlich.

Peter rutschte auf der Schuhkommode ein Stück weiter nach hinten. Für den Bruchteil einer Sekunde verspannte sich seine Gesichtsmuskulatur. Doch Adrian hatte es genauso bemerkt wie ich.

»Ich bring dich wieder ins Bett. Dann kümmere ich mich noch mal um deine Hüfte.«

»Wenn du das sagst.«

Stumm ging ich Adrian zur Hand, während er Peter zurück in sein Bett verfrachtete, ein paar verspannte Muskelstränge massierte und noch einmal eine weitere physiotherapeutische Übung mit ihm probierte.

Ein wenig später, als ich die Treppe hinauf in mein Zimmer stieg, lief ich Leon auf halber Höhe direkt in die Arme.

»Sag mal, habt ihr zufällig irgendwo eine Yogamatte oder so was?«, fragte ich, auch wenn ich mir nicht wirklich vorstellen konnte, dass irgendjemand aus dem Hause Bachhuber so etwas benutzte.

»Eine was?«

*Bingo.* Diese Antwort hätte ich eigentlich voraussehen können. »Das ist so eine Unterlage, die man aufrollt, wenn man sich an Gymnastikübungen versucht und …«

»Yoga ist das, wo man Ommm sagt, oder?«

»Ähm«, machte ich.

»Nicht ähm! Ommm!«

Ich verdrehte hilflos die Augen.

»Adrian?«, plärrte er prompt.

Unwillkürlich biss ich mir auf die Lippe und fühlte die Farbe meiner Wangen in ein leichtes Pink umschlagen.

»Hm?«, tönte es von unten.

»Haben wir eine Yogamatte?« Sein lautes Rufen schmerzte in meinem Ohr, doch ich rührte mich nicht vom Fleck.

»Ja, schon«, brummte Adrian. »Willst du zum Yogakurs und Mädels aufreißen?«

»So ähnlich.« Leichtfüßig schwang Leon sich mit dem Hintern auf das Treppengeländer und rutschte ins Erdgeschoss hinunter.

»Abstellkammer«, rief Adrian ihm nur knapp zu, während er wieder in Peters Zimmer eilte.

Mit einem unverständlichen Grunzen verschwand Leon außer Sicht. Ein Rumpeln folgte, Klappern von Geschirr und leise Schritte. Kurz war es still.

»Alles okay?« Vorsichtig spähte ich die Treppe hinab. Eigentlich hatte ich gehofft, nicht öfter als nötig auf- und absteigen zu müssen. Vorsichtig setzte ich einen Fuß auf die Stufe unter mir.

Drei ganze Schritte schaffte ich, dann kam Leon mir entgegen. Klitschko klebte an ihm, als hätte er sich mit Sekundenkleber an der Yogamatte festgeklebt.

»So was?« Leon sprang die Treppenstufen nach oben, um mir die lilafarbene Rolle in die Hand zu drücken.

»Perfekt. Danke.« Ich schenkte ihm ein Lächeln. Offenbar hatte ich den Jüngsten der Bachhuber-Brüder ordentlich unterschätzt. Wenn man die drei mal kennengelernt hatte, waren sie vermutlich alle recht hilfsbereit.

»Gern.« Sein Lächeln war eine Spur zu breit, als er mir die Tür zu meinem Zimmer aufhielt.

Ich warf die Matte auf den Fußboden. Misstrauisch beäugte ich Klitschko, der mich – ganz Rüpel – aus dem Weg stieß, um als Erster ins Zimmer zu kommen.

»Das Zimmer hat ihn doch nie groß interessiert«, bemerkte ich stirnrunzelnd.

»Er ist gut in Yoga.« Leons Lächeln wurde noch eine Spur breiter, auch wenn ich das nicht für möglich gehalten hätte. »Seine Lieblingsstellung ist der herabschauende Hund.«

»Haha«, gab ich tonlos zurück, dann schloss er die Tür hinter Klitschko und mir.

Der hatte seine Nase inzwischen tief in der Rolle vergraben und begann, mit einem Ausdruck irgendwo zwischen Begeisterung und Wahnsinn, zu schnüffeln.

Ich musste unwillkürlich an Adrians Warnung denken, die er mir beim Dorffest gegeben hatte: *Traue nie einer ange-*

*brochenen Packung, wenn es mein kleiner Bruder ist, der sie dir gibt.* Und diese Vorsicht übertrug man am besten auch auf Yogamatten.

Mit Bedacht rollte ich sie auf, was Klitschko ein seliges Japsen entlockte, und seufzte genervt auf. Leons Scherze waren an Kindsköpfigkeit kaum zu überbieten.

Was war das überhaupt, das da großflächig an der Yogamatte klebte? Es roch ähnlich wie Klitschkos Dosenfleisch, das er täglich zweimal zu fressen bekam.

»Guten Appetit.« Genervt schob ich Klitschko die Matte hin, der sich das natürlich nicht zweimal sagen ließ. Kurz erwog ich, Leon zu fragen, was daran bitte schön lustig sein sollte, dann ließ ich es doch sein.

Nachdem Klitschko die Matte porentief gereinigt hatte (ich musste auch kurz drüberwischen), versuchte ich mich endlich an den Rückenübungen eines YouTube-Videos. Oder besser gesagt: Wollte mich versuchen. Kaum hatte ich mich ordnungsgemäß auf den Rücken gelegt, die Knie angezogen und die Arme um meine Knie geschlungen, war Klitschko der Meinung, eine beträchtliche Menge Futter (ein Mikrogramm) unter meiner linken Pobacke vergessen zu haben. Laut schnüffelnd schob sich eine feuchte Nase unter meinen Schenkeln hindurch.

»Muss das sein?«, grummelte ich.

Mir entfuhr ein Schrei, als der Hund mich unsanft zur Seite stupste und bei dieser ruckartigen Bewegung mein Hexenschuss zuschnappte wie eine Mausefalle.

Schuldbewusst leckte er mir über die Nase, während ich noch nach Atem rang.

»Du bist schrecklich«, klagte ich.

Versuch Nummer zwei lief auch nicht besser. Die wechselnden Posen von Hohlkreuz und Katzenbuckel fanden ein schnelles Ende, als Klitschko während des Katzenbuckels unter meinen Bauch schlüpfte, sich zu voller Größe aufrichtete und mich – auf seinem Rücken – einen halben Meter durch den Raum schleifte. Im Gegenteil zu Menschen ertrug ich Hunde jederzeit in meiner Nähe.

»Gleich werfe ich dich raus«, drohte ich.

Als ich schließlich mit ausgebreiteten Armen auf dem Rücken lag und meine angewinkelten Beine erst nach links, dann nach rechts fallen ließ – »Lassen Sie Ihre Knie kontrolliert zur Seite fallen« –, sprang er mir mit Anlauf auf die Knie. Unter »kontrolliert« verstand die freundliche YouTube-Physiotherapeutin vermutlich etwas anderes, denn der Schmerz, der mir jetzt in den unteren Rücken fuhr, fühlte sich an wie ein Messer. Ein Schrei kam mir über die Lippen, bevor ich näher nachdenken konnte. Meine Gedanken schienen für ein paar Sekunden betäubt.

Schnelle Schritte polterten die Treppe herauf.

»Josefine?«, hörte ich Adrians Stimme vor der Tür. »Ist alles okay?«

»Bestens«, krächzte ich, während ich versuchte, den Riesenschnauzer von meinen Knien zu schubsen.

Allerdings schubste man fünfzig Kilo Schnauzer (das Ego noch nicht mitgerechnet!) gar nicht so einfach in der Gegend herum. Ich stieß energisch gegen seinen Brustkorb, doch das entlockte ihm nur ein faules Grunzen.

»Ist der Hund bei dir?«

»Ja«, rief ich zurück.

Wieder gab ich Klitschko einen Stoß, diesmal heftiger.

Schmerz zuckte durch meinen Rücken, und ich schrie abermals, diesmal noch lauter.

»Ich komme rein, in Ordnung?«

Jegliche Antwortversuche verliefen erfolglos. Das Einzige, was noch aus meinem Mund drang, war ein leises Wimmern.

»Ich komme rein«, verkündete Adrian bestimmt.

Wenn ich in diesem Moment die Möglichkeit gehabt hätte, durch eine Falltür zu verschwinden – ich hätte selbst den damit verbundenen Sturz in Kauf genommen.

Die Tür öffnete sich vorsichtig, und Adrian trat ein. »Oh Shit«, entwischte es ihm, als er mich auf dem Boden liegen sah, das Gesicht vor Schmerzen zu einer Fratze zusammengekniffen.

Energisch scheuchte er den Hund weg, dessen volles Gewicht noch immer auf meinen Knien gelastet hatte. Ich jaulte auf, als er ohne Widerworte gehorchte und mein Knie von dem plötzlichen Verlust des Gegengewichts nach oben schnellte. Ich presste eine Hand auf meinen Mund, um die Schmerzenslaute zu ersticken, doch mit wenig Erfolg. Der Hund trat derweil den Rückzug an, die Treppe hinunter und ins Erdgeschoss, wo er offenbar Leon vor die Füße lief – zumindest erweckte eine ganze Batterie an Flüchen diesen Eindruck.

Ich stöhnte. Unfähig, mich zu bewegen.

Über mir erahnte ich Adrians Schatten. Kurz verschwand er ins Bad. Leises Rauschen und Gluckern verrieten mir, dass er offenbar den Wasserhahn aufgedreht hatte. Sekunden später kam er auch schon mit einer Wärmflasche zurück.

»Darf ich …« Er musterte mich nachdenklich. »Sag du mir, was du aushalten kannst. Ich hab versprochen, dich nicht anzufassen, aber andererseits will ich dich auch nicht hier liegen lassen.«

»Ähm«, antwortete ich. Unfähig, auch nur einen einzigen klaren Gedanken zu fassen.

»Darf ich dir die unter den Rücken schieben?«, fragte er und hob die Wärmflasche hoch.

»Mhm.« Ich nickte. Kraft für Widerstand hätte ich ohnehin nicht gehabt.

Ganz vorsichtig schob Adrian mir die Wärmflasche unter den Rücken. Er hatte nur ganz wenig Wasser eingefüllt, sodass ihr Volumen die natürliche Position meiner Muskulatur nicht weiter störte. Intuitiv schien ich die Wirkung der Wärmflasche vorauszuahnen, denn mein Rücken entspannte sich bereits, sobald er auch nur den ersten Hauch der Wärme ertastete. Weh tat es trotzdem.

»Darf ich deine Beine hochlagern?«

»Okay«, schnaufte ich.

Der kleine Holzhocker schabte auf dem Boden, als Adrian ihn in Position rutschte und eine zusammengerollte Wolldecke darauf platzierte. Ich war ihm dankbar, dass er meine Füße nicht umfasste, sondern lediglich seinen Arm unter meine Unterschenkel schob. Haut an Haut. Die Berührung traf mich wie ein Stromschlag. Doch bevor ich näher darüber nachdenken konnte, lagen meine Beine in Position. Adrian war einen großen Schritt zurückgetreten.

»Das entspannt die untere Wirbelsäule«, hörte ich ihn erklären. »Die Schmerzkurve sollte dadurch ein wenig abflachen.«

»Danke«, presste ich heraus.

In Adrians Hosentasche vibrierte ein Handy. Irritiert tastete er danach, zog es jedoch nicht heraus.

»Geh ruhig ran.«

»Ich würde dir gern helfen. Aber ich weiß nicht, wie.« Nachdenklich sah er mich an. Sein Blick war so intensiv, dass es sich anfühlte, als würde er mich damit berühren.

»Komme klar«, sagte ich und rang mich zu einem schiefen Grinsen durch. Die entlastende Position und die Wärmflasche an meinem Rücken zeigten bereits ein wenig Wirkung.

»Taubheit oder Kribbeln in den Beinen spürst du aber nicht, oder?«, fragte er.

»Nein«, antwortete ich. »Danke für die Erste Hilfe.«

»Jederzeit.« Adrian zog die Tür auf. Er stand bereits halb auf dem Gang, da hielt er noch einmal inne. »Ich lasse die Tür angelehnt. Laut rufen, wenn du mich brauchst, ja?«

Ich schenkte ihm ein dankbares Lächeln von schräg unten, dann verschwand er aus dem Zimmer.

# Kapitel 13

*Bewegung trägt zur Verbesserung der Beschwerden bei.* Ich wusste nicht mehr, wie oft ich diesen Satz schon im Zusammenhang mit Hexenschuss und Rückenschmerzen gelesen hatte. Und welcher Sadist ihn ins Netz gestellt hatte. War man mal in Bewegung, mochte das gerne stimmen. Aber bis dahin? Verdammt, verdammt, verdammt. Dass Schmerzen so stark werden konnten, um kleine Sternchen vor meinen Augen platzen zu lassen, hatte ich bis dato beinahe vergessen. Die Entspannungsposition mit hochgelagerten Beinen hatte mir zweifelsohne gutgetan, doch beim Aufstehen nach einer halben Stunde war mir dennoch so mancher Fluch über die Lippen gekommen.

Adrian, mit dem ich direkt im Anschluss auf dem Weg zum Bad zusammengestoßen war, hatte mir angeboten, meinen Rücken anzuschauen. Ich hatte abgelehnt. Nun ja. Unter der Beobachtung seiner grünbraunen Augen hatte ich die Flucht angetreten. Und den ganzen Weg hinunter durch das Treppenhaus seinen Blick zwischen meinen Schulterblättern gespürt.

Inzwischen schienen die Schmerzen ein wenig gedämpft. Fit fühlte ich mich nicht, aber zumindest würde ich den Tag ohne größere Probleme überleben.

Es war bereits später Nachmittag, als ich für einen kleinen Einkauf ins Nachbardorf verschwand – den Kühlschrank auf meine Kosten ein wenig zu füllen, war das Mindeste, was ich für die Unterkunft bei Peter tun konnte. Danach unterzog ich das Haus einer gründlichen Reinigung. Ein Hund trug eine Menge Schmutz nach drinnen. Und je größer die Pfoten, desto mehr Staub und Dreck sammelten sich darin. Wie sich herausstellte, transportierte Klitschko zwischen seinen Zehen ganze Schaufeln voll Erde und Sand, daher beschäftigte mich diese Aufgabe weitaus länger als zunächst gedacht.

Mit Wischmopp und Eimer bewaffnet quälte ich mich durchs Haus, darauf bedacht, so wenig Geräusche wie möglich zu machen. Dass Adrian sich womöglich anbot, mir zur Hand zu gehen, wollte ich tunlichst vermeiden. Ich ging ihm aus dem Weg, wann immer ich seiner Gesellschaft entfliehen konnte. Was er im Moment über mich dachte, darüber sollte ich am besten gar nicht erst nachdenken.

Erst als kein Stäubchen mehr irgendwo zu finden war, atmete ich durch. Ich nahm mir vor, den Eingangsbereich in Zukunft einmal am Tag grob durchzufegen, um untrügliche Spuren von Hundehaltung zu entfernen und alles einzusammeln, was Klitschko so als Souvenir von seinen Spaziergängen nach Hause brachte. Kleine Stückchen Rinde, ab und zu mal ein halb vertrocknetes Blatt. Was sich in so einem Bart verfangen konnte, war wirklich bemerkenswert. Kein Wunder, dass Peter ihn regelmäßig kämmte. Ganz zum Leidwesen des Riesenschnauzers, der diese Prozedur immer nur widerwillig über sich ergehen ließ. Ich ächzte, als ich das kleine Häufchen Erde zusammenkehrte. Danach war Adrian nirgends zu sehen, also verabschiedete ich mich von Peter – für einen Spaziergang. Ich musste raus. Weit weg von diesem

Haus, in dem mir gestern der Alkohol die Zunge gelockert hatte. Weit weg von meinen Gefühlen.

Auf dem Weg nach draußen lief ich Nico in die Arme, der glücklicherweise nur irgendetwas von Schichtwechsel brummte und mit seiner schlechten Laune in die Küche verschwand. Ich hörte noch, wie er die Kühlschranktür öffnete, dann stahl ich mich aus dem Haus.

Die Haustür hatte ich gerade erst hinter mir zugezogen – tatsächlich hielt ich noch die Klinke in der Hand –, da bemerkte ich Adrian. Den Kopf halb von seinem Kapuzenpullover umhüllt, eilte er über den Bürgersteig. Ein hektischer Blick flog in Richtung Haus zurück, bevor er in die nächste Straße einbog und hinter einer Scheune verschwand.

Ich schüttelte den Kopf. Schon zum zweiten Mal ertappte ich Adrian dabei, wie er sich aus dem Haus schlich – und nicht so wirkte, als würde er sich dabei gern erwischen lassen. Eine Frage stellte sich jedoch: War es Peter, vor dem er seine Ausflüge geheim hielt? Oder jemand anders? Womöglich sogar ich?

»Bist du im Stehen eingeschlafen?«, tönte es dumpf hinter der Tür. Ein leichter Druck unter meinen Fingern verriet, dass Nico offenbar von innen gegen die Tür drückte. »Ich muss mal zu meinem Auto. Geht das?«

»Sorry!« Ich zog die Tür auf.

Er musterte mich von oben bis unten. »Wollte dich nicht umstoßen. Du bist ja ein bisschen … zerbrechlich … mit deinem fantastischen Rücken.«

»Lieb von dir.« *Hätte ich dir gar nicht zugetraut.* Doch das sagte ich natürlich nicht laut.

»Alles okay?«, fragte er. »Oder genießt du einfach gern die Eingangstüren-Vibes?«

»Ja, ich …« Hastig scannten meine Augen die Straße, doch Adrian war längst verschwunden. »Ich hab nur … Ursprünglich dachte ich, das wäre Adrian, der gerade … Er ist öfter mal unterwegs, oder?«

»Ja«, antwortete Nico knapp. Sein Blick war nicht zu deuten.

»Sah dringend aus.«

»Ja, er …«, setzte Nico an. Nachdenklich starrte er in die Richtung, wo Adrian verschwunden war.

Meine Augenbrauen hoben sich.

Gerade als ich dachte, er würde den Satz gar nicht mehr zu Ende bringen, räusperte er sich. »Er … hat manchmal Verpflichtungen.«

»Solange alles okay ist …« Ich winkte ab. Hoffentlich dachte sich Nico nichts dabei. Eigentlich hätte ich gar nicht danach fragen sollen. Adrians Leben ging mich nichts an. »Er sah nur gestresst aus«, fügte ich als Erklärung hinzu.

Nico grinste mich schief an. »Adrian ist der perfekte Partner. Wenn ihm jemand sehr nahesteht, tut er alles, was er kann.«

»Ach.« Ich musste schlucken. Partner? Wenn dieser Kommentar nicht dazu diente, seinen Bruder anzupreisen wie bayerischen Radi auf dem Bauernmarkt, hieß das wohl, dass Adrian eine Freundin hatte. Eine, um die er sich aufopferungsvoll kümmerte.

Mit einem entschuldigenden Schulterzucken sprang Nico die Treppenstufen nach unten und zog den Autoschlüssel aus der Tasche. Sein Polo blinkte auf, als er die Sicherung entriegelte.

Energisch zog ich die Tür hinter mir zu, dann schob ich den Gedanken beiseite. Ob Adrian eine Beziehung führte oder nicht, sollte mich nicht kümmern, dennoch versetzte es mir einen fiesen Stich in die Magengegend, dass sein Herz einer anderen gehörte.

Verrückt. Mein Herz wusste längst, was es wollte. Auch wenn ihm der Teil meines Gehirns, der für Angst zuständig war, regelmäßig das Maul stopfte. Sei's drum. Eine Beziehung würde ich nie führen können.

Ich warf einen Blick auf die Uhr. Wenn ich noch einen Brief an meine Eltern schreiben wollte, sollte ich jetzt wirklich los. Kurz grüßte ich den Bauern von nebenan, der mit seinem Traktor vorbeifuhr, dann machte ich mich auf den Weg.

Je wärmer sich das Haus der Bachhubers anfühlte, desto kälter wurde das Dorf meiner Eltern. Deshalb entschied ich mich gegen meinen ursprünglichen Plan, dort einen weiteren Brief zu schreiben, und beschloss, nach Prien zu fahren. Um den Touristenmassen in den Ausflugsschiffen zu entgehen, nahm ich den Bus.

Die Bushaltestelle lag verlassen am Rand des Dorfes. Ein paar dichte Laubbäume spendeten Schatten. Prüfend warf ich einen Blick auf den Fahrplan, doch ich hatte die Zeiten richtig im Kopf gehabt. Der Bus würde in fünf Minuten abfahren.

»Du redest nur noch von ihr!«, hörte ich plötzlich Leons Stimme. Er klang genervt.

Adrian hingegen war die Ruhe selbst. »Stimmt nicht.«

»Doch.« Leon hörte sich trotzig an, gerade erinnerte er mich an ein Kind.

»Immerhin hast du jetzt meine volle Aufmerksamkeit.«

Leon schnaubte. »Super.«

»Hör zu, Leon.« Adrians dunkler, warmer Bass drang mühelos durch die Bäume. »So geht das nicht weiter. Ich kann nicht ständig …«

»Musst du auch nicht.«

»Doch.« Adrian klang mitfühlend. Wovon auch immer er sprach, ich hörte seine Geduld. »In einer Familie hält man zusammen.«

Ich nestelte nervös an einem Faden herum, der sich aus dem Stoff meiner Hosentasche gelöst hatte. Dieses Gespräch war mit Sicherheit nicht für meine Ohren bestimmt.

»Du behandelst mich, als wäre ich drei.«

Adrian seufzte schwer. »Weil du dich benimmst, als wärst du drei.«

»Lass mich das regeln.«

»Ich würde gern allein mit ihr reden!«, hörte ich Adrians Stimme.

Mit wem? Mit seiner Flamme? Hatte ich Nico doch richtig verstanden, und Adrian war in einer Beziehung? So wirklich klar hatte er sich nicht ausgedrückt. Und welche Rolle spielte Leon dabei? Verwirrt nestelte ich weiter an dem Faden meiner Jeans herum. Eine Stimme hörte ich deutlich in meinem Hinterkopf. *Nicht dein Bier, Josefine. Das geht dich nichts an.*

Als der Bus vor mir bremste, zuckte ich zusammen. Dankbar war ich dennoch, da er mir die Möglichkeit bot, von hier zu verschwinden, bevor Leon und Adrian um die Kurve bogen. Den Busfahrer grüßte ich mit einem halbherzigen *Servus*, als fürchtete ich, er könne mir an der Stirn ablesen, dass ich gerade fremde Leute belauscht hatte.

Ich setzte mich auf einen freien Einzelplatz. Hier lief ich wenigstens nicht Gefahr, dass sich jemand zu mir gesellte. So oder so. Werktags traf man um diese Uhrzeit glücklicherweise kaum Fahrgäste an.

Dass ich mich überhaupt für Adrians Frauengeschichten interessierte, verbuchte ich als Erfolg. Immerhin zeugte das von einer gewissen Eifersucht auf die unbekannte Miss X, die eventuell nicht einmal existierte. (Wunderschöne lange Beine und einen schlanken Bauch hatte sie im Gegensatz zu mir trotzdem, selbst wenn sie nicht der Realität entsprang!) Doch es zeigte mir, dass die Zeichen nicht ganz so hoffnungslos standen wie angenommen. Sosehr ich auch vor Adrian davonlief – der unverhältnismäßige Wunsch nach Distanz schien wohl dem Umstand geschuldet zu sein, dass er mich anzog wie ein Magnet.

Trotzdem fühlte ich mich schuldig, die beiden belauscht zu haben, und nahm mir vor, das Gehörte sofort zu vergessen. Die Karten dafür standen nicht schlecht: Immerhin visierte ich Prien an, wo mein Kopf damit beschäftigt sein würde, Erinnerungen zu wälzen.

Die komplette Fahrt lang stiegen kaum Fahrgäste zu. Gott sei Dank. Gelegentlich hielt der Bus an, um ein wenig frische Luft ins Innere zu lassen. Halb leer tingelte er durch die grünen Hügel. An braun gefleckten Kühen vorbei, die vor der malerischen Kulisse der Berge das saftige Gras fraßen und gemütlich aufsahen, als wir an ihnen vorbeibrausten.

Umso dichter drängten sich die Leute in Prien … wie ich feststellen musste, als ich schließlich ins Freie sprang. Gut gelaunte Urlauber machten es sich bei Kaffee und Kuchen in den Cafés gemütlich, sahen sich Schaufenster an oder stapften, bewaffnet mit Badetaschen und Schwimmnudeln, in Richtung See. Den Weg zum Hafen brachte ich im Laufschritt hinter mich. Ich lief Slalom um entgegenkommende Fußgänger, schlich mich durch eine Abkürzung und kam – ein wenig außer Atem – an der Landzunge an.

Durchatmen.

Heute war ich nur Gast in der Kulisse meines Lebens. Niemand würde am Ufer stehen und auf mich warten. Niemand würde mir auf die Schulter klopfen und sagen: Na also. Hier zu sein, ist die halbe Miete, der Rest kommt dann von ganz allein.

Schnaufend ließ ich mich auf einer Bank nieder und blickte auf den See hinaus. Mit einem lauten Hupen setzte sich gerade der alte Raddampfer Ludwig Fessler in Bewegung. Das Rauschen des Wassers in seinem Antriebsrad drang laut und mächtig zu mir herüber. Je weiter er auf den See hinausschipperte, desto mehr gab er von der Herreninsel frei. Das Königsschloss blitzte vorsichtig durch die Bäume, als wagte es nur einen schüchternen Blick in Richtung Prien. Als würde es sich am liebsten vor allen Menschen verstecken. So wie ich.

Ich kramte in meinem Rucksack und fischte Füller und Papier heraus. Briefe zu schreiben, war schön und gut. Aber wann war die Zeit gekommen, meinen Eltern gegenüberzustehen, wenn ich mich bei Tageslicht noch nicht einmal so recht in mein Heimatdorf wagte?

Was, wenn ich im schlimmsten Fall zwei Wochen bei Peter und Adrian wohnte und trotzdem nie den Mut fand, das zu tun, wofür ich angereist war? Irgendjemand hatte mir einmal gesagt: *Es braucht Mut, dich deinen Gegnern zu stellen und zu kämpfen. Doch dein angsteinflößendster Gegner bist du selbst.*

Ja, vielleicht war ich das. Womöglich musste ich erst mich selbst besiegen, bevor ich einen Kampf mit meinen Eltern austragen konnte.

Seufzend schob ich mir das Blatt Papier auf die Knie und zückte den Stift.

*Hallo Mama, hallo Papa,*
*wisst ihr eigentlich, welche Freizeitbeschäftigungen mir gefallen? Pssst, kleiner Tipp: Alles, was mit Sport zu tun hat, ist es nicht. Ich habe zwei funktionsfähige Beine und ebenso zwei gesunde Arme, aber wie man mit denen umgeht? Keine Ahnung. Ich weiß, wie man am besten atmet, um seinen Körper perfekt unter Kontrolle zu bekommen. Ich weiß auch, wie man sich seine Kräfte einteilt. Wie man springt und wie man für Dehnübungen verschiedene Gliedmaßen an Stellen bringt, wo sie normalerweise nicht hingehören. Aber tun werde ich das nie. Meine Beine sind nicht dazu gemacht, einen Winkel steiler als fünfundvierzig Grad zu bilden. (Im Gegensatz zu meinen Geschwistern sind in meinen Beinen Knochen drin, die bei solchen Verrenkungen im Weg sind!) Und meine Arme müssen im Alltag nicht mehr stemmen als zwei*

*Kilo (ein Sack Kartoffeln, falls es euch interessiert). Ja, meine große Schwester Marie-Luise hat schon mit vierzehn Jahren fünfzig Liegestütze geschafft. Tobi war wütend, weil ihm nach vierzig die Kraft ausgegangen ist. Ich war stolz auf zehn. Wusstet ihr, dass Tobi mir was von seiner Belohnung abgegeben hat? Das Jojo hab ich noch heute.*

Ich blickte auf. Fröhlich quietschend sprang ein Mädchen die Stufen des kleinen Pavillons herab, der am hintersten Ende der Landzunge wachte. Die Stimme der Kleinen verlor sich im kräftiger werdenden Wind. Wie alt mochte sie sein? Fünf oder sechs vielleicht? Mit ihren kleinen Händen zog sie sich außen an den weißen Holzlatten des Pavillons hinauf, hangelte sich Stück für Stück um das Geländer. Immer wieder tasteten ihre Füße nach Halt. Doch das Material war zu glatt. Und so baumelte sie schnaufend am Geländer, bis sie die Ausdauer verlor und sich hinabfallen ließ. Auch wenn ihre Füße nur eine Handbreit vom Boden trennten, landete sie recht unsanft im Gras.

Ich biss mir auf die Lippe. Genau dort war es gewesen. Dort hatten wir uns für das Training getroffen, fast zwei Stunden trainiert und unter anderem auch Liegestütze gemacht. Beinahe konnte ich noch die Stimme meiner Mutter hören: *Deine Arme sind zu weit vorne, Josefine!* Ich hatte geschwitzt wie blöd. *Körperspannung! Beine, Rumpf und Kopf bilden eine Linie!* Meine Arme bereits am Zittern von der Überlastung der Muskeln. *Zu schnell, Mädchen! Viel zu schlampig! Fünf Sekunden runter, fünf Sekunden hoch. Dann fangen die Muskeln an zu arbeiten!* Hier, wo sich nun das kleine Mädchen aufrappelte, hatte ich meine Handflächen in das Gras gedrückt. *Nicht schummeln, Josefine! Weiter runter!* Kein Wunder, dass mich dieser Ort so deutlich daran erinnerte.

Eine Windböe wirbelte durch meine Haare und riss mich aus meinen Gedanken. Ein paar Strähnen tanzten vor meinem Gesicht. Die Wellen klatschten inzwischen ein wenig härter ans Ufer als zuvor, hinter den Bergen türmten sich ein paar Wolken. Da braute sich etwas zusammen – und ich tat gut daran, mich auf den Heimweg zu machen.

# Kapitel 14

Auf dem Weg zurück war ich wieder ein paar Haltestellen früher ausgestiegen. Die Bank neben dem kleinen Marterl, umgeben von ein paar Bäumen, hatte mich angezogen wie ein Magnet. Noch türmten sich die Gewitterwolken weit hinter den Bergen. Ich kannte das Wetter am Chiemsee seit Kindertagen, böse Überraschungen hatte ich selten erlebt. Die Zeichen der Natur entzifferte ich mühelos. Ihre Launen ließen sich weitaus leichter vorhersagen als die meines Vaters.

Seufzend setzte ich mich auf die kleine Holzbank. Ein Ort ohne Touristen. Ohne Gelächter und Gespräche. Ohne das Klappern von Kuchengabeln und das Pfeifen der Chiemseebahn, die – gezogen von einer traditionellen Dampflok – stündlich gut gelaunte Besucher vom Bahnhof zum See transportierte. Sosehr ich das bunte Treiben in Prien auch liebte, so kräftezehrend war diese Geräuschkulisse nach einer gewissen Zeit. Die Gleichung war eine simple. Wo es Geräusche gab, gab es Menschen. Und wo es Menschen gab, regierte in meinem Gehirn die Angst.

Ein paar stille Minuten über den Chiemsee zu blicken, würde mein Hirn beruhigen. Mein Hirn, das zusätzlich zur allgemeinen Erschöpfung gerade noch eine Art Nahkampf mit meinen Eltern austrug. Was erwartete ich denn auch? Das Schreiben der Briefe zerrte Erinnerungen in die Schaltzentrale hinter meiner Stirn, die sich nur sehr widerwillig zurück ins Archiv würden quetschen lassen.

Ich warf noch einen prüfenden Blick gen Himmel. Fünfzehn Minuten in etwa. Vielleicht auch zwanzig. Der Wind blies noch ein wenig stärker über den See. Grau und dunkel klatschten die Wellen ans Ufer, drüben am nahe gelegenen Bootshaus kam Leben in die vertäuten Segelboote. Am gegenüberliegenden Ufer konnte ich die Sturmwarnleuchte blinken sehen.

Eine Nachricht von Tobi vibrierte in meiner Hosentasche. Der Anhänger, den er für Marie-Luise gestaltet hatte, sah wunderschön aus. Schwarz und weiß, mit dem Umriss ihrer Initialen darauf. Schnell tippte ich eine Antwort – und meinen Dank für seine Mühe, schließlich hatte ich in der Zwischenzeit noch gar nichts zustande gebracht.

Gerade streckte ich seufzend meine Arme über der Rückenlehne aus und legte den Kopf in den Nacken, da knirschten Schritte auf dem Kies. Keine zehn Sekunden später bog Adrian um die Kurve. Hinter den Zweigen der Trauerweide konnte ich seine breite Gestalt ausmachen.

Eigentlich hatte ich wenig Lust, diesen Moment der Ruhe mit Adrian zu teilen. Ausgerechnet mit ihm, der womöglich blöde Fragen stellte. Na ja. Wenn ich ehrlich war, musste er nicht einmal blöde Fragen stellen, um mir ein unangenehmes Gefühl zu bereiten. In Bezug auf Adrian kämpften zwei Gefühle in meiner Brust, die sich nie miteinander anfreunden würden. Bewegungslos verharrte ich auf der Bank, in der Hoffnung, Adrian würde mich nicht bemerken. Solange er nicht selbst ein ruhiges Plätzchen suchte, standen meine Chancen gut.

Ich lauschte. Seine Schritte kamen näher. Durch die peitschenden Zweige der Trauerweide konnte ich ihn mitsamt seinem Hoodie erahnen. Ein großer grauer Fleck hinter den Zweigen. Der Sturmwind trug sein Räuspern zu mir herüber, beinahe wurde es vom Sausen des Windes erstickt. An einem von Peters Briefkästen blieb er stehen. Das Rascheln von Papier verriet, dass er sich wohl einen Brief herausfischte. Ich beugte mich vor, um besser sehen zu können.

Die Äste der im Sturm peitschenden Weide verfehlten meine Schultern nur knapp, doch ich wich ihr nicht aus. Den Sturm hatte ich schon immer geliebt. Wenn die Natur ihre Kraft zeigte und Chaos anrichtete, fühlte sich alles so richtig an. Dann sah es um mich herum so aus wie sonst nur tief in mir. Stürmisch. Chaotisch. Grau.

Adrians Blick flog über die Zeilen, die Lippen wurden schmal. Mit einem prüfenden Blick über die Schulter faltete er den Brief zusammen und ließ ihn in der ausgebeulten Tasche seines Hoodies verschwinden. Hastig – als hätte er nicht einen Brief aus Peters Briefkasten, sondern einen Geldschein aus dessen Portemonnaie genommen.

Vielleicht waren wir jetzt quitt, Adrian und ich. Er kannte mein Geheimnis, und ich kannte seines. Trotzdem. Schlechtes Gewissen machte sich in mir breit. Adrian hätte vermutlich nie zugegeben, dass er selbst gelegentlich Briefe aus Peters Projekt las. Es fühlte sich merkwürdig intim an, ihn in diesem Augenblick zu beobachten. Beinahe so, als hätte ich ihn schon wieder halb nackt im Badezimmer überrascht.

»Schau einer an«, ertönte eine glockenhelle Stimme. »Wenn das nicht Adrian Bachhuber ist.«

Adrian zuckte zusammen und schob den Brief noch ein Stückchen tiefer in den Hoodie. Doch seine Stimme klang ruhig und entspannt wie immer. »Hey.«

Als die junge Frau zwischen den Bäumen sichtbar wurde, die sich dicht an dicht am Wegesrand drängten, hatte Adrian längst wieder seine Hände in die Hosentaschen geschoben, und nichts deutete darauf hin, dass er ihr plötzliches Auftauchen weder erwartet noch erhofft hatte.

Ich erkannte die junge Frau wieder, die sich beim Dorffest mit Adrian unterhalten hatte. Die mit dem Puderzucker …

»Oh, hast du …«, setzte sie an. Ihre dunklen Locken tanzten im Wind.

»Ja«, antwortete er, ohne abzuwarten, was sie hatte sagen wollen. Nickend klopfte er auf einen der Briefkästen. »Meinem Dad geht es nicht gut. Jetzt kümmere ich mich ein bisschen darum. Neue Briefe einfüllen und so.«

»Toll von dir.« Sie nestelte an einer Haarsträhne herum, die ihr der Wind ins Gesicht blies, und wippte mit den Füßen auf und ab. Die Schultern hatte sie weit nach oben gezogen. »Ganz schön kalt geworden.«

Unwillkürlich presste ich die Kiefer aufeinander. *Ganz schön kalt geworden?* Jede Wette, dass sie auf seinen Hoodie spekulierte. Sein Hoodie, der vermutlich wunderbar nach Adrian roch. Nach seinem ganz spezifischen, einzigartigen Geruch. Dunkel und herb und warm. Nach Adrian eben. Eifersucht erfasste mich. Sie schwappte über mich wie eine stürmische, eisige Chiemseewelle.

»Ja, ist kalt«, gab Adrian abwesend zurück, und die Eifersucht in mir jubilierte.

»Bewegungsdrang?«, fragte sie im Plauderton. »Magst du eine Runde gehen, bevor der Sturm richtig loslegt?«

Adrians Reaktion hielt sich mehr als knapp. »Kein Bewegungsdrang. Komme gerade vom Sport.«

Ich bewegte mich keinen Zentimeter. Was würde Adrian wohl von mir denken, wenn er wüsste, dass ich ihn schon wieder belauschte? Vermutlich wäre es besser gewesen, gleich auf mich aufmerksam zu machen. Aber dieser Zug, oder am Chiemsee eher dieses Schiff, war abgefahren. Dafür war es zu spät. Unangenehm wäre es mir auf jeden Fall, wenn er mich hier fände. Ich biss auf meiner Lippe herum. Die Blicke der beiden wanderten vage in meine Richtung. Wenn ich jetzt ganz leise blieb …

Ein lauter Schrei zerriss das monotone Brausen des Windes. Die Stimme von Pumuckl (Finjas Werk!!!) sang laut: *Hurra, hurra, dein Handy klingelt! Hurra, hurra, dein Handy klingelt!*

Ich erstarrte.

»Ich glaube, der Kobold mit dem roten Haar genießt die Sturmstimmung am See«, sagte Adrian trocken.

Die junge Frau kicherte. »Ist dein Dad nicht Schreiner? Vielleicht habt ihr auch einen Kobold.«

*Hurra, hurra, dein Handy klingelt! Hurra, hurra, dein Handy klingelt!*

Hektisch angelte ich in meiner Hosentasche nach dem Smartphone. Ich bekam einen Zipfel der Stofftasche zu fassen und zog es heraus.

»Meinem Vater ist bis jetzt noch niemand auf den Leim gegangen«, seufzte Adrian. »Der Einzige, der in dieser Werkstatt Schabernack treibt, ist Klitschko.«

*Hurra, hurra, dein Handy klingelt! Hurra, hurra, dein Handy klingelt!*

Meine Wangen glühten, Blut schoss mir in den Kopf. Am gegenüberliegenden Ufer verwechselte man mich vermutlich schon längst mit der Sturmwarnleuchte.

»Ich habe Pumuckl geliebt, als ich klein war.«

Ihr seliges Lächeln konnte ich deutlich durch die Zweige erkennen, als ich noch einen hektischen Blick in Adrians Richtung warf.

Adrian reagierte nicht darauf, hob nur die Stimme ein wenig an. »Hoffentlich weiß Pumuckl, dass ein Sturm aufzieht«, rief er laut. »Und er nur noch höchstens zehn Minuten Zeit hat, sich in der Werkstatt vom frisch operierten Meister Eder einzufinden.«

*Hurra, hurra …*

»Weiß er«, rief ich laut zurück, um Pumuckl zu übertönen. Währenddessen pfriemelte ich fieberhaft am Reißverschluss meiner Handytasche herum, um den Anruf endlich anzunehmen. »Danke.«

»Josefine? Du bist das, oder? Dann hab ich richtig geraten?« Adrian schob die Zweige der Trauerweide beiseite wie einen Vorhang. »Autsch«, fluchte er, als der Sturm ihm ein paar davon ins Gesicht peitschte.

»Hör auf, Pumuckl«, sagte ich grinsend. »Ein braver Kobold tut so was nicht.«

»Wusste ich's doch. Er ist hier.« Adrian lachte. Wenn auch nicht lange. Nach ein paar Sekunden wich das Grinsen einem nachdenklichen Ausdruck. Sein Blick war so intensiv, dass ich ihm nicht lange standhielt. Zögerlich öffnete er den Mund. Doch bevor er irgendetwas sagen konnte, schaltete sich die Dunkelhaarige ein.

»Ich geh dann mal.« Sie winkte, ihre Mimik wirkte unbeweglich und gekränkt.

»Äh, ja.« Verwirrt drehte Adrian sich um. »Servus.«

»Hallo?«, schrie Finja irgendwo in meiner Hand. »Hallo? Alles okay bei dir?«

»Sorry.« Ich hielt mir das Telefon ans Ohr. »Ich war gerade …«

»Wer oder was ist wichtiger als ich?« Entrüstet schnaubte sie ins Telefon.

Ich musste lächeln. Finjas theatralische Emotionsausbrüche waren ihrer Überdrehtheit, aber keinesfalls einer arroganten Haltung geschuldet.

»Komme ich ungelegen?«, fragte sie, inzwischen mit ruhigerer Stimme als zuvor. »Ich rufe gern später noch mal an.«

»Überhaupt nicht. Ich hatte nur gerade einen kleinen Zusammenstoß mit Adrian, weil er …«

»Adrian?«, fragte sie.

»Ja, er hat …«

»Dann rufe ich später an.«

»Nein«, rief ich laut. »Nicht nötig, ich habe nur kurz einen … Finja? … Hallo? Finja?«

*Klick.* Da hatte sie bereits aufgelegt.

Ich seufzte resigniert. Offensichtlich hoffte sie noch immer, ich würde mich Adrian annähern. Doch dazu war ich viel zu … Nun ja. Dazu war ich viel zu sehr *ich*.

»Ist er nicht ganz große Klasse im Flirten?«, schallte plötzlich Nicos Stimme herüber. Mit einem feixenden Leon im Schlepptau näherte er sich der Trauerweide, über der sich bereits Gewitterwolken türmten. Dunkel und dicht hingen sie über dem See. Unter ihnen senkte sich eine bedrohliche Stimmung auf die Wellen.

»Du solltest eigentlich bei Dad sein!«, blaffte Adrian seinen Bruder an. »Vielleicht ist es dir nicht aufgefallen, aber er ist frisch operiert.«

Nico zuckte die Schultern. »Die paar Minuten wird er schon nicht sterben.«

Durch die peitschenden Zweige der Trauerweide warf ich ihm einen Blick zu. Nicos Interesse am Gesundheitszustand seines Vaters hielt sich wohl noch immer auf einem Minimum. Er hatte sich bislang kaum blicken lassen, um Peter zu helfen.

Adrian stieß resigniert Luft durch die Nase. »Wenn man sich einmal auf dich verlässt …«

Statt zu antworten, zeigte Nico auf die junge Frau, die inzwischen gute Hundert Meter entfernt eine Abkürzung durch einen Bauernhof nahm. »Laufen dir die Weiber immer so schnell weg?«

Adrian sagte nichts. Doch den Blick, den er seinem Bruder zuwarf, hätte ich trotzdem ohne Zweifel deuten können. *Schnauze. Aber sofort.*

»Macht nichts.« Leon zeigte grinsend auf mich. »Er hat ja zwei.«

»Grumpy Rapunzel!« Nico deutete eine Verbeugung an. »Hab dich gar nicht gesehen. Fühlst du dich geehrt, dass Adrian sich für dich entschieden hat und gegen …« Hilfe suchend flüsterte er in Richtung seines Bruders: »Wie heißt die Kleine?«

»Hab Tränen in den Augen vor Freude«, brummte ich, bevor Adrian antworten konnte, dann quetschte ich mich zwischen Adrian und Leon hindurch und stapfte den Feldweg entlang zum Dorf.

»Schnell, sonst entwischt dir die zweite auch noch.« Lachend gab Nico Adrian einen Schubs.

Aus den Augenwinkeln sah ich Nico im Laufschritt aufholen, nicht Adrian.

»Bleib stehen, Grumpy Rapunzel. So hässlich ist er doch auch wieder nicht.«

Ich tat so, als hätte ich nichts gehört. Langsam nervte mich Nico. Stur lief ich weiter. Rechts neben mir toste der graue, wilde Chiemsee. Eingerahmt von Bergen, die zu dieser Stunde dunkel und bedrohlich über den Wellen aufragten.

»Lass sie in Ruhe«, hörte ich Adrian hinter mir. »Sie will allein sein.«

»Die Leute, die verheiratet sind, haben es einfach nur geschafft, mal eine einzufangen«, rief Nico. »Man muss schnell sein, weiter nichts.«

Adrians ersticktes Schnauben hörte sich beinahe an wie ein Grunzen. »Eine tolle Vorstellung vom Verlieben hast du. Bin stolz auf dich.«

»Es ist einfach, Bruder.« Nico zuckte die Schultern. »Man findet sich nett, man findet sich sexy …«

»Man küsst sich«, ergänzte Leon. »Man hopst ins Bett, man quatscht miteinander …«

Inzwischen hatten die Brüder aufgeholt. Rechts und links stapften sie neben mir über den Feldweg.

Nico kickte gut gelaunt einen Kiesel vor sich her. Er platschte leise ins Wasser, die Wellen schlugen darüber zusammen. »Genau so. Und wenn man keine gemeinsamen Interessen hat, dann quatscht man eben weniger und küsst stattdessen mehr …«

»Du unterschätzt die Liebe«, sagte Adrian leise. »Um Längen.«

Unwillkürlich spitzte ich die Ohren. Trotz des inzwischen tosenden Windes hörte ich seine Stimme ganz deutlich.

»Sehr gut«, flüsterte Nico. Er nickte Adrian zu und gestikulierte überdeutlich in meine Richtung. »Das gefällt ihr. Und weiter …!«

»Ach.« Adrian winkte genervt ab. Er zog sich seinen Kapuzenpulli über den Kopf, um sich vor dem stürmischen Wind zu schützen.

»Was?«, antwortete sein Bruder.

»Werd erwachsen, Nico.«

Der zog eine Grimasse. »Man wird doch wohl noch einen Spaß machen dürfen.«

»Warum unterschätzt er die Liebe?«, fragte Leon. Er sah so aus, als wäre er ehrlich interessiert.

Mit einem langen Seufzer winkte Adrian ab. Schweigend überquerten wir ein brachliegendes Feld und peilten das Elternhaus der Brüder an.

»Wir … haben unterschiedliche Vorstellungen, wie man Liebe definiert«, erklärte Adrian dann doch.

Leon sah verwirrt drein. »Da gibt's nicht viel zu diskutieren, oder? Wie Nico schon sagte. Nett finden, sexy finden, küssen.«

»Wenn du wüsstest«, murmelte Adrian. Und noch ein wenig leiser: »Als ob Liebe küssen müsste, um sich Liebe nennen zu dürfen …«

Er warf mir einen langen Blick zu, und ich sah nicht weg. Etwas in meinem Magen zog sich zusammen – und trotzdem wusste ich, dass dieses Versteckspiel keinen Sinn machte. Wie lang wollte ich mich noch verstecken? Vor Adrian, vor mir selbst? Vor meinen Gefühlen? Vor der Angst und vor dem, was sich tatsächlich ein wenig anfühlte wie der erste Funke einer schüchternen Liebe?

# Kapitel 15

Keine fünf Minuten später saß ich barfuß in meinem Zimmer. Genauer gesagt, auf dem breiten Fensterbrett, auf dem Peter zwei hübsche Sitzkissen befestigt hatte. Mein Kopf lehnte an der Scheibe, die Beine hatte ich fest an den Körper gezogen. Nachdenklich sah ich auf den stürmischen See hinab.

»Herein«, rief ich, als es an meiner Tür klopfte. Nicht ohne Grund hatte ich sie nur angelehnt.

»Hey«, sagte Adrian, als er eintrat.

»Setz dich. Ich habe gehofft, dass du kommst.«

»Und ich habe gehofft, dass du mich reinlässt.« Mit einem vorsichtigen Lächeln auf den Lippen schob er sich zu mir auf die Fensterbank.

Regen spritzte gegen die Fensterscheibe. Mit zarten, feinen Spritzern, kaum sichtbarer als ein Haar, fing es an. Sie sprenkelten die Scheibe wie Kratzer und zeichneten ein Muster auf die trübe Aussicht.

»Du bist mir aus dem Weg gegangen, oder?«, fragte Adrian leise.

Ich zuckte die Schultern. Ja, ich war vor ihm weggelaufen. Aber das bedeutete nicht, dass ich ihn nicht leiden konnte. Ob er mir das übel nahm? Prüfend betrachtete ich Adrian, doch seine Miene war kaum zu lesen.

»Hast du mich eigentlich gesehen?« Adrian sah mich an. »Vorhin, meine ich.«

»Am Briefkasten?«

Er nickte.

»Ja. Ich hab dich gesehen«, gab ich zu. »Ich habe mich nicht bemerkbar gemacht, weil …«

Er winkte ab. »Schon gut.«

»Ich weiß, dass du am Briefkasten warst«, sagte ich. »Und dass du einen Brief gelesen hast.«

Er nickte bestätigend. Vorsichtig zog er den zerknitterten Briefumschlag aus seiner Hoodietasche und hielt ihn mir hin.

Ich starrte auf den Brief. Cremefarben war er – und feine, spitze Buchstaben formten die Worte: *Für dich.*

»Mach ihn ruhig auf, Josefine.«

Josefine. Es tat gut, meinen Namen aus Adrians Mund zu hören. In diesem einen Wort lag so viel Wärme, dass es sich beinahe anfühlte wie eine sachte Berührung.

Meine Augen suchten die seinen. Und fanden hinter den grünbraunen Schattierungen einen Funken, der mir ein Lächeln auf die Lippen zauberte. Wie ferngesteuert griff ich nach dem Brief, schob einen Finger unter die Lasche und zog ein gefaltetes Blatt Papier heraus.

*Sage mir, wie oft du Nein sagst.*
*Und ich sage dir, wie lieb du dich selber hast.*

»Das ist schön.«

Adrian lächelte. »Dads Sprüche sind meist sehr treffend, hm?«

Verwirrt starrte ich auf das Papier hinab. Auf die zittrigen, penibel geformten Buchstaben. »Das ist nicht Peters Schrift.«

»Doch.«

»Aber …?« Ich presste eine Hand auf meinen Rücken und ließ mich vom Fensterbrett gleiten. Mit flinken Fingern durchsuchte ich meinen Rucksack. Der lange Brief war schnell gefunden. Ich faltete ihn auf. »Hier, ich habe auch einen Brief aus dem Briefkasten genommen, und …«

»Ja?«, fragte Adrian leise.

»Du.« Erschrocken sah ich zwischen Adrian und dem Brief hin und her. »Eigentlich war es total offensichtlich. Der Brief klingt … nach dir. Warum habe ich das nicht gemerkt?«

»Weiß nicht?« Verschmitzt grinste er mich an.

Als ich mich wieder zu Adrian auf die Fensterbank setzte, wurde mir erst bewusst, wie stark ich seine Anwesenheit spürte. Sein breiter Rücken drückte sich in die Fensternische. Ein Bein hielt er angewinkelt, den Fuß locker über dem Knie des anderen. Eine Welle seines herben, männlichen Dufts umnebelte mich. Und ich hätte schwören können, dass ich Adrians Körper auch mit geschlossenen Augen hätte wahrnehmen können. Spüren, nicht nur riechen. Eine geradezu einschüchternde Präsenz in meinem Rückzugsort. Ein Magnet, gegen dessen Wirkung ich mich mit Händen und Füßen wehrte.

»Deine Brüder, oder?«, fragte ich leise. »Ihretwegen hast du den Brief herausgezogen.«

Adrian nickte. »Leon. Er meint es nicht böse, aber manchmal geht er ein wenig zu weit.«

Leon? Ursprünglich hätte ich da Nico im Verdacht gehabt. Nico, der oft keine Grenzen kannte. Gern über die Stränge schlug. »Sie erwarten, dass du mitmachst? Bei den Streichen? Oder … besser gesagt Leon.«

»Nein, das ist es nicht.« Er atmete langsam und geräuschvoll aus, bevor er antwortete. »Aber Leon bringt sich oft in Schwierigkeiten. Und irgendjemand muss ihn aus der Scheiße ziehen.«

»Du.«

»Ich.« Er grinste schief. »Da bleibt mir keine Wahl, weißt du?«

»Verstehe ich.« Nachdenklich blickte ich ihn an. Das Gespräch zwischen Leon und Adrian fiel mir wieder ein. Adrian, der sich um seinen kleinen Bruder kümmerte. »Immerhin ist er dein Bruder.«

»Auch wenn ich mir manchmal ans Hirn schlagen möchte. Seine Scherze gehen oft viel zu weit.«

»Wie … seine Plastikspinne?«

»Ach.« Adrian winkte ab. »Wenn es nur das wäre. Sogar in seiner Arbeitsstelle hat er schon Chaos gestiftet. Irgendwann fliegt er.«

»Und du hast das für ihn geradegebogen?« Ich konnte nicht anders, als Adrian dafür noch mehr zu mögen. Es sprach für ihn, dass er alles tat, damit sein Bruder sich seine Chancen nicht verbaute.

»Bislang war alles noch durch Gespräche zu retten.« Adrian starrte auf die Efeutute, die sich über das Regal schlängelte.

»Du legst ein gutes Wort für ihn ein?«

Er nickte. »Erst heute habe ich noch einmal mit seiner Chefin geredet. Ich kenne sie glücklicherweise vom Sportverein.«

»Erfolgreich?«, fragte ich. Unwillkürlich musste ich an das Gespräch denken, das ich belauscht hatte. Adrians Stimme hinter den Bäumen: *Ich würde gern allein mit ihr reden.* Also doch keine Partnerin. Irgendwo tief unten in meinem Bauch machte etwas einen Hüpfer.

»Ja.« Für einen Moment wirkten seine Augen matt und müde. »Aber irgendwann habe ich auch keinen Nerv mehr.«

Ich nickte kaum merklich, um ihm zu zeigen, dass ich noch zuhörte.

»Irgendwie habe ich das Gefühl, dass Leon es sogar genießt.«

»Die Scherze.«

»Die sowieso.« Noch immer hatte sich sein Blick in der Pflanze verfangen. Nachdenklich starrte er hinüber, ohne sie wirklich anzugucken. »Nein, die Aufmerksamkeit von mir, meine Zeit. Das Gefühl, dass ich für ihn in die Bresche springe. Dass da jemand ist, der auf ihn aufpasst und dem er wichtig ist. Egal, wie schlimm er sich mal wieder aufführt.«

»Nach dem Motto: Der große Bruder wird's schon richten«, fasste ich zusammen.

Adrian sah erschöpft aus. »Ja. Vermutlich denkt er das tatsächlich. Ich kümmere mich, wenn er Scheiße baut. Und Nico wartet daheim auf die Story und macht sich vor Lachen ins Hemd.«

»Dann hat er bei Nico eine zusätzliche Bühne.«

Adrian nickte. »Und bei dir?«, fragte er. »Weswegen liest du diese Nein-Briefe? Wem würdest du gern mal Grenzen zeigen?«

»Meinen Eltern.«

Er legte den Kopf ein wenig schief. Nur ein paar Millimeter, doch ich verstand die unausgesprochene Frage sofort. Unwillkürlich verkrampften sich meine Schultern. Jede Faser meines Körpers schien sich dagegen zu wehren, das Thema aufzugreifen.

»Deshalb bin ich an den Chiemsee gereist«, gab ich zu und spürte meinen Mund trocken werden. »Deshalb habe ich mich für das Zimmer bei euch gemeldet.«

»Warum …«, setzte Adrian an. Und diese unschuldige Nachfrage traf mich in die Brust wie ein Messerstich.

»Das muss dich nicht kümmern«, antwortete ich schroff, bevor mein Hirn verstand, was mein Mund da sagte.

Adrian hob entschuldigend die Hände.

Ich biss mir auf die Zunge. »Sorry«, murmelte ich schnell. »Gerade mag ich darüber nicht sprechen.«

*Wo Worte sind, ist eine Welt.* Und wenn ich etwas überhaupt nicht brauchen konnte, dann war es der Nachhall meiner Eltern, der sich zwischen Adrian und mich gesellte. Hier in dieses Zimmer.

»Keinen Stress. Du musst nicht.«

Das Thema wog zu schwer, als dass ich es heute hätte ausbreiten wollen. Schließlich hoffte ich, dass aus den zarten Blicken von vorhin eventuell etwas wachsen wollte. Ein Brocken wie dieser würde der zarten Annäherung die Luft abdrücken. »Tut mir leid.«

»Das muss es nicht.«

Zu meiner Erleichterung wirkte er weder gekränkt noch enttäuscht. Gemeinsam starrten wir hinaus in den Regen, der inzwischen laut auf das Vordach prasselte. Die Tropfen flogen dicht an dicht, ließen den Chiemsee und seine Berge hinter dicken wässrigen Schnüren verschwinden.

»Weißt du, was ich jetzt gern machen würde?«, fragte Adrian.

Ein Blitz zuckte durch den Himmel, die Regenwand vor meinem Fenster leuchtete auf. Der Wind peitschte dicke Tropfen an das Fenster. Ich sah Adrian in die Augen und antwortete nicht. Das Prasseln füllte die Stille zwischen uns. Ein Teil von mir fürchtete, Adrian würde mich berühren wollen.

Sein Blick haftete noch immer auf mir. Wortlos zog er sich den Hoodie über den Kopf.

»Ich …«, begann ich, brach dann aber ab.

Das war doch nicht sein Ernst? Mein Herz krampfte sich in meiner Brust zusammen, schmerzhaft spürte ich seine stolpernden Schläge in meiner Halsschlagader. Hatte er mich nicht richtig verstanden?

Nackte Arme schälten sich aus dem Kapuzenpullover. Stumm schob er den Hoodie zu einem unförmigen Knäuel zusammen und zupfte an den Bändern.

»Was …?«, probierte ich es wieder, doch meine Stimme schaffte es nicht über das erste Wort hinaus. Unwillkürlich rutschte ich ein wenig weiter nach hinten. Immer dichter presste sich mein rechter Arm an die kalte Scheibe. Mich fröstelte.

Mit einem leichten Kopfschütteln hielt Adrian mir den Hoodie entgegen. »Hier.«

»Ja?« Verwirrt starrte ich erst das graue Stoffbündel an, dann ihn.

»Ich würde dich gern ganz fest in den Arm nehmen«, sagte er heiser. »Eigentlich.« Mit einem Finger strich er über den Ärmel des Hoodies, der aus meiner Armbeuge baumelte. »Aber vielleicht magst du stattdessen meinen Pulli anziehen.« Er stockte. Unsere Blicke fanden sich. »Und dir dabei vorstellen, dass ich dich umarme.«

»Oh.« Meine Anspannung fiel von mir ab. Ein erleichtertes Seufzen kam aus meinem Mund, bevor ich es verhindern konnte. Und erst als sich die Muskeln in meinen Schultern lösten, bemerkte ich, wie sehr ich mich gerade verkrampft hatte.

Unschlüssig drehte ich das Knäuel in den Händen, fand den unteren Bund und schlüpfte hinein. Er war warm und weich und riesengroß. Vor allem aber roch er nach Adrian. Eine Welle seines Geruchs hüllte mich ein und mit ihr ein unerwartet warmer Anflug von Geborgenheit.

Alles um mich herum wurde unwichtig. Ich ließ mich in die Wärme fallen, die meine kalten Arme sanft umschloss. Spürte Zuneigung und Fürsorge in diesem unförmigen Stück Stoff, das viel zu weit und groß um meine Hüfte fiel. Den Ausgang für die Hände hatte ich noch nicht einmal gefunden.

Adrians Hose raschelte, als er seine Sitzposition änderte. Das fast unhörbare Geräusch holte mich aus meinem Strudel von Gefühlen. Erst jetzt realisierte ich, dass ich die Augen zuvor fest geschlossen gehalten hatte.

»Es …«, setzte ich an.

Adrians Blick kreuzte meinen. Die Schattierungen aus Grün und Braun leuchteten wie ein Haselnussstrauch im Sonnenlicht. Und in seinen Augen las ich genauso viel Wärme und Zuneigung wie in seiner Geste mit dem Pullover.

»Das war schön«, flüsterte ich und spürte eine Träne meine Wange hinunterkullern. Eine Träne der Erleichterung. Der Dankbarkeit. Beschämt wischte ich sie weg.

Das Grollen des Donners hallte von den Bergen wider. Vor dem Fenster wurde es mit jeder Minute düsterer und in meinem Zimmer immer gemütlicher. Umarmt von Adrians Kapuzenpullover rutschte ich ein wenig näher zu ihm. Ich drückte meinen Rücken an die Scheibe, und Adrian tat es mir nach. Schulter an Schulter saßen wir da – zumindest fast. Adrian schien peinlichst genau darauf zu achten, mich nicht zu berühren. Ein Umstand, der mich rührte. Klar hatte ich in früheren Beziehungen – oder vielmehr Beziehungsversuchen – Berührungen zugelassen. Doch wohlgefühlt hatte ich mich nie dabei. Die Angst, festgehalten zu werden und die Kontrolle zu verlieren, lief immer im Hinterkopf mit. Adrian würde mir nichts tun, das wusste ich. Trotzdem fand ich es entspannend, jemanden bei mir zu haben, der nach meinen Regeln spielte. Dem es darum ging, was ich genießen und nicht, was ich aushalten konnte.

So blickten wir eine Weile schweigend in das Zimmer, dessen dunkle Wände mit jedem Blitz aufleuchteten.

»Ich hab Dad immer belächelt«, sagte Adrian leise.

»Weswegen?«

»Die Macht der Sprache …« Adrian lachte beinahe lautlos. Ich hörte nur die Luft, die er dabei aus seiner Nase ausstieß. »Aber mittlerweile denke ich, er hat gar nicht so unrecht.«

»Inwiefern?«

Einen kurzen Moment lang schwieg er. Schien in seinem Kopf Wörter sorgsam abzuwägen und entschied sich dann offenbar doch gegen lange Erklärungen. »Magst du es mit mir ausprobieren?«

Noch immer hatte ich nicht die leiseste Ahnung, was Adrian meinte. »Was genau?«

Adrian antwortete nicht. Aber ich fühlte, dass er noch ein wenig näher rutschte. Inzwischen war er so nah, dass ich seine Körperwärme zu fühlen glaubte, wenngleich er mich auch nicht berührte.

Ich spürte, wie er mir sein Gesicht zuwandte. Seinen Mund vermutete ich dicht neben meinem Ohr, denn als er leise zu flüstern begann, war meine rechte Körperseite wie elektrisiert.

»Stell dir vor, ich nehme deine Hand«, flüsterte er. Seine tiefe Stimme hallte irgendwo in mir wider, ich fühlte sie vibrieren. Das Kribbeln begann an meinem Hinterkopf und zog sich die Halsseite hinunter und über meine Schultern bis zu den Armen hinab. Ein sanfter Schauer lief mir über die Haut, ohne dass Adrian sie berührte.

Ich schloss die Augen.

»... und streichle ganz sachte über die Innenseiten deiner Hände ...«

Das Kribbeln wurde stärker.

»... über die zarte Haut deiner Unterarme bis hinauf zur Armbeuge ...«

Mein ganzer Körper stand unter Strom. Wer brauchte schon Berührungen? Das hier war so viel besser. Ich presste die Augen fest zusammen und konzentrierte mich auf Adrians Flüstern in meinem rechten Ohr.

»Dann lege ich eine Hand an deine Wange«, wisperte er, noch eine Spur leiser. »Mein Daumen liegt knapp unter deinem Auge, mein kleiner Finger schon auf deinem Hals.«

Ganz kurz glaubte ich, einen warmen Luftzug an meiner Wange zu spüren, doch das entsprang offenbar allein meiner Vorstellungskraft.

»Meine zweite Hand schiebt sich deinen Hals entlang unter deine Haare«, flüsterte Adrian weiter. »Und zieht dich sanft zu mir.«

Jetzt hielt ich den Atem an. In meiner Fantasie nahm ich beinahe das Pochen seines Herzens neben mir wahr. Mir wurde warm. Erwartungsvoll neigte ich mein Ohr in seine Richtung. Wo würden seine Worte mich als Nächstes berühren?

»Mein Gesicht kommt deinem immer näher. Du fühlst meinen Atem an deinem Mund …«

Adrians Atem streifte mein Ohr. Wie ein warmer Luftzug, wie eine federleichte Berührung, die an meinem Mund widerhallte.

»Und dann berühren sich unsere Lippen«, wisperte er.

Der Abstand zwischen seinem Mund und meinem Ohr war nun so klein, dass mir das Flüstern unwirklich laut vorkam. Es hinterließ eine neue Welle angenehmer Schauer in meinem Körper. Für einen kurzen Moment spürte ich etwas auf meinen Lippen, doch der Blick durch meine flatternden Augenlider verriet, das war wohl nur Einbildung gewesen.

»Wir küssen uns«, sprach Adrian leise weiter, und ich lauschte sehnsüchtig jedem einzelnen Wort. »Dort, wo sich unsere Lippen berühren, werden sie warm …«

Unwillkürlich befeuchtete ich meine Lippen. Fühlte sie weich und warm aufeinander. Machte mir einen kurzen Wimpernschlag lang weis, es wären seine. Oh Adrian. Wo würde das noch hinführen?

»Ganz zärtlich drücke ich meine Lippen auf deine«, flüsterte er.

Mein Herz klopfte wie wild. Inzwischen fantasierte ich seine Lippen immer deutlicher auf meinen, genoss die federleichte Berührung und spürte Adrians Atem. Ich musste mich kurz daran erinnern, dass dies alles meiner Einbildung entsprang.

»Ich lege meine Hände an deine Hüfte«, wisperte ich zurück. Und an der Art und Weise, wie Adrian ausatmete, hörte ich, dass er lächelte. Offenbar hatte er gehofft, dass ich irgendwann aktiv wurde. Denn: Was wäre es für ein Kuss, wenn einer von beiden passiv bliebe? Ich knabberte an meiner Unterlippe, als könnte ich sie dadurch noch besser wahrnehmen. Aufwecken für den Fantasiekuss mit Adrian. »Ich öffne meine Lippen ein wenig.«

»Vorsichtig wage ich mich mit der Zunge vor.« Adrians Stimme klang heiser in meinem Ohr.

»Unsere Zungen treffen sich«, antwortete ich und lehnte mich ein klein wenig weiter nach rechts, um Adrians Stimme noch näher zu sein.

»Zärtlich schiebe ich …«

»ADRIAN? GRUMPY RAPUNZEL?«

Ich fuhr hoch. Mein Puls raste, als ich mich kerzengerade aufsetzte.

Ein Klopfen, dann schwang auch schon die Tür auf.

»Wir bestellen was beim Italiener«, verkündete Nico. »Dad hatte spontan Lust auf Pizza. Und sobald das Gewitter leichter wird, fahre ich los und …«

Die jähe Unterbrechung hatte mich aus meiner Trance geholt wie eine eiskalte Dusche. Das laute Rufen den Zauber des Flüsterns gebrochen. Der magische Moment war vorbei.

»Normalerweise wartet man nach dem Klopfen, ob jemand *Herein* ruft«, seufzte Adrian. Ich sah ihm an, wie sehr er die Unterbrechung bedauerte. Offensichtlich hatte er unser fantasievolles Rendezvous ebenso genossen wie ich – obwohl er wahrscheinlich auch nichts gegen das Gefühl von Haut an Haut einzuwenden gehabt hätte. »Ich will nicht wissen, was du sagst, wenn ich bei deiner Wohnung ohne Einladung durch die Terrassentür komme.«

»Zumindest habe ich euch nicht beim Knutschen erwischt.« Nico grinste schief.

*Doch. Irgendwie schon.*

»Nico …« Resigniert schüttelte Adrian den Kopf. »Kannst du das nächste Mal …?«

»Seid ihr …?« Nico brach ab, als sein Blick auf mir zum Liegen kam. »Hat sie da etwa deinen Pulli an?«

*Ups. Erwischt.*

Adrians Stirn legte sich in Falten. »Lass uns bitte allein.«

Ich wappnete mich für einen blöden Kommentar von Nicos Seite, ein spöttisches oder höhnisches Grinsen. Doch nichts davon passierte.

»Sorry.« Auf seinem Gesicht zeigte sich tatsächlich so etwas wie Verlegenheit. Etwas, das mit Sicherheit auch Adrian selten zu sehen bekam. »Wollte wirklich nicht stören, echt.«

Auf meiner Haut kribbelte noch der Nachhall von Adrians Zärtlichkeiten. Alle Nervenenden, die er wach geküsst hatte, sträubten sich energisch gegen das abrupte Ende unserer Liebkosungen. Ich räusperte mich, als könnte ich damit meine Emotionen ordnen.

»Mach dir keinen Kopf«, sagte ich. Hauptsächlich, um auf die rücksichtsvollere Version von Nico zu antworten, von der ich nicht gedacht hatte, dass sie irgendwo tief in ihm schlummerte.

»Würdest du …?« Adrian deutete in den Gang hinaus, und sein Bruder verstand.

Nico schloss die Tür erstaunlich kleinlaut. Dann waren Adrian und ich wieder allein, und mir wurde schmerzlich bewusst, wie viel Raum sich zwischen uns befand. Und das, obwohl wir uns in Gedanken so nah gewesen waren. Verrückte Sache.

»Das war wunderschön«, gestand ich.

Adrians Blick erschien mir beinahe so intensiv wie seine geflüsterten Zärtlichkeiten. »War es tatsächlich. Fand ich auch. Ehrlich gesagt dachte ich zuerst nicht, dass es funktioniert.«

*Und wie es funktioniert hat.* Gütiger Gott. In meinem ganzen Leben nicht hätte ich gedacht, dass ich Zärtlichkeiten genießen konnte. Dass mein Körper überhaupt in der Lage war, schöne Empfindungen zu haben. Sie sich schenken zu lassen.

»Danke, dass du es ausprobiert hast.« Unsicher biss ich auf meiner Lippe herum, die meine Fantasieversion von Adrian gerade noch zärtlich geküsst hatte. Trotz aller Euphorie meldete sich mein schlechtes Gewissen. Bestimmt hätte Adrian lieber hemmungslos geknutscht. Mit einer Frau, die normal war. Die warm war, weich und nah und … echt. Schluss, Jo!, schalt ich mich. Und energisch zwang ich das schlechte Gewissen zurück in meinen Hinterkopf, von wo es gekommen war. Jetzt war nicht der Zeitpunkt für Gewissensbisse. Dazu war ich viel zu glücklich.

»Das nächste Mal machen wir einfach dort weiter, wo wir aufgehört haben«, sagte er leise und lächelte. »Ich schulde dir noch ein wenig berührungsloses Knutschen.«

»Am besten verschließen wir das nächste Mal die Tür«, antwortete ich und grinste. Doch in meinem Bauch begann es schon wieder zu kribbeln.

Ich. Glücklich verliebt. Das hatte ich mir nicht einmal in meinen wildesten Träumen vorgestellt.

# Kapitel 16

»Dein Ernst? Adrian hat dir einen Fantasiekuss gegeben?«, kreischte Finja ins Telefon. »Ist das niedlich!«

»Schon.« Prompt wurde ich rot.

Es roch nach Regen. Das Gewitter war vorüber, nur ein paar abgebrochene Äste zeugten noch von der Gewalt des Windes. In Adrians Pulli gehüllt saß ich auf der Holzbank, die nur eine Gehminute vom Haus der Bachhubers entfernt am Ufer stand, und sog die frische Luft ein. Der Sturm hatte sie frisch und gereinigt hinterlassen, selbst die Vögel begannen wieder zu singen. Ein hoffnungsvoller Neuanfang nach dem Chaos.

»Und dann kam Nico rein und hat uns unterbrochen«, beendete ich die Erzählung. Natürlich hatte ich Finja in allen Einzelheiten berichtet, wie Adrian und ich die letzte Stunde verbracht hatten. »Aber trotzdem. Irgendwie fühlt es sich an, als würde ein neues Leben beginnen.«

»Ich freu mich unendlich für dich.«

»Danke. Er hat sich wirklich rührend um mich bemüht«, fügte ich an. Gedankenverloren streichelte ich über die Ärmel des Hoodies, der mich noch immer in eine sanfte Umarmung hüllte. Federleicht und warm.

Finja lachte triumphierend. »Hab ich's dir nicht immer gesagt? Mister Mexx und du, ihr werdet noch das Traumpaar vom Chiemsee.«

»Wir … sind nicht zusammen«, wehrte ich ab.

»Aber so gut wie.«

»Wir hatten gerade erst ein einziges … Date!« Und überhaupt. Keine Ahnung, was Adrian für mich empfand. Ob er sich vorstellen konnte, öfter nur mit Worten zu küssen? Sehr viel öfter? Für immer vielleicht?

»Das wird was«, sagte Finja mit Nachdruck.

»Mal sehen.«

»Vorsichtig zu träumen, ist nicht verboten«, meinte Finja. Ein Gluckern verriet mir, dass sie gerade einen Schluck aus ihrer Trinkflasche nahm.

»*Vorsichtig*, Finja.« Ich seufzte. Enttäuscht wurde man im Leben einfach viel zu schnell. Leider. »Mit der Betonung auf *vorsichtig*.«

Finja schnaubte laut. »Sei nicht so negativ. Nur weil sich die letzten Typen nicht um deine Bedürfnisse gekümmert haben …«

»Denen hab ich aber nicht erzählt, dass …«

Sie winkte ab. »Den Grund vielleicht nicht. Aber deinen Wunsch nach Abstand hat nie jemand so recht akzeptiert.«

»Ich habe einfach Angst, dass ich mich in wilden Träumereien verliere.« Schulterzuckend nestelte ich an den Bändern herum, die an der Kapuze des Pullovers baumelten. »Und irgendwann merkt Adrian, dass ich schwierig bin. Plopp, dann platzt meine Seifenblase.«

»Du bist nicht schwierig«, sagte Finja streng. »Im Gegenteil. Du bist eine tolle Frau. Mit ein paar … Spezialeffekten.«

Ich musste lachen. »Wann wirst du diesen Werbespot im Radio einsprechen?«

Finja ignorierte mich. »Vielleicht wird es Zeit, dass du mal jemandem wirklich vertraust.« In ihrer Stimme hörte ich einen energischen Unterton.

»Schon, aber ...«

»Klar besteht die Gefahr, dass du verletzt wirst. Aber vielleicht ist Adrian wirklich dein Mister Right. Dann wird er schon auf dich aufpassen.«

»Liebe macht verletzlich«, meinte ich wehmütig. »Nicht nur mich. Oder?«

»Klar. Immer. Bei meinem letzten Date ...« Sie überlegte eine Weile.

Gerade noch unterdrückte ich ein Grinsen. »Dein letztes Date ist ausgefallen, weil du deinen Fahrradschlüssel nicht mehr finden konntest.«

»Stimmt.«

»Wir haben zwei Stunden gesucht.« Die Erinnerung hing noch lebhaft in meinem Kopf.

»Und dann war er im Kühlschrank«, stöhnte Finja.

Jetzt platzte ich doch mit einem Lachen heraus. Es war Finjas verpeilte Art, die ich so liebte.

»Siehst du«, rügte sie mich. »Mein Date hat mich damals einfach sitzen lassen, als ich ihr erklärt habe, warum ich zu spät bin.«

»Aber genau das ...«

Ein lautes Schnauben drang durch die Leitung. »Wenn sie mich nicht so mag, wie ich bin, kann sie mir gestohlen bleiben.«

Ich schluckte.

»Das ist Liebe, Jo.« Ihre Stimme klang vollends überzeugt. »Wenn du sein darfst, wie du bist.«

»Und man trotzdem geliebt wird«, ergänzte ich.

»Nicht trotzdem«, korrigierte sie mich. »Sondern genau deswegen.«

»Na ja.« Wieder zuckte ich die Schultern. Adrians viel zu weiter Pulli bauschte sich unter meiner Bewegung auf und sank dann sanft auf meine Brust zurück. »Deswegen vielleicht nicht, aber ...«

»Doch. Weil du einzigartig bist. Und nicht die hundertste Kopie von irgendeiner Frau aus einer Das-Leben-ist-perfekt-Hollywood-Schnulze.«

»Einfacher wäre es schon«, gab ich zu. »Wenn ich diesen Knacks nicht hätte, meine ich.«

»Da ist ein crack in miiiiir«, sang Finja laut ins Telefon. »That's how the Licht kommt reiiiiin ...«

»Schon gut!« Ich musste lachen.

»Echt, Jo.« Sie wurde wieder ernst. »Ich bin so froh, dass du ehrlich zu Adrian warst.«

»Da bin ich mir nicht so sicher.«

»Ich schon«, antwortete sie energisch. »Deinen letzten Typen hast du immer die distanzierte, aalglatte Frau vorgespielt. Und dich dabei kaputtgemacht. Und in was hätten sie sich verlieben sollen? In das Theaterstück, das du ihnen vorspielst, weil du denkst, es könnte ihnen gefallen?« Finja schnaubte durch die Nase. »Mal ehrlich, Jo. Wenn sie gute Schauspielerinnen sehen wollen, sollen sie ins Theater gehen.«

»Du hast schon recht.« Nachdenklich nickte ich. »Das war nicht ich. Nie.«

»Eben.«

»Ist ein schönes Gefühl, wenn sich jemand in dich verliebt«, gab ich zu. Und sprach dabei ganz leise. »In dein wahres Ich.«

Ich seufzte. Vielleicht reagierte ich deshalb so stark auf Adrians Nähe? Fiel es mir bei ihm im Vergleich zu anderen Männern deshalb so viel schwerer, die normale Frau zu spielen, weil ich unterbewusst merkte, dass er mich nicht auslachen würde?

Zögerlich räusperte sich Finja. »Jo, weißt du …«

»Hm?«

Kurz schien sie zu überlegen, wie sie die Botschaft verpacken sollte. »Ich kenne deinen Mister Mexx ja nicht richtig …«

»Komm schon, Finja.« Jetzt musste ich grinsen. »Raus damit.«

»Wenn Adrian wirklich das Interesse verlieren sollte, dann …«

Ich zuckte die Schultern. »Das, was heute passiert ist … das war ein toller Moment. Und ich bin dankbar dafür, egal was passiert.« Selbst wenn dieser Abend eine einmalige Sache gewesen sein sollte – die Erinnerung daran gehörte mir. Für immer.

»Das ist das Wichtigste«, pflichtete sie mir bei. »Freut mich, dass du es genießen konntest.«

Ich nickte. »Konnte ich.«

»Ein bisschen wie ASMR, oder nicht?«

»A-S – was?«, wiederholte ich.

»ASMR.« Finja stockte. »Wofür stand das noch mal? Warte, mir fällt's gleich wieder ein …«

»Was du alles kennst.«

»Warte …« Sie schnalzte mit der Zunge.

»Soll ich's googeln?«

»Neee.« Genervt schnaubte sie. »Mein Gedächtnis, echt. Irgendwas Kompliziertes. Autonome … Moment …«

»Autonomie?«, probierte ich es vorsichtig.

Doch da brüllte Finja auch schon ins Telefon: »Ich hab's. Autonome sensorische Meridianreaktion, wenn ich mich nicht täusche.«

Ich lachte prustend. »Ist das ansteckend?«

»Das ist das, was der liebe Mister Mexx heute mit dir gemacht hat.«

»Ohne sein Wissen, nehme ich an?«

»Vermutlich.« Es raschelte im Hörer, als Finja das Handy offenbar ans andere Ohr schob. »ASMR ist dieses Kribbeln, das man am Körper bekommt, wenn man ganz leisen Geräuschen zuhört.«

»Oh.« Ja, das hörte sich ziemlich genau nach dem an, was Adrian mit mir veranstaltet hatte, um mich beinahe um den Verstand zu bringen.

»Das geht mit dem Knistern eines Kaminfeuers genauso wie mit Regentropfen, Flüstern oder dem Flügelflattern eines Vogels.«

Grinsend schob ich Adrians viel zu lange Ärmel hoch, bückte mich nach einem Kiesel und warf ihn in den See. »Bitte keine weiteren neurologischen Erklärungen zu meinen magischen Momenten, okay?«, bat ich sie, während ich zusah, wie die sanft gluckernden Wellen über dem Stein zusammenschlugen. »Nimm mir meinen Zauber nicht.«

»Entschuldige.« Auch Finja lachte.

»Grumpy Rapunzel?«, hörte ich Nico schreien. Vermutlich war er der Einzige, der lieber quer über die Felder plärrte, als ein paar Meter zu gehen. Aber – und das gab ich ganz offen zu – inzwischen hatte ich sogar den vorlautesten der drei Brüder lieb gewonnen. »Pizza?«

»Danke!«, schrie ich. In einer Lautstärke, die man womöglich sogar noch auf der Fraueninsel hörte.

»Das schwache Weibchen kann lauter schreien, als ich dachte!«, brüllte er zurück und nickte anerkennend.

Ich streckte ihm die Zunge raus, setzte mich aber in Bewegung, Finja noch immer an meinem Ohr.

»Jetzt bin ich taub«, hörte ich Finja vorwurfsvoll am anderen Ende der Leitung. »Handys sind erfunden worden, damit man nicht mehr brüllen muss.«

»Oh, entschuldige.« Jetzt achtete ich sorgfältig darauf, meine Stimme ruhig zu halten. Vermutlich hatte ich Finja tatsächlich ein Klingeln in den Ohren beschert. Die Muschel außer Reichweite zu halten, war mir natürlich nicht eingefallen.

»Wolltest du nach Berlin brüllen?«

»Nein.« Ich bemühte mich, schnellen Schrittes aufzuholen, da Nico auf mich zu warten schien. »Adrians Bruder hat zum Essen gerufen. Es gibt Pizza.«

»Gutes Stichwort.« Sie blies die Backen auf und ließ die Luft geräuschvoll entweichen. »Ich glaube, ich bestelle jetzt auch welche.«

»Lass sie dir schmecken. Und bleib brav.« Ich grinste. »Tesa-umwickelte Briefkästen und so.«

»Bleib selber brav.« An ihrer Stimme hörte ich, dass sie ebenfalls grinste. »Adrian und so.«

»Pfffff.« Ich streckte ihr noch die Zunge heraus, was sie nicht sehen konnte, dann legten wir auf.

»Steht dir übrigens«, sagte Nico leise, als ich an seiner Seite angelangt war. »Der Pulli.«

Ein Lächeln stahl sich auf mein Gesicht. Schweigend eilten

wir im Laufschritt zurück nach Hause. *Nach Hause.* Kurz gab es mir einen Stich.

»Schön, dass du hier bist, Josefine.« Peters Blick flog sofort zu Adrians Pullover, der riesengroß und viel zu weit um meine Schultern baumelte wie ein Sack. Obwohl er ihn nicht kommentierte, zuckte ein kaum merkliches Lächeln um seine Mundwinkel.

Ich setzte mich an den Tisch, direkt neben Peter. Natürlich blieb auch bei Leon der Pullover nicht unbemerkt, allerdings hatte der um einiges weniger Taktgefühl als Peter. Sofort zeigte er grinsend darauf.

Mittlerweile ärgerte ich mich, dass ich ihn nicht an Adrian zurückgegeben hatte. Der Stoff hatte sich weich und gemütlich angefühlt, und er roch noch immer nach Adrian. Dass er mir unangenehme Fragen einbringen würde – so weit hatte ich blöderweise nicht gedacht.

»Hast du deine Klamotten in Berlin vergessen?«, scherzte Leon, doch zu meiner Überraschung war es Nico, der ihm den Ellenbogen in die Rippen stieß.

»Nein, sie tauschen nur«, zog er seinen jüngeren Bruder auf. »Grumpy Rapunzel hat ihm im Austausch dafür ein neckisches schulterfreies Top gegeben.«

»Haha«, gab Leon zurück, ohne eine Miene zu verziehen.

Leider war es Adrian gewesen, der losgedüst war, um die Pizzen zu holen. Mit Nicos klapprigem alten Polo, dessen vollgebröselte Sitze der Grund waren, dass Adrian ihn nicht gerne auslieh. Mich beschlich der Verdacht, dass Nico ihn aus genau diesem Grund so selten einer Reinigung unterzog. Er hievte gerade noch die Schachteln aus dem Auto, während

Leons Frage mich völlig unvorbereitet traf: »Läuft da was zwischen Adrian und dir?«

Adrians Geruch aus dem Hoodie machte mich ein wenig schwindelig. Anstatt zu antworten, tat ich so, als hätte ich nichts gehört. »Peter, was ist mit dir? Soll ich dir dein Bier einschenken?«

»Ja, gern«, half Peter mir aus der Situation, und ich griff dankbar nach dem Flaschenöffner, um wenigstens meinen Fingern etwas zu tun zu geben.

Leon ließ nicht locker. »Lenkt nicht ab.«

»Was ist los?« Adrian setzte die Pizzakartons auf dem Tisch ab. Dampf quoll heraus, als er den obersten davon öffnete.

»Grumpy Rapunzel und du«, wiederholte Leon. »Seid ihr ein Paar?«

Adrian reagierte nicht darauf. Prüfend hob er die erste Pizza hoch. »Sieht nach ordentlich Chili aus.«

»Die scharfen Sachen zu mir.« Nico grinste, während Adrian ihm die Pizza hinüberschob und ihm mit der Serviette auf den Hinterkopf klatschte.

Leon starrte auf die zweite Pizza, als Adrian den Karton öffnete. »Alter, wer hat sich so viel Knoblauch draufschnippeln lassen?«

»Die hab ich für Adrian bestellt.« Nico lachte. »Damit er nicht so viel mit Rapunzel knutscht.«

»Habt ihr jetzt geknutscht oder habt ihr nicht?«, schaltete sich Leon prompt wieder ein. Mit dem Charme einer gesprungenen CD.

»Wem gehört jetzt die Pizza mit dem vielen Knoblauch?«, rief Adrian etwas lauter.

»Mir.« Peter angelte quer über den Tisch und zog seine Pizza zu sich. Dabei fegte er beinahe seine Krücken zu Boden, die er an seinen Stuhl gelehnt hatte. »Mich wird so oder so heute niemand mehr küssen.«

»Wenn du dich vernünftig um Mama gekümmert hättest, wäre sie noch hier«, murmelte Leon in sein Bierglas und trank ein paar durstige Schlucke.

Peter schien nichts gehört zu haben, denn er rückte seelenruhig seinen Karton zur Seite, um Platz für meinen zu machen, den Adrian mir gerade hinschob.

# Kapitel 17

»Hey.« Adrians Stimme klang tief und heiser, als er nach dem Abräumen der Gläser wieder hinaus in den Garten trat. Und schon wieder jagte er mir damit einen wohligen Schauer über den Rücken.

»Hey.«

Ich stand am Gartentor und bewunderte Peters Hortensien, die sich der wundervollen Aussicht von See und Bergen entgegenreckten. Ihre Blütenköpfe schienen um den besten Platz zu kämpfen, die höchsten von ihnen erhaschten mit Sicherheit einen Blick auf die Fraueninsel, die in der Abendsonne leuchtete. Warme Farben, Sommerstimmung. Die Berge umrahmten das Idyll wie schützende Arme ein Kind. Eine Weile verlor ich mich in der malerischen Aussicht. Erst als ich Adrians Schritte direkt hinter mir hörte, drehte ich mich zu ihm um.

»Lust auf einen Spaziergang am See?«, fragte er.

»Immer.«

Ich lächelte, als er mir das Tor aufhielt, und folgte ihm hinaus in die abendliche Natur. Den goldenen Sonnenstrahlen entgegen, die über dem See flimmerten.

»Froh, dass das Essen vorbei ist?« Ein angedeutetes Grinsen zupfte an seinem linken Mundwinkel, doch der Rest seiner Miene wirkte traurig. »Tut mir echt leid wegen vorhin. Der Haussegen hängt ein wenig schief im Hause Bachhuber.«

»Nicht schlimm«, beeilte ich mich zu sagen. »Finde es nur schade für Peter.«

»Nico und Leon haben es ihm nie verziehen, dass er sich so wenig um Mum gekümmert hat.« Adrian atmete schwer ein. Im Vorbeigehen strichen seine Finger an einer Baumrinde entlang. »Und um uns. Eine eigene Werkstatt macht Arbeit, da ist er immer spät nach Hause gekommen.«

»Und du?«, fragte ich. »Hast du ihm verziehen?«

»Er hatte viel zu tun«, antwortete Adrian und zuckte die Schultern. »Und dass Mum abgehauen ist, daran trägt Dad vermutlich wenig Schuld.«

Mitfühlend sah ich ihn an. »Sie hat ihn verlassen?«

»Ja. Und ist in die USA ausgewandert.« Seufzend kickte Adrian einen Kiesel vom Uferweg in den See. Er erzählte es mit derselben Ruhe, die ihn auch sonst umgab, doch ich spürte, wie sehr es ihn schmerzte. »Eine Außenstelle ihrer Firma hat ihr dort einen Job angeboten, und sie hat angenommen.«

»Schon vor Längerem?«, fragte ich vorsichtig.

»Ich war zwölf, Nico dreizehn und Leon zehn, als sie abgehauen ist.«

Geschockt starrte ich Adrian an. »Sie hat ihre Kinder und ihren Mann allein gelassen?«

»Dad und sie haben sich getrennt. Er war ja ohnehin nie zu Hause, die Beziehung war kaputt. Mum hatte eine Affäre mit einem Kollegen, Dad hat ja nichts mitbekommen. Nico und ich waren in einer schwierigen Phase, wir waren ihr zu viel. Dann hat sie das Handtuch geworfen.«

»Wollte sie …«, setzte ich an, brach jedoch ab. Eine Frage wie diese sollte ich nicht stellen. Wenn seine Mutter ihn und seine Brüder nicht hatte mitnehmen wollen, tat das schon genug weh.

»Sie wollte uns mitnehmen«, antwortete Adrian, als hätte er meine Gedanken gelesen. »Aber keiner von uns war sonderlich begeistert, umzuziehen. Wir haben einen riesigen Aufstand gemacht, bis Mum eingesehen hat, dass keiner von uns Lust auf Amerika hat. Wir wollten unsere Schule nicht verlassen. Die Freunde. Abgesehen davon, dass unser Englisch schon immer echt grottig war.«

Immer weiter folgten wir dem Uferweg, begleitet von einem Segelboot, das in einiger Entfernung in dieselbe Richtung segelte.

»Das muss schlimm für euch gewesen sein, wenn die Mama so weit weg ist.«

»Besonders für Leon. Mum in den USA, Dad in der Werkstatt. Nico war der Älteste. Für Leon war er so etwas wie ein Vorbild, aber eigentlich war er ja selbst noch ein Kind.«

Ein paar Enten stoben auf und flüchteten ins Wasser, als wir eine Abkürzung über die Wiese nahmen. Eine Weile wanderten wir schweigend nebeneinanderher und sahen hinüber zu den Bergen, die von der tief stehenden Sonne angestrahlt wurden.

»Mum wäre trotzdem gegangen«, sagte Adrian irgendwann. Und in seiner Stimme hörte ich pure Enttäuschung. »Dass Dad so viel gearbeitet hat, war wohl nur eine bequeme Ausrede für ihre neue Beziehung.«

»Du bist der Einzige, der das so sieht?«

»Ja. Aber irgendwem muss man wohl die Schuld geben. Leon hat es am härtesten getroffen. Er ist damals echt schlecht geworden in der Schule, als Mum und Dad sich getrennt haben.« Adrian warf einen Blick zurück. Irgendwo hinter den Bäumen versteckte sich sein Elternhaus, wo Leon vielleicht noch im Garten saß. »Die letzten zwei Jahre hat er echt hart gearbeitet, um die mittlere Reife nachzuholen.«

»Kein Wunder, dass es da oft kracht.«

»Ja.« Adrian sah mich an. »Sorry. Du solltest da nicht mit reingezogen werden. Du hast ja vermutlich schon länger gemerkt, dass die Stimmung zwischen Nico, Leon und Dad nicht so rosig ist.«

»Ein bisschen schon«, gab ich zu. Ich dachte an das erste gemeinsame Abendessen zurück, wo sich die Brüder mit blöden Sprüchen gegenseitig übertrumpft hatten. Auf Peters Einwürfe hatte niemand wirklich gehört. Und – mir gab es einen Stich – natürlich erinnerte ich mich auch an Nico, der nicht einmal gekommen war, um Peter direkt nach der Operation zu fragen, wie es ihm ging. Immerhin schaute er regelmäßig vorbei. Irgendetwas schien ihn doch immer wieder zurück nach Hause zu holen.

»Ich hoffe, du fühlst dich trotzdem wohl hier«, sagte Adrian.

»Sehr.« Die Antwort kam aus mir herausgeschossen, bevor ich richtig nachdenken konnte. »Mehr als das.«

Wir blieben an einem alten Weidezaun stehen. Ich stützte meine Arme über den obersten Balken und sah auf den Chiemsee hinaus. Adrian tat es mir nach. Seinen linken Fuß setzte er auf einen der unteren Balken. Draußen auf dem See zog gerade ein Ausflugsschiff vorbei und schickte große

Wellen ans Ufer. Wasser klatschte gegen ein paar Felsbrocken, die Gischt spritzte bis auf den Weg. Auf meinen Zehen registrierte ich kühle, feine Tröpfchen. Welle um Welle rollte heran. Die drei Enten, die gerade am Ufer entlangschwammen, nahm der Chiemsee mit auf eine Achterbahnfahrt. Riss sie mit nach oben, um sie kurz darauf wieder fallen zu lassen. Doch die drei gefiederten Freunde schüchterte das nicht ein. Gelassen trieben sie auf dem Wasser. Akzeptierten die Wellen, wie sie kamen. Vermutlich hatten sie sich damit abgefunden, dass das Leben gelegentlich Wellen schlug.

»Ich hoffe, ich hab dich vorhin nicht überfordert«, sagte Adrian leise.

»Womit?«

»Mit …« Adrian löste seinen Blick vom See und wandte sich mir zu. Seine Stimme war leiser geworden, rau und dunkel. »… meinem berührungslosen Kuss.«

Mir schoss das Blut in den Kopf. Allein bei der Erinnerung schwappte eine heiße Welle von Emotionen über mich.

»Im Gegenteil«, flüsterte ich. »Ich bin bereit für die Fortsetzung.«

»Ja?«

Da war etwas in seinen Augen. Etwas, das sich anfühlte wie ein Teil von mir.

»Sind wir allein?«, fragte ich.

»Hier kommt selten jemand vorbei.« Adrian räusperte sich. Wenn er so leise sprach wie jetzt, wirkte seine Stimme besonders heiser. »Zu abgelegen.«

»Perfekt.« Mein Bauch kribbelte. Hunderte von Schmetterlingen schienen dort bereits auf seine Stimme zu lauschen.

»Schließ deine Augen«, flüsterte er.

Bevor ich meine Lider schloss, sah ich Adrian dasselbe tun, während er einen Schritt näher kam und sich zu mir drehte.

»Ich streiche dir eine Haarsträhne aus der Stirn«, fing er an. Und ich hörte die Wärme, mit der er seine Worte wählte.

Unwillkürlich folgte meine Hand dem Gedanken. Die Strähne, die sanft im Wind tanzte, strich ich hinter das Ohr zurück.

»Meine Hände legen sich auf deine Hüfte …«

Wärme durchströmte meine Haut an der Stelle, wo ich seine Hände vermutete. Mehr und mehr breitete sich ein sanftes Kribbeln auf meinem Körper aus. Sein leises Flüstern brachte mich fast um den Verstand.

»Ich komme einen Schritt näher«, antwortete ich. »Und lege meine Hände an deinen Hals.«

Wenn ich meine Augen fest zusammenpresste, erahnte ich sogar winzige Bartstoppeln unter meinen Handflächen.

»Jetzt beuge ich mich zu dir hinab«, flüsterte Adrian direkt in mein Ohr – und das Kribbeln an meinem Hinterkopf wurde so stark, dass ich aufstöhnte. »Ich nehme dein Gesicht sanft in meine Hände.«

So sanft, wie nur eine berührungslose Zärtlichkeit sein konnte, fühlte ich mich gehalten. Mein Kinn neigte sich Adrian entgegen.

»Unsere Lippen treffen sich«, fuhr er fort. »Ganz weich und warm. Und es fühlt sich vertraut an …«

»Es fühlt sich vertraut an«, murmelte ich und lehnte mich tiefer in den Kuss, der nur in meinem Kopf stattfand. Lehnte mich vor, in der Hoffnung, noch mehr zu empfinden. Adrian noch näher zu sein. Wie vorhin spürte ich seine Präsenz, ohne dass er mich berührte. Fühlte, dass er direkt vor mir stand und meinen Körper in wilde Empfindungen von Kribbeln und Wärme schickte. Doch diesmal reichte das Gefühl nicht aus. Dieser Kuss war nur ein halber Kuss. Ein Werbeplakat für echte Nähe. Ich glaubte zu küssen, doch innerlich blieb ich leer. Das Gefühl suchte ein Gegenüber, wurde aber nicht fündig. Es entfachte eine Sehnsucht, die ich mir schon so lange nicht mehr zu spüren erlaubt hatte.

Vorsichtig öffnete ich die Augen und drehte mich zur Seite. Adrian stand nur ein, zwei Zentimeter von mir entfernt, die Lider fest geschlossen. Sie flatterten leicht, während er mich vor seinem inneren Auge küsste.

»Ich fahre mit einer Hand durch dein Haar, während unser Kuss tiefer wird«, hörte ich ihn sagen. Dabei achtete ich längst nicht mehr richtig auf seine Worte.

Mit klopfendem Herzen starrte ich auf seine Lippen. Wie sie sich bewegten, wenn er sprach. Wie sie sich leicht, ganz leicht, öffneten, sobald er auf eine Reaktion von mir wartete.

»Ich fühle deine Lippen an meinen«, flüsterte er weiter. »Und alles kribbelt …«

Ich nahm all meinen Mut zusammen.

Mein Puls schlug hart in meiner Halsschlagader.

Dann atmete ich tief durch, stellte mich auf die Zehenspitzen und lehnte mich vor. Beugte mich Adrians Lippen entgegen.

Eine halbe Sekunde nur berührten sich unsere Münder. Ich erahnte lediglich Adrians Wärme, da sprang er auch schon einen halben Meter zurück.

»Oh Gott, entschuldige, Josefine.« Atemlos sah er mich an. »Ich wollte das nicht … Ehrlich gesagt, weiß ich nicht, wie das passieren konnte … Offenbar hab ich nicht aufgepasst … Vielleicht stand ich zu nah vor dir … und …«

»Ich war's«, unterbrach ich ihn schüchtern.

»Tut mir so leid. Ich …« Er stockte. »Was?«

Unsicher trat ich von einem Fuß auf den anderen. Plötzlich spürte ich Scham und Schuld. Dass ich Probleme mit Körperkontakt hatte, hieß nicht, dass ich Adrian ungefragt küssen konnte, oder? Immerhin wusste ich doch am besten, wie beängstigend es sich anfühlte, wenn man die Kontrolle verlor. Andererseits fehlte mir die Fantasie zu glauben, dass Adrian zu diesem schüchternen Kuss Nein gesagt hätte. »Irgendwie … hat mich plötzlich eine Welle von Mut ergriffen und …«

»Du hast mich geküsst?« In Adrians Blick lag so viel Wärme, dass ich schluckte.

»Als Kuss kann man diesen kurzen Zusammenstoß vermutlich nicht bezeichnen, aber …«

Er schüttelte den Kopf. »Alles, was als Kuss geplant war, ist auch einer.«

Vielleicht hatte er recht. Und genau deshalb zählte auch unser Fantasiekuss als echter Kuss, oder nicht? Wo Worte sind, ist eine Welt. Und wo zärtliche Worte sind, da küsst man schon längst.

»Ein halber zumindest.«

»Dreiviertel«, sagte er lachend.

»Also gut. Dreiviertel.« Amüsiert zuckte ich die Schultern und grinste zurück.

»Die Fantasie hat ihn vollendet.« Sein Blick war intensiver geworden. »In Gedanken habe ich dich längst weiter geküsst.«

Jetzt sah ich geradewegs in seine grünbraunen Augen. »Was unsere Gedanken können, können wir schon lange, oder?«, fragte ich. »Probieren wir es noch mal?«

Adrian lächelte. Doch in diesem kleinen Lächeln lagen so viele Emotionen, dass ich glaubte, sie physisch zwischen uns wahrnehmen zu können. »Okay.«

Irgendetwas in meinem Magen drehte sich um die eigene Achse. Ein Kribbeln zog sich durch meinen Bauch. Ich blickte hinunter auf unsere Körper, die weiter als eine Handbreit voneinander entfernt standen. Adrian hatte seine Hände in den Hosentaschen vergraben, auch ich steckte meine in die Taschen des riesigen Hoodies, der noch immer wie ein Zelt um meine Hüfte fiel.

Die Stille zwischen uns wurde beinahe unerträglich laut. Dann beugte ich mich vor.

Es kam mir vor wie eine Ewigkeit, in der ich mich seinen Lippen näherte. Warm spürte ich seinen Atem an meiner Nase, fühlte mich schwindelig von seinem herben Duft.

Die Berührung elektrisierte mich. Ich ahnte sie mehr, als dass ich sie fühlte. Zart wie der Flügelschlag eines Schmetterlings verweilten meine Lippen auf seinen. Bewegungslos wartete er, dass ich mich schüchtern vorantastete. Mein Kuss war nicht mehr als ein Atemhauch, ein zartes zerbrechliches Band, das uns verband, während unsere Körper noch ausreichend Abstand hielten. Das vertraute Kribbeln breitete sich in mir aus, nahm am Kopf seinen Anfang und setzte sich bis in die Zehenspitzen fort.

Langsam wurde ich mutiger. Ich fühlte Adrian warm und weich an meinem Mund. Zärtlich liebkoste ich seine Unterlippe. Ich spürte, wie sich seine Lippen einen Spalt öffneten. Doch davon abgesehen bewegte er sich nicht, sondern hielt nur ganz still, um mir das Kommando zu überlassen. Kurz hielt auch ich inne, wo ich war. Genoss seinen warmen Atem an meinen Lippen und in meinem Mund. Eine merkwürdig intime Stellung, um darin zu verharren. Doch ich genoss jede Sekunde.

Gerade als ich einen Millimeter absetzte, um Luft zu holen, flüsterte Adrian dicht an meinen Lippen: »Darf ich auf deinen Kuss antworten?«

Ein wohliger Schauer lief mir über den Rücken, als seine Worte an meinem Mund vibrierten.

»Unbedingt.«

Er küsste mich zurück. Seine Hände behielt er in den Hosentaschen, doch mir fehlte nichts. Dieser Kuss brauchte keine weitere Berührung als die unserer Lippen. Sanft spielten sie miteinander, fanden ihren ganz eigenen Rhythmus. Wie sachte gluckernde Chiemseewellen am Ufer.

»Sag, wenn es dir zu viel wird, ja?«, hörte ich ihn nuscheln.

Mit dieser harmlosen Frage fing es an. Dann spürte ich den Bad Boy in ihm erwachen. Sein Kuss wurde tiefer, seine Bewegungen fordernder. Ich ließ mich von dem Strudel mitreißen. Küsste ihn selbstbewusster. Öffnete meine Lippen und ließ los. Ein Feuerwerk an Gefühlen explodierte in meinem Bauch. Ich rang nach Luft, um mich direkt wieder auf das Spiel einzulassen.

Nach einer gefühlten Ewigkeit lösten sich unsere Lippen voneinander. Sogar mein Rücken, der von dieser unbequemen Stellung nicht sonderlich begeistert schien, hätte mir in diesem Moment nicht egaler sein können. Die Rückenschmerzen würden mich morgen plagen – sobald die Muskeln realisierten, wie lange sie meinen Hals für diese wundervollen, berührungsreduzierten Küsse in Position gehalten hatten.

# Kapitel 18

»Na?« Belustigt musterte uns Peter von oben bis unten, als Adrian und ich in den Garten traten. Offenbar wagte er ein paar vorsichtige Schritte über die Wiese. »Ihr seht entspannt aus.«

»Sind wir.« Adrian grinste.

Bei Peter hob sich eine Augenbraue. »Noch.«

»Was soll das heißen?«, fragte ich vorsichtig, doch da schoss die schwarze Fellkugel schon auf uns zu. Mit einem Tempo, das mich um meine Knie fürchten ließ.

»Hey, hey! Langsam, Junge!« Peter machte abwehrende Bewegungen mit einer seiner Krücken, die der Hund nicht einmal bemerkte. Seine Panik spürte sogar ich beinahe körperlich. Frisch an der Hüfte operiert wäre ein Zusammenstoß mit Klitschko der Worst Case.

»Stopp!«, brüllte ich energisch.

Wer überraschter dreinblickte, konnte ich auf den ersten Blick nicht sagen. Klitschko – der übrigens so abrupt stehen blieb, dass er mit den Pfoten Schlitterspuren im weichen Gras hinterließ – schien genauso beeindruckt von meinem plötzlichen Selbstbewusstsein wie ich. Vielleicht hatte ich auch nur in der letzten Stunde gemerkt, wie gut es sich anfühlte, die kleinen und größeren Berührungen des Alltags selbst zu steuern. Die Kontrolle zu behalten. Wobei man unter dem Crash, der mir bei einem Zusammenstoß mit Klitschko drohte, weder von einer kleinen noch einer großen Berührung sprechen konnte. Die fellbewachsene Abrissbirne zertrümmerte vermutlich im schlimmsten Fall meine Kniescheibe.

»Respekt.« Peters Blick trug etwas mit sich, das ich sicher hätte herauslesen können, wenn ich gewollt hätte. Doch ich tauschte nur ein Lächeln mit Adrian und beließ es dabei.

»Willst du hier Wurzeln schlagen?«, fragte ich den Hund, der mich noch immer aus großen Augen anstarrte.

Peter lachte. »Hoffentlich bleibst du noch eine Weile hier. Denn ab jetzt macht das Zusammenleben mit Hund erst richtig Spaß.«

»Ein paar Tage bestimmt.« Unwillkürlich musste ich schlucken. »Wenn ich darf.«

»Na hör mal. Natürlich.«

Als ich Klitschko beobachtete, der inzwischen lammfromm einen groß gewachsenen Kirschbaum als sein Eigentum markierte, fühlte ich einen Kloß im Hals. Irgendwann musste ich meinen Eltern gegenübertreten. Dafür war ich an den Chiemsee gereist. Bereit fühlte ich mich dafür noch lange nicht. Was sollte ich mich selbst belügen? Nicht einmal der Kuss mit Adrian hatte mich diesbezüglich zuversichtlicher gestimmt. Ja, er hatte mir gezeigt, dass meine Grenzen nicht aus Stein gemeißelt waren. Dass ich sie dehnen und verschieben konnte, wenn ich mich nur in Geduld übte. Doch der Augenblick, an dem ich meine Eltern wiedersehen würde, schwebte trotzdem wie ein Damoklesschwert über jedem Tag am Chiemsee.

Adrian schien meine Gedanken zu erraten, denn er schenkte mir ein aufmunterndes Nicken und einen Blick, der sich anfühlte wie ein sachter Arm, der sich um meine Schultern legte.

Peter setzte sich gerade auf einen Gartenstuhl. »Bleib, so lange du willst.«

Schnell schob ich meine negativen Gedanken beiseite. Peter sollte nichts davon merken. Meine Vergangenheit hatte mich schon so vieler schöner Momente beraubt. Es war Zeit, sie in ihre Schranken zu weisen. Sollte sie doch dort bleiben, wo sie hingehörte: in der Vergangenheit.

»Ich hoffe, dass du uns nicht so bald verlässt?«, fragte Peter nach. »Du bleibst schon noch eine Weile bei uns, oder?«

»Bis du wieder fit bist.« Na ja, zumindest solange die Semesterferien dauerten. Ich lächelte Peter zu. Auch wenn ich in puncto Kochen keine große Hilfe darstellte – warum wohl hatte Peter gestern Pizza geordert? Hm? –, so wollte ich zumindest für ihn da sein. Und wenn ich nur gelegentlich hinter Klitschkos dreckigen Pfoten her putzte.

»Hier gibt es sicher noch andere Dinge zu tun, als auf mich aufzupassen.« Peter hob eine Augenbraue und sah zwischen Adrian und mir hin und her.

»Ein Ausflug nach Prien zum Beispiel«, antwortete Adrian unschuldig.

»Das meinte ich nicht.«

»Eine Fischsemmel auf der Fraueninsel«, zählte Adrian weiter auf.

Peter warf ihm einen halb belustigten, halb verzweifelten Blick zu.

»Schon gut, Dad.« Adrian grinste.

Auch ich konnte nicht verhindern, dass meine Mundwinkel nach oben zuckten. Adrian zwinkerte mir zu, als er es bemerkte.

Mit meinem Handrücken tastete ich nach seinem. Ganz vorsichtig. Ich fühlte feine Haare auf seiner Haut. Ein paar unserer Finger verschränkten sich versehentlich, schnell zog ich sie zurück. Und trotzdem spürte ich mit all meinen Sinnen dorthin, wo Adrian und ich uns berührten. Was für jede andere Frau ganz normal gewesen wäre, gab mir ein ganz sonderbares Hochgefühl. Haut an Haut. Eine magische Geschichte.

Millimeter für Millimeter rutschte Adrians Handrücken nach oben zu meinem Handgelenk. Sein Blick ruhte auf mir. Bereit, eine Regung in meinem Gesicht zu entdecken, das kleinste Zeichen von Zurückweisung. Er hätte sofort damit aufgehört, das wusste ich. Mit der Rückseite seines Zeigefingers streichelte er über meinen Handrücken, und ich hielt den Atem an.

»Alles gut?«, flüsterte er.

»Perfekt.«

*Mehr!*, hätte ich am liebsten geschrien. Doch mit Peter in Hörweite begnügte ich mich mit einem langen Blick, der Adrian hoffentlich zeigte, wie sehr ich die zärtliche Berührung genoss. Solange er seine Hand nicht umdrehte und nach der meinen fasste, gab es für mich auch keinen Grund, in Panik zu verfallen.

Aus den Augenwinkeln schielte Peter auf unsere Hände und lächelte. Aber er kommentierte unsere neue Vertrautheit nicht.

»Adrian?«, rief Nico irgendwo aus dem Haus.

»Bin gleich zurück«, flüsterte Adrian mir direkt ins Ohr. Wohl wissend, dass er meinen Körper damit wieder unter Strom setzte.

Nachdenklich sah ich ihm nach, wie er in Richtung Terrassentür verschwand. Vermutlich war ich gerade das erste Mal in meinem Leben richtig verliebt. Von der Liebe geträumt hatte ich oft. Träume, die zerplatzten wie Seifenblasen, sobald ich versuchte, mit den Männern das zu tun, was ihnen gefiel. Dass jemand sich nach mir und meinen Bedürfnissen richtete, war mir bis dato fremd gewesen. Vielleicht nagte genau deshalb auch der Zweifel an mir. Was, wenn Adrian sich gar nicht von all den anderen Männern unterschied? Wenn die anderen beiden Bachhuber-Brüder ihn überzeugten, dass man es kaum Liebe nennen konnte, wenn man sich nicht näherkam? Was, wenn alles wie ein Kartenhaus zusammenstürzte, bevor es überhaupt richtig begann? Wenn Adrian es leid wurde, auf mich Rücksicht zu nehmen? Bislang richtete er sich nach meinem Tempo. Doch wie lange gestand er mir das zu? War ich für ihn wertvoll genug, dass er Abstriche machte?

Ich schüttelte vehement den Kopf, als könnte ich damit diese Gedanken verscheuchen. Die zarte Anziehung zwischen Adrian und mir war frisch. Wieso konnte ich nicht einfach genießen, was da zwischen uns passierte? Vertrauen haben in ihn und mich und die Welt?

Unwillkürlich biss ich mir auf die Lippe. Adrian kannte meine verletzlichste Seite. Kein Wunder, dass ich Sorgen in meinem Kopf herumwälzte. Sobald jemand meine Schwächen kannte, gab ihm das Macht. Dennoch. Ich musste mich zusammenreißen. Stärke war nichts, was mir ein Mann geben konnte. Diese Aufgabe lag ganz allein in meinen eigenen Händen.

Ich zuckte zusammen, als ich eine feuchte Schnauze an meiner Hand spürte. Beinahe, als wollte Klitschko sagen: *Ich kann das schon. Dich in eine starke Frau verwandeln.*

Schnell richtete ich mich zu voller Größe auf und hob den Kopf, damit Peter mir nicht anmerkte, welche Gedanken ich gerade in meinem Hirn hin- und herschob. »Bring den Ball, Klitschko.«

Der Riesenschnauzer sprang blitzschnell auf, schoss in die hinterste Ecke des Gartens und saß fünf Sekunden später bereits mit dem Ball im Maul vor mir – jeden Muskel gespannt, die Füße bereit zum Sprung für den nächsten Befehl.

»Entspann dich.« Belustigt sah ich hinab auf den jungen Rüden, der dieses Spiel als bitterernsten Job betrachtete. »Wir sind nicht beim Militär.«

Ich holte weit aus. Der Ball flog – und der Hund raste hinterher. So schnell, dass er nach der Hälfte des Gartens den Ball überholte und sich genervt danach umsah. Dennoch hielt ich ein paar Sekunden später wieder den Ball in den Händen.

»Eine Beziehung in Balance.« Peter lächelte, als er uns beobachtete. »Du hast den Bogen raus.«

»Für heute zumindest.« Schulterzuckend nahm ich Klitschko den Ball aus dem Maul.

Der Hund protestierte lautstark, als ich mich damit zu Peter drehte, anstatt mit ihm zu spielen. Doch ich ignorierte ihn.

»Du bist eine starke junge Frau.«

Ich blinzelte. »Weil ich es mit einem Riesenschnauzer aufnehme?« Manchmal kam es mir vor, als hätte Peter ein untrügliches Gespür für die Dinge, die in meinem Kopf herumschwirrten. Oder vielleicht war er auch nur ein brillanter Beobachter.

Der Terrassenstuhl schabte auf dem Steinboden, als Peter sich ein wenig in meine Richtung drehte. »Auch. Aber nicht nur deshalb.«

»Wenn du das sagst.« Mit dem Ball in der Hand ließ ich mich neben Peter auf einen freien Gartenstuhl plumpsen. Unter dem fassungslosen Blick des Riesenschnauzers, der abwechselnd mich und den Ball anstarrte – offensichtlich gekränkt, dass das Ballspiel mit ihm nicht als Punkt eins auf meiner Prioritätenliste rangierte. »Ich bin nicht stark«, sagte ich.

Geflissentlich ignorierte ich Klitschko, der gerade schwer damit beschäftigt war, der Reihe nach alle meine Finger mit den Zähnen hochzuheben. Nur, um am Ende enttäuscht festzustellen, dass ich den Ball noch immer fest in der Hand hielt.

Peter neigte den Kopf, eine Augenbraue wanderte nach oben, und ein Funkeln zog sich durch seinen Blick.

»Wirklich«, schob ich hinterher.

Ja, ich mochte stark wirken. Für gewöhnlich gelang es mir, die meisten Menschen eine Weile mit schlagfertigen Antworten und distanziertem Verhalten zu täuschen. Doch Peter? Eigentlich hätte ich wetten können, er hätte mich längst durchschaut.

»Ich bin nicht stark«, wiederholte ich noch einmal und konnte nicht verhindern, dass in meinen Worten eine bedauernde Note mitschwang.

Einen kurzen Moment lang schwieg Peter. Blickte über das Gartentor hinaus auf den See, wo sich gerade ein großer Ausflugsdampfer über die Wellen schob. So sanft und leise, als handle es sich dabei nicht um einen Koloss von über zweihundert Tonnen. Gerade als ich dachte, er würde überhaupt nicht mehr antworten, sagte er leise: »Schwäche zu zeigen, ist die bedeutsamste Form von Stärke.«

Ich starrte ihn an.

»Und?« Fast schon hastig wandte er sich ab, um den Hund mit ein paar kräftigen Schlägen auf seinen eigenen Oberschenkel zu sich zu rufen. »Noch eine Runde Ballspiel mit Klitschko?«

Mein Blick haftete auf Peter. Folgte seinen betont lockeren Bewegungen, als er mit dem Hund zu scherzen begann. Ihn mit beiden Händen am Maul triezte, bis er sich strahlend auf das Schnappspiel einließ.

Ich fühlte mich seltsam ertappt. Als hätte nicht nur Adrian meine Schwachstellen entdeckt, sondern längst auch Peter.

»Ach, spielt ihr noch ein wenig«, murmelte ich noch, dann drehte ich das Gesicht zur Sonne.

Manchmal brachte Peter mit seinen Bemerkungen ein ganzes Gerüst an Gedanken und Definitionen zum Einsturz, die ich jahrelang als gegeben hingenommen hatte. Er stellte eine ganze Welt auf den Kopf, in der ich geglaubt hatte, mich auszukennen wie in meiner Westentasche. Hatte er vielleicht sogar recht? Schwergefallen war es mir schon, Adrian zu erzählen, wie sehr mich Berührungen unter Druck setzten. War es Stärke? War es Schwäche? Ich schüttelte den Kopf. Weder noch.

Dass ich Berührungen nicht wirklich mochte, war ein Teil von mir. Ein Teil von Jo. So, wie andere Lakritz nicht mochten. War es Stärke, trotzdem Lakritz zu essen? War es Schwäche, es nicht probieren zu wollen? Unsinn.

Oben am Himmel schob sich gerade eine Wolke vor die Sonne. Ihr Schatten zog über den See wie ein dunkler Farbfleck, der den Wellen eine neue Schattierung von Grüntönen verlieh. Nicht besser und nicht schlechter. Nur anders.

Vielleicht war es im Leben ähnlich. Wolken kamen und gingen. Sie veränderten die Farben des Lebens, aber solange sie mit ihrer Größe nicht das ganze Bild eintrübten, war es okay, sie nicht zu bewerten.

# Kapitel 19

»Au!« Ich biss die Zähne zusammen. Die Quittung für die letzten zwei Tage … Mein Hexenschuss hatte sich wieder verschlechtert. Murrend und ächzend drückte ich die Wärmflasche an meinen Rücken, da klopfte es an meiner Zimmertür.

»Josefine?«

»Herein!«, stöhnte ich.

Besorgt sah Adrian mich an, die Stirn in Falten. »Du siehst ja schlimm aus.«

»Danke«, presste ich zwischen geschlossenen Zähnen heraus. »Braucht es normalerweise nicht etwas mehr gemeinsame Zeit, bis Männer so was sagen? Zehn Jahre Ehe oder so?«

Anstatt zu antworten, schloss er leise die Tür hinter sich.

»Dieser verdammte Rücken«, schimpfte ich. »Ich möchte wirklich wissen, was das ist.«

»Vermutlich ein Hexenschuss.«

»Die schießen nicht auf Kolleginnen.«

»Da wäre ich mir mal nicht so sicher.« Mit einem belustigten Lächeln im Gesicht trat er näher. »Dann ist heute Schonung angesagt.«

»Ich muss noch den Flur fegen.«

Eine seiner Augenbrauen hob sich. »Hexe hin oder her. Finger weg vom Besen.«

»Aber …«

Adrian schüttelte den Kopf. »Im Hause Bachhuber ist es sauber genug.«

»Einen Begrüßungskuss bekomme ich aber schon, oder?«, fragte ich und bemerkte, wie Adrians Mundwinkel fast unmerklich nach oben zuckten. Ein Funkeln versteckte sich hinter seinen grünbraunen Augen. So als hätte er sehnlichst gehofft, dass ich danach fragen würde. Selbst die Initiative ergriffen hätte er mit Sicherheit nicht, so gut kannte ich ihn bereits.

»Immer.«

Dieses Mal fühlte es sich vertraut an, als wir uns einander näherten. Die Hände in den Taschen vergraben, die Körper in einer Handbreit Abstand. Beinahe so, als würden wir uns über eine unsichtbare schulterhohe Mauer hinweg küssen.

Unsere Lippen trafen sich mit einer Selbstverständlichkeit, die mich erstaunte. Warm. Weich. Erforschend. Ich spürte unendliche Zärtlichkeit – und trotzdem: Adrian küsste forscher als gestern und gab mir damit eine Ahnung, wie sich seine Küsse anfühlten, wenn er sich nicht für mich im Zaum hielt.

»Streck deine Hand aus«, flüsterte ich dicht an seinen Lippen, und meine eigenen Worte kitzelten mich warm an meinem Mund.

Adrian hob die Hand, streckte mir die Handfläche entgegen wie ein Stoppschild. Ganz langsam. Von außen betrachtet sahen wir mit Sicherheit idiotisch aus.

Ich kam seiner Hand entgegen. Traf sie an der unsichtbaren Barriere zwischen uns. Handfläche fand Handfläche – so erwiderte er meine Berührung wie ein Spiegelbild. Sanft lagen sie aufeinander, seine ein ganzes Stück größer als meine.

Unsere Unterarme folgten. Der Stoff von Adrians Hoodie, den ich mir in der Eile heute Morgen übergeworfen hatte, war in meine Ellenbeuge gerutscht. Noch mehr Berührungsfläche. Noch mehr Adrian.

Unwillkürlich tastete auch meine andere Hand nach ihrem Gegenpart – und wurde fündig. Meine Gedanken konzentrierten sich auf die drei Punkte meines Körpers, die mich mit Adrian verbanden. Wo ich ihn so intensiv spürte, dass ich glaubte, meine Haut verbrenne.

Ich genoss den Körperkontakt. Solange Adrian nicht nach mir griff, seine Hände sich nicht um meine legten, schwieg meine Angst.

Seine Lippen liebkosten meine. Gerade als meine Zunge sich schüchtern vorwagte, schoss mir ein heftiger Schmerz in den unteren Rücken.

Ich zuckte zusammen. »Au.«

Adrian ließ mich sofort los. »Dein Hexenschuss?«

Kurz antwortete ich nicht, presste eine Hand auf die Lendenwirbelsäule und krallte mich mit der anderen am Regal fest.

»Hier.«

Ich fühlte die Restwärme meiner Wärmflasche an meinen Lenden, als Adrian sie sanft gegen meinen Rücken drückte. »Danke.« Mit einem Stöhnen presste ich mich dagegen, in der Hoffnung, meine Muskeln würden sich dadurch entspannen. »Scheißblöde Rückenschmerzen«, fluchte ich.

Eine halbe Sekunde lang öffnete Adrian seinen Mund, schloss ihn jedoch ohne ein Wort. In der Art und Weise, wie er seine Augenbrauen leicht zusammenzog, las ich, was er hätte sagen wollen.

»Ich weiß nicht, ob das funktioniert«, presste ich heraus. Die Schmerzen vernebelten mir die Sinne. Wie in Trance spürte ich der Wärme nach, als könnte mich die Konzentration auf etwas außerhalb meines Körpers von ihnen ablenken.

»Ich bin ganz vorsichtig.«

»Schon.« Meine Schneidezähne bohrten sich in meine Unterlippe.

»Du musst nicht.« Adrian hob seine Hände. »Es ist nur ein Angebot.«

»Hmmmh«, stöhnte ich. Noch ein paar Atemzüge in meiner Starre, vielleicht ebbte dann der Schmerz ab. So, wie die Wellen der Ausflugsdampfer irgendwann kleiner wurden, wenn sie vorüberzogen.

Adrian beobachtete mich stumm. Verfolgte jede meiner Bewegungen, jedes Blinzeln und jedes Zucken. Die Stille zwischen uns wuchs an, wurde größer, bis ich glaubte, sie greifen zu können.

»Okay«, sagte ich nach etwas, was mir vorkam wie eine Ewigkeit.

»Ja?«, fragte Adrian, den besorgten Blick noch immer auf mich gerichtet. Wie ein Geigerzähler, der ausschlug, sobald er nur das kleinste Zeichen von Unbehagen registrierte.

Jetzt richtete ich mich in eine gerade Position auf. Die Muskeln protestierten, doch nicht ganz so vernichtend wie zuvor. »Ich vertraue dir«, sagte ich mit fester Stimme. Zum Teil auch, um mich selbst davon zu überzeugen.

Ich atmete tief durch. Nachdem Adrian ein paar kleine Tests an mir vorgenommen hatte – etliche Dinge hatte er mir mehrmals sagen müssen, weil seine Worte durch den Nebel nur langsam in meinen Kopf vordrangen: *Auf die Zehenspit-*

*zen stellen, Josefine!* –, legte ich mich schließlich bäuchlings auf die Yogamatte. Kurz irritierte mich der Geruch nach Hundefutter. Hatte Klitschko nicht jedes Milligramm sorgfältig entfernt? Doch als Adrian sich über mich beugte, fanden meine Gedanken jäh in die Gegenwart zurück.

»Du sagst sofort, wenn ich loslassen soll, ja?«, bat er leise. Seine Stimme klang ruhig und entspannt, was sich zumindest zum Teil auf mich übertrug. »Bitte nichts aushalten, was du nicht möchtest.«

Ich nickte nur, weil die Worte irgendwo in meinem Hals feststeckten.

»Darf ich anfangen?«

Wieder nickte ich.

Sanft spürte ich Adrians Finger an meinem Rücken, während er offenbar nach Verhärtungen suchte, die Wirbel und ihre Dornfortsätze abtastete.

»Tut das weh?«, fragte er gelegentlich, woraufhin er mir meist nur ein Stöhnen entlockte. »Und das hier?«

Obwohl ich Adrian dankbar war, dass er mich genau vorwarnte, wo seine Finger als Nächstes hinwanderten, konnte ich doch wenig anfangen mit Wörtern wie »ISG-Gelenkspalt«. Glücklicherweise reagierte er auf das kleinste Stirnrunzeln und klärte mich auf.

»Noch alles in Ordnung bei dir?«

Allein für diesen Satz hätte ich ihn innerlich umarmen mögen. »Passt«, sagte ich.

»Als Reaktion auf den Schmerz haben sich Muskeln verspannt«, erklärte Adrian. »Und die Spannung bleibt auch während Ruhephasen bestehen.«

»Okay …«

»Die oberen, großen Muskeln sind gar nicht so stark betroffen.« Der Schatten in meinem äußeren Blickfeld verriet, dass Adrian nicht mehr über mich gebeugt stand, sondern ein wenig Abstand eingenommen hatte.

Ich rechnete ihm diesen Umstand hoch an. »Aber die tiefer liegende Muskulatur?«, folgerte ich.

»Genau. Da würde ich gern die Verklebungen im Gewebe lösen.«

Unsicher räusperte ich mich. »Okay«, sagte ich. Vermutlich zum hundertsten Mal heute, doch mein benebeltes Gehirn sah sich nicht in der Lage, sich ein anderes Wort auszudenken.

»Hast du eine Creme hier?«

»Rucksack.« Mit Schwierigkeiten hob ich den Arm und deutete darauf. »Linke Außentasche.«

Das Geräusch des Reißverschlusses verriet mir, dass er sich auf die Suche begeben hatte. Ein Rascheln folgte. Kurz darauf hörte ich ein Klacken, als die Kappe der Handcreme aufschnappte.

»Das wird leider wehtun«, warnte Adrian mich vor. »Nicht erschrecken, ja? Sag, wenn du eine Pause brauchst.«

Was konnte schon schlimmer wehtun als mein Hexenschuss? War ich nicht inzwischen einiges gewohnt? Wahrscheinlich hatte ich bereits so viel Übung im Aushalten von Schmerzen, dass ich demnächst problemlos die Urlaubsvertretung für einen Fakir übernehmen könnte. Zumindest würde ich …

»Verdammt«, rutschte es mir heraus. Heilige Scheiße! Offenbar hatte Adrian nicht übertrieben.

Seine Hände verschwanden blitzschnell von meinem Rücken, besorgt beugte er sich in mein Blickfeld.

»Aaah«, grummelte ich und stöhnte zischend durch zusammengebissene Zähne. »Schon gut, hör nicht auf. Ich reiße mich am Riemen.«

»Soll ich …«

»Nein«, wehrte ich ab, bevor er überhaupt seinen Vorschlag bringen konnte. Adrian würde mich nicht ein zweites Mal so hilflos erleben. »Komme schon klar.«

»Also gut.« Er brachte sich zurück in Position. Wieder bohrten sich seine Finger in meinen Rücken. Schoben die obere Muskulatur zur Seite und drückten sich in das untere, verkrampfte Gewebe.

Meine Füße flogen nach oben, meine Hände ballten sich zu Fäusten. Aber ich würde diesen Schmerz aushalten. Während Adrian sich von Verhärtung zu Verhärtung vorarbeitete, versuchte ich mich zu entspannen. Selbst in diesen Schmerzen ließ sich etwas Positives finden. So blieben meinem Hirn kaum Kapazitäten übrig, darüber nachzudenken, dass sich gerade jemand über mich beugte. Während jeder Druckpunkt unter Adrians geübten Fingern eine Nebelkerze in meinem Gehirn zündete, verlief die Behandlung weitgehend problemlos.

»Noch alles gut?«, fragte Adrian wieder.

»Ja.« Ein Lächeln huschte über mein Gesicht. Erst als er wieder zudrückte, verformte es sich in eine schmerzverzerrte Fratze.

»Im unteren Bereich könnte es noch ein wenig schmerzhafter werden.«

Super. Ob ich diese Info hätte haben wollen, bezweifelte ich. Allerdings gab sie mir Zeit, mich für den nächsten Schmerz zu wappnen.

»Alles gut«, presste ich heraus.

Tapfer hielt ich durch. Adrian presste, massierte, streckte. Meine Fingerknöchel wurden weiß, so stark ballte ich die Fäuste. Nach einer Weile – besser gesagt, einer halben Ewigkeit – gab Adrian grünes Licht.

»Das wäre geschafft.« Ein zufriedenes Lächeln zeichnete seine Stimme weicher.

»Fertig?«

»Noch nicht ganz. Ich bräuchte dich in Seitenlage auf der Couch.«

Ich folgte der Aufforderung. Mit Adrians Hilfe zog ich mich in Zeitlupe auf die Füße. Vermutlich war ich längst ein Fall für den Baukran. Gelegentlich sog ich zischend die Luft ein, wenn ich Schmerz erwartete. Doch zu meinem Erstaunen hielt er sich in Grenzen.

Ein paar Erklärungen folgten, was er nun mit mir und meinem Rücken vorhatte. Offenbar hatte er vorhin irgendeine *Iliosakralgelenk-Blockade* ertastet. Keine Ahnung was das war, aber das Wort würde ich mir für Scrabble merken.

Auf dem Sofa schob Adrian mir ein Kissen unter den Nacken und bat mich, näher an die Kante zu rutschen.

»Ich fasse deinen Fuß an, in Ordnung?«

»Ja.« Ich musste lächeln. So vorsichtig, wie Adrian mit mir umging, hielt die verdammte Panik endlich einmal ihre Klappe.

Adrian platzierte einen meiner Füße auf dem Knie des anderen Beins. »Ganz locker«, sagte er. »Schau bitte in Richtung Lehne. Dann drehe ich deinen Oberkörper um, wenn ich darf.«

»Darfst du.«

Mit einem starken Griff drehte er meinen Oberkörper nach hinten wie den Flaschenöffner in einem Weinkorken. Die Muskeln in meiner Hüfte fühlten sich auf eine sonderbare Weise gedehnt an.

Seine Hand lag warm an meinem Oberarm, meine eigene schloss sich um Adrians Unterarm. Feine Härchen kitzelten meine Handfläche. Ich versuchte mich auf das Gefühl zu konzentrieren. Verdreht lag ich da, unfähig, mich zu rühren. Adrian zwangsläufig dicht über mir. Ich fühlte die Panik regelrecht in mir wachsen.

»Angst?«, fragte er.

Unsere Blicke trafen sich nur den Bruchteil einer Sekunde, doch er hatte längst begriffen, was in mir vorging. Ich antwortete nicht. Trotzdem löste er seinen Griff sofort und nickte.

»Muss dir nicht unangenehm sein.«

Luft. Ich sog sie ein wie ein Ertrinkender. Streckte den Hals durch, um zu spüren, dass ich frei war. Eine halbe Minute brauchte ich, um mich zu beruhigen. Adrian lehnte hinter mir an der Wand.

»Lass dir Zeit«, sagte er leise. Und ich war dankbar für die Ruhe, die er dabei ausstrahlte.

»Bin wieder okay.« Ich schluckte. Dass Adrian mich abermals in einer solch verletzlichen Situation erlebte, beschämte mich.

»Sicher?«, fragte er. Und in seinen Augen entdeckte ich keine Anzeichen dafür, dass er mich deswegen verurteilte.

»Ja.«

Seine Hand schloss sich wieder um meinen Oberarm. Er beugte sich über mich, sein Oberschenkel drückte sanft gegen meinen. »Ruhig durchatmen«, wies er mich an. »Und locker lassen.«

Als ich tief ausatmete, fühlte ich einen Druck an einem Punkt irgendwo an meinem Oberschenkel, dann folgte ein lautes Knacken.

»Hört sich gut an.« Adrian lächelte, er ließ mich los. »Einmal umdrehen.«

Dasselbe machte er auf der anderen Seite. Das Einrenken in Bauchlage durch Druck auf die Wirbelsäule bekam ich kaum noch mit. Mir war, als hätte mein Kopf sich mit Adrians Berührungen arrangiert. Ihm einen Stempel aufgedrückt: ungefährlich.

»Fürs Erste sind wir fertig. Heute Abend zeige ich dir noch eine Übung, die du selber machen kannst.« Adrian half mir auf. »Geht's dir besser?«

Probeweise neigte ich den Rücken in alle Richtungen. Die Schmerzen waren verschwunden. »Wie neu«, befand ich strahlend. »Ich danke dir.«

Adrian lächelte nur.

# Kapitel 20

*Hallo Mama, hallo Papa,*
*ja, wir hatten auch schöne Zeiten miteinander. Und ihr habt es gut gemeint mit euren drei Kindern. Vermutlich haben Tobi und Marie-Luise durch euren strikten Erziehungsplan die besten Seiten ihres Selbst entdeckt. Aber … habt ihr euch mal gefragt, ob es für mich nicht andere Wege gegeben hätte? Oft seid ihr mit uns Sportschuhe kaufen gegangen. Dort habt ihr uns ja auch nicht allen dieselbe Größe gekauft. Verschiedene Füße brauchen verschiedene Schuhgrößen. Was euch dort so klar war, hat im Leben nie gegolten. Ich war nie eine Kämpferin. Klar muss es enttäuschend für Eltern sein, eine Kampfsportschule zu gründen – und am Ende werden nur zwei der drei eigenen Kinder begeisterte Kämpfer. »Du musst kämpfen, Jo!« Wie oft habe ich den Satz wohl aus euren Mündern gehört? Ja, ich hätte kämpfen sollen. Aber in erster Linie gegen dich, Mama. Vielleicht hätte Papa reagiert. Hattet ihr nie Mitleid, wenn ich die Erste war, die umfiel? Wenn Papa von unten gegen mein Schlagpolster trat und ich von der Wucht ein kleines Stück durch die Luft flog? Wenn der Boxsack*

*von meinen Kicks kaum wackelte? Wenn ich ins Mädchenklo flüchtete, anstatt mich den vier Angreifern zu stellen, mit denen ich üben sollte, gegen eine Überzahl an Gegnern anzukommen? Wenn ich mir bei Outdoor-Trainings im Parkhaus die Knie blutig schürfte? Wenn ich gelegentlich mit einem blauen Auge nach Hause kam? Was dich nicht umbringt, macht dich härter, das war euer Motto. Meins lautete eher: Was mich nicht umbringt, ängstigt mich für den Rest meines Lebens. Ihr habt euer Bestes gegeben, mich zu einer Kämpferin zu machen. Aber meine Gegner sind Erinnerungen, die es ohne euch nicht gäbe. Das ganze Leben ist ein Kampf, habt ihr gesagt; du bist nur dann stark, wenn du weißt, wann du deine Waffen ziehen musst. Ist das nicht traurig? Wahrhaft stark ist man erst, wenn man weiß, wann man sie stecken lässt – und vertraut.*

Ich ließ den Kugelschreiber sinken. Stellte die Beine auf und schlang die Arme um meine Knie. Kühl fühlte ich den Baumstamm hinter meinem Rücken und das weiche Moos unter meinem Hintern. Der Besuch bei meinen Eltern stand unmittelbar bevor. Das spürte ich. Der Gedanke daran verfolgte mich, er manifestierte sich beinahe körperlich, wann immer ich an meine Eltern dachte. Doch ob ich bereit dazu war, bezweifelte ich.

Unwillkürlich sah ich mich um. Mir war, als stünden sie hinter mir. Läsen mit hochgezogenen Augenbrauen diesen Brief und rügten mich: *Wieder mal nichts verstanden, nichts verstanden vom Leben. Probiere es noch mal. Einen neuen Entwurf.*

Gab es für das Leben ein *Richtig* und ein *Falsch?* Eine gültige Definition wie für den Chiemsee?

*Chiemsee, der.*
*Substantiv, maskulin (Eigenname)*
*Bedeutung: See in Bayern.*

Nachdenklich sah ich auf den Chiemsee hinaus. Zwei Touristen mit Sonnenhüten kämpften sich tapfer mit den Rudern hinaus auf die Wellen. Wenn ich auf das Wasser blickte, in dem sich das Sonnenlicht in tausend kleinen Funken brach, dann stand dieser Anblick für Heimat. Für Kindheit. Für so viele Erinnerungen, gute wie schlechte. Finja, das hatte sie mir gestanden, verband jeden See mit der Abscheu gegen Schulsport, genauer gesagt: Schwimmunterricht. Dort hatte sie – was mich kaum überraschte – schmerzlich herausfinden müssen, dass sie im Wasser noch anfälliger für Unfälle aller Art war als an Land. (Falls in diesem Bezug überhaupt noch eine Steigerung möglich war.) Etliche Leute konnotierten den Chiemsee mit Ferien, Zeit mit den Liebsten. Einem entspannten Bier mit Blick auf den Sonnenuntergang. Guten Gesprächen, Gelächter.

Wenn ein einziger See so viele Bedeutungen haben konnte, was mochte erst das Leben an Bedeutungen für uns parat halten? Ich erwartete andere Dinge vom Leben als Adrian, Peter oder Klitschko. Keiner der drei hatte versucht, mir seine Version als die beste zu verkaufen. Gut so, denn mit Klitschkos Prioritäten vermochte ich ohnehin nichts anzufangen, auch wenn er mir gelegentlich erzählte, dass es keinen größeren Schatz auf Erden gab als einen vollgepissten Baum.

Vielleicht war es an der Zeit, meinen Eltern zu sagen, dass ich für das Leben meine eigene Definition finden wollte. Bestand darin nicht der Sinn des Lebens? Herauszufinden, was sich dahinter verbarg?

*Leben, das.*
*Substantiv, Neutrum*
*Bedeutung: das, was du draus machst.*

Ich seufzte. Die Gespräche mit Peter hatten irgendetwas in mir verändert. In meinem Gehirn. Vermutlich irritierte mich der Umstand, dass ich mich seit Kurzem traute, es zu benutzen.

Kurz betrachtete ich noch einmal den Brief in meiner Hand, dann zerriss ich ihn in lauter kleine Fetzen. Stück für Stück. Und es fühlte sich so unglaublich gut an, die Niederschrift meiner Vergangenheit zu zerstören. Als könnte ich ihr dadurch die Kraft nehmen.

»Josefine?«, hörte ich eine Stimme hinter mir rufen.

Ich drehte mich um.

Da stand Adrian. Offenbar gerade zurückgekommen vom Sport. Seine Haare hingen nass herunter, und ein Hauch von Duschgel umwehte seinen Körper.

Ich hatte gehofft, dass er sich zu mir gesellen würde. Nicht umsonst war ich im Umkreis des Hauses geblieben.

»Wie war's beim Sport?«

»Schön.« Er lächelte erschöpft, dann ließ er sich neben mich ins Moos sinken. »Bin zwar echt erledigt, aber das Training gibt mir das Gefühl, lebendig zu sein. Man spürt seinen Körper besser.«

Sport war nie mein Ding gewesen. Gespürt hatte ich meinen Körper auch. Hauptsächlich den Muskelkater und das Seitenstechen. *Du musst in Kontakt mit deinem Körper kommen*, hatte Papa immer gesagt. *Bis er zu dir spricht.* Tat er längst. Dass mein Körper regelmäßig kurze Befehle brüllte wie: *Couch! Jetzt!* oder wahlweise: *Wie lange machen wir diesen Scheiß noch mit?*, hatte er mir trotzdem nie geglaubt. Zu einem »Freut mich, wenn es dir guttut« rang ich mich Adrian zuliebe dennoch durch.

»Kennst du das Gefühl?«, fragte Adrian. »Wenn man schweißnass ist, aber einfach nur happy? Wenn man über seine Grenzen geht und merkt, wie man bei jedem Training besser und schneller und stärker wird?«

»Eher nicht«, gab ich zu. »Dazu bin ich einfach zu unsportlich.«

Adrian zuckte die Schultern. Dass wir uns hier nicht ähnelten, schien ihn nicht groß zu stören. »Es muss nicht jedem alles gefallen.«

»Was ist das eigentlich genau für ein Sport?«, fragte ich. Von Nicos und Peters beiläufigen Bemerkungen hatte ich immer geschlossen, dass Adrian zum Krafttraining ins Fitnessstudio fuhr.

»Ich bin …«

»Hey!«, hörte ich Nico brüllen. »Hierher, Klitschko. Sofort!«

»Oje«, flüsterte ich.

Hinter den Bäumen quietschten ein paar junge Frauen. »Tut der was?«

Adrian rollte mit den Augen. »Ich hab ihm immer gesagt, er soll den Hund anleinen, wenn Leute in der Nähe sind.«

»Denkst du, er braucht unsere Hilfe?«

Mit einem belustigten Schnauben winkte Adrian ab. »Wenn Klitschko nicht kommen mag, kriegt man den nicht eingefangen. Weder allein noch zu dritt. Riesenschnauzer rennen verdammt schnell. 45 km/h, hab ich mal irgendwo gelesen.«

»45 km/h?« Entsetzt starrte ich ihn an. Da blieb nur zu hoffen, dass Klitschko meine Kniescheibe nicht als Prellbock benutzte.

»Jup.« Adrian grinste schief. »Dass er trotz dieses riesigen Egos so viel Fahrt aufnehmen kann, ist echt beachtlich.«

Ich lauschte. Im Moment war alles still, nur der Wind rauschte in den Bäumen. »Und die Frauen? Da haben welche geschrien.«

»Keine Sorge.« Jetzt platzte Adrian mit einem lauten Lachen heraus. »Dass Nico sich um die Frauen kümmert, darauf kannst du Gift nehmen.«

Irgendjemand dort drüben hatte Musik eingeschaltet. Unter Klitschkos lautem Gebell drehte dieser Jemand die Lautstärkeregler höher, und ein Song schallte herüber zu Adrian und mir.

»Wenn sie Musik anmachen, kann es nicht so schlimm sein«, stellte ich fest und drehte mich zu Adrian um.

Sein Blick war so intensiv, dass ich sofort stehen blieb. Hinter diesen grünbraunen Augen konnte ich ihn förmlich denken sehen.

»Magst du tanzen?«, fragte er.

Ich unterdrückte den Impuls, zu lachen. Meinte er das ernst? Egal in welcher Sportart – sobald es um Körperbeherrschung ging, war ich verloren.

»Es guckt keiner zu«, sagte er leise. In seinen Augen lag etwas Einladendes. Etwas, das mich die Welt vergessen lassen wollte. »Dieser Tanz wäre nur zwischen uns beiden … Also … Wenn du magst.«

»Ist das eine Rumba?«

»Das ist, was wir draus machen.«

Ich bewegte mich nicht, sah ihn bloß an. Nicht, weil ich zögerte. Sondern, weil ich das leise Flackern liebte, das ich hinter seinen Pupillen erahnte. Und je länger ich wartete, desto wärmer wurde es.

Wind kam auf. Sanft pustete er mir ein paar lange Strähnen meiner Haare ins Gesicht. Und mit einem Mal fühlte ich mich lebendig.

Ganz langsam streckte ich endlich einen Arm aus. Adrians Hand tastete nach meiner. Handfläche fand Handfläche. Er umfasste meine Hand nicht, was mir ein dankbares Lächeln entlockte. Seine zweite Hand schob ich an meine Schulter. Dort gehörte sie zwar nicht hin, aber dort machte sie mich am wenigsten nervös. Selbst an dieser Stelle berührte er mich kaum stärker als eine Feder.

»Richtig ist das nicht«, sagte ich leise und musste lachen. Mein Tanzlehrer, der irgendwann in der neunten Klasse mal an meiner nicht existenten Hirn-Körper-Koordination verzweifelt war, hätte vermutlich einen Nervenzusammenbruch bekommen, uns in dieser Pose zu sehen. »Sorry.«

»Doch.« Adrians Lächeln wirkte warm. »Wenn es sich für dich richtig anfühlt, ist es das auch.«

Schweigend wiegten wir uns im Takt der Musik. Ganz sachte verstärkte sich der Druck auf meiner rechten Handfläche. Adrian setzte uns in Bewegung. Kein bisschen fordernd, nur ein wenig neugierig. Als erforschte er gerade im Tanz meine Grenze zwischen Nähe und Distanz. Seine Augen hielten den Kontakt zu meinen. Unablässig darin forschend. Und ich wusste, das kleinste Zeichen von Unbehagen darin würde ihn bremsen.

Dann ließ ich mich von ihm führen. Spürte den zarten Berührungen nach und nahm die Richtung an, in die er mich damit einlud. Die Musik hüllte uns ein. Schuf eine Blase, in der es nur noch ihn und mich gab. Und in meinem Bauch breitete sich eine Wärme aus, auf deren Intensität ich nicht vorbereitet war.

»Ich wusste nicht, dass Tanzen so schön sein kann«, flüsterte ich, als könnte ein zu lautes Geräusch die intime Stimmung zwischen uns zerstören.

»Ich auch nicht«, wisperte er zurück.

Ermutigt von dem warmen Gefühl in meinem Bauch lehnte ich mich nach vorn. Ich sehnte mich nach mehr Kontakt. Mehr Adrian, von Kopf bis Fuß. Beinahe wäre ich ihm auf die Füße gestiegen. Die Schrittkombination war längst vergessen. Doch das zählte nicht mehr, wurde bedeutungslos in unserem Tanz. Da war er. Im Rhythmus wiegte ich mich ihm entgegen. Fühlte, wie seine Bewegungen langsamer wurden. Vorsichtiger. Ein wenig so, als fürchtete er, jede kleine Erschütterung beim Tanzen könne mich verschrecken. Als könne mich mein Mut jederzeit verlassen. Erst spürte ich nur seine Kleidung. Sein Hemd, den feinen Baumwollstoff. Ein paar Sekunden dauerte es, dann überwand seine Körperwärme den Stoff. Bauch an Bauch, Brust an Brust. Und schließlich – endlich – Wange an Wange.

Mein Körper sog die Wärme auf, als müsste er ohne diesen Kontakt erfrieren.

»Alles gut bei dir?«, flüsterte Adrian in mein Ohr, und seine Stimme schickte ein Kribbeln von meinem Hinterkopf über den Rücken.

Ich nickte.

Adrian schien vorsichtiger als ich, denn er nahm seine Hände weg und streckte sie zur Seite. »Ich will, dass du dich sicher fühlst«, hörte ich ihn dicht an meiner Ohrmuschel.

Einen Moment lang betrachtete ich ihn aus der Nähe. Seine warmen, zärtlich blickenden Augen, den sportlichen Körper, der mich nicht bedrängte – und seine Arme, die er weit zur Seite spannte. Ein Mann, der jederzeit mitdachte. Immer einen Gedanken voraus war, um mich in keiner Weise unter Druck zu setzen.

Kurz hielt ich die Luft an, dann umarmte ich ihn einfach. Presste mich an ihn, hielt ihn fest. Spürte dem Gefühl nach, einem Mann so nahe zu sein.

Der Sommerwind schien alle Ängste mit sich getragen zu haben. Ich tastete mit den Händen über Adrians Rücken, strich Kreise darauf. Fühlte den Stoff seines Hemds, als fühlte ich Baumwolle zum ersten Mal. Stück für Stück erkundeten meine Hände seinen Oberkörper. Die breiten Schultern, die vom Sport erzählten – jetzt wusste ich immer noch nicht, welchen Sport er genau machte, da Nico uns unterbrochen hatte –, und den Bauch, den ich an meinen drückte in einer innigen und langen Umarmung. Seine Wange lag an meiner Stirn. Sonderbar intim fühlte sich diese Begegnung an. Und ich musste an all die Frauen denken, die über diese Art der Intimität vermutlich gelacht hätten. Weil sie nicht wussten, wie es war, die Nähe zu fürchten wie ein ungezähmtes Tier.

»Sollen wir uns ein wenig ins Moos kuscheln?«, fragte ich leise in Adrians Ohr.

An der Art, wie er die Schultern hob, glaubte ich zu merken, dass auch ich ihm mit meinen leisen Worten in seinem Ohr eine Welle von kribbelnden Empfindungen die Wirbelsäule hinabgeschickt hatte.

»Gern.«

Die Klänge der Musik begleiteten uns, als wir uns einen bequemen Platz am Ufer aussuchten. Dort, wo das Moos dicht und satt den Boden bedeckte. Bereits unter meinen Schuhen fühlte sich jeder Schritt weich und wunderschön an. Schon als Kind hatte ich Moos geliebt. Für mich war Moos das Kissen, das mir die Natur schenkte, wenn ich einen Ruheplatz am See suchte. Die kuschelige Matratze, wenn ich mich zum Schlafen niederlegen wollte. Das Bett unter dem Sternenhimmel.

Doch Adrian und ich würden nicht schlafen. Mein Herz klopfte hart und schnell an meinem Hals, als Adrian sich ins Moos legte. Kurz, ganz kurz flackerte die Sehnsucht durch meinen Kopf, Adrian Haut an Haut zu spüren. Ihm zu vertrauen.

Sein Geruch lockte mich zu ihm. Herb und dunkel umgab er ihn, und ich wollte mehr davon. Zögerlich ließ ich mich neben ihm nieder. Millimeter für Millimeter rutschte ich näher. Meine Hand wanderte zu seinem Hals, strich über den obersten Knopf seines Hemds. Kurz flackerte mein Blick nach oben, suchte den seinen. Ein Nicken, gepaart mit einem überraschten Lächeln, gab mir das Okay. Vorsichtig öffnete ich einen Knopf, dann den nächsten. In meinem Bauch explodierte eine Ladung aufregendster Gefühle. Mit geschickten Fingern öffnete ich den dritten Knopf. Liebevoll strich ich seinen Hals hinab und schob das Hemd ein Stückchen auf. Ich ließ meine neugierigen Finger weiterwandern. Zaghaft liebkoste ich warme, weiche Haut. Ein paar kostbare Minuten betrachtete ich den Mann vor mir, mit leicht gebräunter Haut, ein wenig Brusthaar und … einem Muttermal, das mir bekannt vorkam. Sehr bekannt.

Shit!

Ich rutschte von Adrian weg, so schnell ich konnte. Rang nach Luft. Starrte in die Luft, ohne zu sehen. Die Szene verschwamm vor meinen Augen.

Undeutlich sah ich Adrian näher kommen. Er beugte sich in meine Richtung, aber ich wedelte mit den Armen, um ihn auf Abstand zu halten.

*Lass.*

*Lass mich.*

*Bitte.*

»Zu schnell?«, fragte er.

*Nein, nicht zu schnell. Einfach nur der falsche Mann.*

Tränen traten in meine Augen, sie liefen mir über das erhitzte Gesicht, doch ich bemerkte kaum etwas davon. Die Sekunden zogen an mir vorüber, vielleicht waren es auch Minuten. Ich fiel in eine Schockstarre. Unfähig, mich weiter zu rühren.

»Was kann ich tun?« Adrians Stimme hörte sich besorgt an, doch er kam nicht näher.

»Abstand halten«, presste ich heraus.

Das stellte sich als unnötig heraus, denn Adrian schien längst begriffen zu haben, wie ernst ich es in diesem Moment meinte. Sorgenfalten zeichneten sich in seine junge Stirn.

»Ich ... komme nicht näher, versprochen«, murmelte er nur.

Hektisch nickte ich. Ich rappelte mich vom Liegen in eine Sitzposition auf, riss dabei ein wenig Moos aus dem Boden. Meine Panik wollte nur eines: so schnell wie möglich weg von Adrian. Kurz wankte ich, Schwindel ergriff mich. Wie in Trance presste ich mich an den Stamm eines Baumes. Ich zog die Knie an, drückte sie mit meinen Armen näher an mich, als könnten sie mir Schutz geben vor allen Berührungen dieser Welt.

# Kapitel 21

Starr saß ich da. Unfähig, mich zu bewegen. Meine Umgebung verschwamm, rutschte peu à peu in den Hintergrund. Vor meinem inneren Auge lief längst ein Film ab. Und mir fehlte die Kraft, ihn noch zu stoppen.

*»Josefine, du bist die Nächste!«, hörte ich den unverkennbaren Bass meines Vaters durch die Halle schallen. »Wer ist der Angreifer? Unser Neuankömmling? Baxi?«*

*»Jup, zur Stelle!« Ein groß gewachsener Junge mit kahl geschorenen Haaren kämpfte sich durch die umstehenden Jugendlichen nach vorne.*

*Baxi nahm heute am Schnuppertraining im Kampfsportverein meiner Eltern teil. Offenbar wechselte er aus einer anderen Kampfsportschule hierher. Gelegentlich passierte das. Das Training meiner Eltern hatte den Ruf, das härteste im ganzen Umkreis zu sein. Hier wurde man abgehärtet für die Straße. Wurde man im echten Leben angegriffen, blieb die Überraschungssekunde aus. Schülerinnen und Schüler meiner Eltern wussten, wie es sich anfühlte, gewürgt zu werden. Sie kannten den Schmerz einer ungebremsten Faust. Vermutlich hatte auch für Baxi und seine Eltern diese Philosophie verlockend geklungen. Genauer nachgefragt hatte ich nicht. Dem Anschein nach war er nicht nur zwei, drei Jahre älter, sondern auch – und das stellte das größte Problem dar – wesentlich cooler als ich. Vor Beginn der Stunde hatte ihn sofort eine Gruppe von Jungs umgeben, die sonst nur allzu gern meinen Vater belagerten, um heldenhafte Geschichten aus seiner Zeit als Personenschützer zu hören.*

*Eingeschüchtert starrte ich auf den weißen Schriftzug auf Baxis schwarzer Hose: Krav Maga. Das Logo mit einer weißen Faust leuchtete mir aus dem Stoff entgegen. Allein dass er eine Hose mit dieser Aufschrift trug, zeigte mir, dass er diesen Sport um Längen ernster nahm als ich. Vermutlich war er gut. Richtig gut. Und er würde drei Sekunden brauchen, um mich bewegungsunfähig zu machen.*

*»Okay, Josefine. Worst Case. Du liegst am Boden. Ohne Matten – ein Real-Life-Szenario.« Meine Mutter kam näher. Der Pferdeschwanz wippte über ihren Schultern, auf ihrer Stirn glänzten Schweißperlen vom Training. »Liegend – die denkbar schlechteste Ausgangslage. Deshalb ist es wichtig, das zu üben.«*

*»Ich ... Kann ich nicht einfach nach Hause gehen?«, fragte ich zaghaft. »Das ist noch zu schwer für mich, ich hab ja sogar noch Probleme, wenn ...«*

*»Wenn du nicht übst, wirst du immer Probleme haben«, unterbrach mich mein Vater. »Kleine Schritte führen zum Ziel.«*

*»Bei manchen dauert es länger, bei manchen geht es schneller«, pflichtete ihm meine Mutter bei. »Aber aus jedem und jeder hier machen wir irgendwann eine starke Frau oder einen starken Mann. Also stell dich nicht so an.«*

*»Komm schon.« Mein Vater klatschte mir mit seiner Hand so stark auf den Rücken, dass es mich fast von den Füßen riss.*

»Du kennst die Technik. Denk an deine Hüfte, du brauchst viel Schwung.«

Wortlos starrte ich zwischen meinen Eltern hin und her. Baxi beobachtete ich nur aus dem Augenwinkel. Er hatte die Hände in den Hosentaschen vergraben und wartete. Erst als ich einen Schmerz an meiner Unterlippe spürte, bemerkte ich, wie fest ich gerade darauf herumkaute.

»Na ja, vielleicht …«, setzte mein Vater an. Doch ein Blick von meiner Mutter genügte, um ihn wieder verstummen zu lassen. Er deutete auf den Boden. »Los. Die anderen wollen auch noch.«

Mir schnürte sich der Hals zu, ich musste schlucken. »Ich mag das nicht machen. Ich kann das eh nicht.«

»Du bist hier, um das zu üben.« Die Stimme meiner Mutter duldete keinen Widerspruch. »Im echten Leben kannst du auch nicht einfach zu einem Angreifer sagen: Heute nicht, komm morgen wieder.«

Die Blicke der anderen Teenager bohrten sich in mein Gesicht. Mein Theater, wie meine Mutter es nennen würde, ging von ihrer kostbaren Trainingszeit ab. Zeit, für die ihre Eltern viel Geld ausgaben.

Meine Schritte steuerten beinahe automatisch auf Baxi zu. Dick war er nicht. Schlank auch nicht. Baxi brachte mit Sicherheit einige Kilos mehr auf die Waage als ich. Mehr als einen Kopf größer war er, am Bauch trug er stolz ein paar Kilos zu viel herum. Und unter dem T-Shirt zeichneten sich bereits ansatzweise Muskeln ab. Die Kampfsportschule, aus der er kam, war der größte Konkurrent meiner Eltern. Ihre Schüler waren gut, richtig gut. Mit Sicherheit hatte er Kraft. Unter ihm würde ich mich nie freikämpfen können.

»Ab nächster Woche keine Sportkleidung mehr, Baxi«, warf meine Mutter mit einem Seitenblick auf Baxis Hose ein. »Wir trainieren in Alltagskleidung. Je unbequemer und unbeweglicher der Stoff, desto echter am Leben.«

»Okay.« Baxi nickte, doch meine Mutter nahm bereits keine Notiz mehr davon.

»Du liegst auf dem Rücken, Josefine«, kommandierte sie. »Genau wie vorhin in der Trockenübung, nur diesmal mit Gewicht. Baxi, du liegst über ihr und würgst sie.«

Ich gab auf und gehorchte. Kalt drückte der Boden an meinen Rücken, als Baxi sich auf mich legte. Er stützte sich an den Unterarmen ab, um mir nicht zu viel Gewicht zuzumuten.

»Mit vollem Gewicht, Baxi!« Meine Mutter kam näher. Von unten betrachtet sah ihr Gesicht merkwürdig verzerrt aus. »Ein Angreifer nimmt keine Rücksicht. Und der wird um einiges schwerer sein. Ein Erwachsener. Es geht hier darum, euch für die Welt da draußen vorzubereiten.«

»Alles okay bei dir?«, fragte Baxi leise. Nur Zentimeter trennten unsere Gesichter, ich fühlte sein Gewicht schwer auf meinem Bauch.

»Geht schon«, presste ich heraus.

»Hände an ihren Hals und zudrücken!« Aus Mamas Stimme konnte ich heraushören, wie sehr sie meine Unsicherheit nervte. Die Tochter der Trainerin. Die eigentlich neben Tobi und Marie-Luise eine der drei besten sein müsste …

An Baxis linkem Ohr vorbei tauschte ich einen Blick mit meinem Bruder Tobi, der mich mitleidsvoll beobachtete. Marie-Luise schwang nur eine Faust. Von ihren Lippen las ich ein »Mach ihn fertig!«.

*»Bereit?«, fragte Baxi.*

*Ich nickte. Seine Hände schlossen sich sanft um meinen Hals.*

*»Fester!« Meine Mutter bückte sich, unwirsch drückte sie Baxis Hände zusammen.*

*Ich würgte und röchelte.*

*»Hände hoch, Josefine!«, brüllte meine Mutter.*

*Panik kroch in mir hoch. Ich rang nach Luft, als Baxi die Hände ein wenig lockerte. Die vorhin geübte Technik war von meinem Gehirn gelöscht wie ein nicht rechtzeitig gespeichertes Dokument von einem abgestürzten Computer.*

*In Baxis Augen las ich Unsicherheit. Sein Gewicht drückte auf meinen Brustkorb. Selbst mit weniger Druck auf dem Hals fiel das Atmen schwer.*

*»Wehr dich!«, hörte ich meinen Vater schreien. »Los, los, los, Josefine!«*

*Raus. Ich musste hier raus. Raus. Einfach raus. Der Gedanke polterte in Dauerschleife durch meinen Kopf. Der Druck auf meiner Brust wuchs ins Unerträgliche. Ich klopfte mit der flachen Hand auf den Boden. – Das Zeichen für den Trainingspartner, die Übung zu beenden.*

*»Nichts da!«, rief meine Mutter. »Baxi, du machst weiter.«*

*Baxi schien zu fühlen, wie es mir ging, denn er nahm trotzdem sein Gewicht von mir. Stützte sich auf den Unterarmen ab und schob sich hoch.*

*»Ja! Danke«, flüsterte ich an Baxis Hals, bevor ich richtig nachdenken konnte. Ich spürte bereits, wie er ein Bein hochschob und sich aufrappelte. »Lass mich raus.«*

*»Du bleibst liegen.« Ungerührt drückte meine Mutter Baxi zurück auf den Boden.*

*Baxi verlor das Gleichgewicht. Hart stürzte er auf mich und zwang mich abermals mit seinem Gewicht nach unten. Er tastete nach dem Boden. »Sie kann nicht mehr. Lasst uns abbrechen.« Erst warf er einen besorgten Blick zu mir, dann sah er hinauf zu meinen Eltern. »Bitte.«*

*Mein Vater öffnete den Mund, die Stirn in ernsten Falten, doch meine Mutter war schneller.*

*»Sie wird es nie lernen, wenn wir jetzt abbrechen.« Meine Mutter pustete sich eine Strähne aus der Stirn. Die Hände hatte sie in die Hüfte gestemmt. »Und besser sie leidet hier als im echten Leben.«*

*Mein Vater seufzte. »Lass sie raus, Baxi. Es hat keinen Zweck.«*

*»Willst du schuld daran sein, wenn sie sich im Leben da draußen nicht wehren kann?« Mamas Gesicht wurde rot vor Rage. Ich wusste, dass sie an den Tag dachte, an dem eine Gruppe betrunkener Jugendlicher mit Bierflaschen auf sie und ihre beste Freundin losgegangen war. Auf dem Nachhauseweg vom Dorffest, vor vielen Jahren. Als Mama so alt gewesen war wie ich. »Wir erziehen unsere Tochter zu Stärke und Ehrgeiz.«*

*»Vermutlich hast du recht.« Mein Vater nickte, wenn auch mit schmerzlichem Blick. »Kämpf dich raus, Jo, dann darfst du gehen.«*

*»Noch mal von vorn!« Meine Mutter gab Baxi einen Schubs, sein Körper lag umso schwerer auf meinem.*

*»Kämpf deine Hände frei, benutze sie!«, schrie mein Vater mich an. »Dreh deine Hüfte mit Schwung, schüttle ihn ab!«*

*Irgendetwas in mir war eingerastet. Ich stellte mich tot, bewegte mich keinen Zentimeter mehr. Starrte auf den Rand von Baxis T-Shirt, ohne ihn wirklich zu sehen. Luft! Ich bekam keine Luft! Luft! Der Geruch nach jugendlichem Schweiß stieg in meine Nase. Luft! Über mir siebzig, achtzig Kilo Baxi, unter mir der harte Hallenboden. Und dazwischen ich. Eingequetscht. Unfähig, richtig zu atmen. Mein Brustkorb schmerzte. Es kostete mich unendlich viel Kraft, Baxis Gewicht mit jedem Atemzug hochzustemmen. Ich zwang mich, die Träger seines Shirts mit den Blicken abzufahren. Mich damit abzulenken, so gut ich konnte. Ein längliches dunkles Muttermal zeichnete sich bräunlich auf der Haut ab, direkt neben dem linken Träger …*

*Ein Muttermal.*

*Ein Muttermal.*

*Konzentriere dich darauf, Josefine. Schau es an, bis du wieder atmen kannst …*

*»Wehr dich!«, schrie meine Mutter noch einmal.*

*Wieder legten sich Hände an meinen Hals zur Würgeübung. Mehr als zwei. Umfassten mich fester.*

*Wieder klopfte ich ab. Baxi machte Anstalten, mich freizugeben, doch meine Mutter hinderte ihn daran.*

*»Ich drücke kräftig zu, dann wehrt sie sich schon«, hörte ich sie sagen. Genervtheit in der Stimme.*

*Verzweifelt schlug ich die Handflächen auf den Boden. Kämpfte gegen den dunklen Schatten, der sich seitlich in mein Blickfeld schob. Immer weiter … Und weiter …*

*Kurz darauf wieder Baxi. »Ich glaube, sie wird ohnmächtig! Darf ich sie loslassen? Bitte?«*

*»Nein.« Das größere der beiden Handpaare wechselte nun vom Hals an meine Schulter. Schüttelte mich. »Wehr dich endlich. Hüfte raus, Josefine!«*

*Nach einer gefühlten Ewigkeit spürte ich, wie Baxi sich von mir wegschob. Nach oben. Endlich war ich frei. Ich rang nach Luft. Mein Brustkorb fühlte sich trotzdem noch schwer an, die Muskeln rundherum zum Zerreißen gespannt.*

*»Baxi, du bleibst!« Wenn meine Mutter so redete, duldete sie keinen Widerspruch. Ihr Gesicht leuchtete rot. Die Narbe, die sie damals von einer Flaschenscherbe davongetragen hatte, zeichnete sich hell unter ihrem linken Auge ab. »Sie muss das lernen.«*

*Kurz fürchtete ich, dass Baxi einknicken würde. Machte mich abermals gefasst auf sein Gewicht. Stattdessen griff er nach meiner Hand und zog mich in eine Sitzposition. Sein Gesicht war ganz nah an meinem, doch obwohl ich ihm genau in die Augen starrte, konnte ich ihn nicht richtig sehen. Seine Züge verschwammen. Wie in Trance griff ich nach der Wasserflasche, die mein Bruder Tobi mir hinhielt, und trank ein paar Schluck. Verschluckte mich fast dabei. Marie-Luise klopfte mir auf den Rücken.*

*»Alles okay bei dir?«, hörte ich Baxi unsicher fragen.*

*»Ich bin enttäuscht von dir«, sagte meine Mutter noch, dann bat sie das nächste Paar auf den Boden.*

»Josefine!«

Ich wischte den Film vor meinem inneren Auge beiseite. Gerade noch rechtzeitig, um Adrian beinahe so nah an meinem Gesicht zu sehen wie eben noch Baxi.

»Soll ich dir einen Arzt rufen?«

Ich schüttelte den Kopf. Mit fahrigen Händen lüftete ich mein T-Shirt ein wenig. Luft! Mir war, als spürte ich Hände an meinem Hals. Als drückte ein Gewicht auf meinen Brustkorb. Ich massierte meine schmerzenden Muskeln, als könnte ich ihnen damit zeigen, dass da nichts war. Die würgenden Hände ein Produkt meiner Fantasie, der Druck auf meinem Brustkorb genauso. Ich stützte mein Kinn in die Hände. Der Baum drückte sich kühl an meinen Rücken wie damals der Boden in der Kampfsportschule meiner Eltern. Unfähig, mich weiter zu rühren, saß ich da und starrte Adrian an.

»Das Krafttraining …« Langsam schüttelte ich den Kopf. »Du machst das gar nicht im Fitnesscenter. Du machst das in einer Kampfsportschule.«

Er verstand nicht. Noch nicht. »Ist das schlimm?«, fragte er.

»Baxi«, flüsterte ich.

»Ja?« Verwirrt legte Adrian die Stirn in Falten.

Ich hoffte, Halt zu finden in seinen grünbraunen Augen. Verzweifelt klammerte ich mich an seinem Blick fest, der noch so viel Ruhe ausstrahlte. »Das warst du. Die Kurzform von Bachhuber.«

»So haben mich meine Freunde früher genannt, ja. Ein paar Leute, die mich schon lange kennen, tun es noch immer.« Instinktiv griff er nach meiner Hand, um mich vor den Erinnerungen zu beschützen, die er noch nicht verstand.

»Nicht«, presste ich erstickt heraus. Panik kroch mir über das Rückenmark hinauf, drückte meinen Hals ein zweites Mal zu. Würgte mich wie damals.

»Ich … werde … nicht …« Adrian zog seine Hand zurück.

Dankbar nickte ich.

»Eigentlich haben sie Bachi gesagt«, fuhr er fort. »Irgendwann haben sie beschlossen, dass Baxi cooler klingt …«

»Damals hattest du den Kopf kahl geschoren. Wie Nico.«

»Ja.« Adrian verstand nicht. »Aber warum …?«

»Du bist in der Kampfsportschule meiner Eltern.«

»Deiner …« Einen kurzen Moment lang starrte er mich an. Als er plötzlich verstand, weiteten sich seine Augen im Schock. »Du …«

Mein Mund war trocken geworden. »Ja.«

»Du warst es. Du warst das Mädchen, das ich zu Boden drücken musste.« Er schüttelte den Kopf. Immer wieder. So, als würde er es nicht wahrhaben wollen.

»Ja«, sagte ich. Doch aus meinem Mund kam nur ein Krächzen. Meine letzte Kampfsportstunde. Nach diesem Desaster hatten mich meine Eltern fortan zu Hause trainiert, damit die Unsportlichkeit der jüngsten Trainertochter sie nicht ein weiteres Mal vor allen Kundinnen und Kunden so bloßstellen konnte. »Dein Muttermal …«

»Ich bin schuld.« Fassungslosigkeit legte sich auf seine Züge. »Du leidest noch immer darunter, und ich bin schuld daran.«

»Du hast nicht …«, setzte ich an. Ich schaffte es nicht, den Satz zu Ende zu bringen. Es waren Adrians Hände gewesen, die mich gewürgt hatten. Gut, wirklich zugedrückt hatte nur meine Mutter. Aber dennoch. Sein Gewicht hatte mich zu Boden gepresst und mir die Luft noch mehr abgeschnürt.

»Es tut mir so leid.« Noch immer stand Schock in seinem Gesicht geschrieben.

»Mir auch«, flüsterte ich, dann rappelte ich mich auf und rannte quer über die Wiese zurück ins Haus. Mein Rücken schmerzte, doch ich biss mir auf die Lippe. Ich floh über die Treppe hinauf in den oberen Flur und direkt in mein Zimmer, wo ich mich auf das Handy stürzte, um Finja anzurufen. Die Tür sperrte ich hinter mir zu.

# Kapitel 22

Den kompletten Tag lang hatte ich mich in meinem Zimmer vergraben. Die Zeit, als Adrian mit Klitschko für eine lange Gassirunde verschwunden war, hatte ich genutzt, um eine Fuhre Wäsche in die Maschine zu stopfen und etwas für Peter zu kochen. Und seinen Blicken auszuweichen, die Fragen stellten, deren Antworten ich nicht einmal selbst richtig kannte.

Als es an der Tür klopfte, zuckte ich zusammen. Peter schaffte die Treppe noch nicht, Leon und Nico hatten kaum einen Grund, mich sehen zu wollen, also blieb nur noch Adrian. Ich verdrehte die Augen. Eigentlich hatte ich gehofft, dass er genug Feingefühl besaß, um meinen Wunsch nach ein wenig Abstand zu akzeptieren.

»Ich hab mich hingelegt«, rief ich hinaus.

»Und für mich stehst du nicht auf?«, dröhnte es laut von draußen herein.

»FINJA!« Sie war da! Meine beste Freundin war offenbar in den nächstbesten Zug gesprungen, um für mich da zu sein. Ich rappelte mich so schnell vom Sofa auf, dass mich die protestierende Hexe – oder zumindest Reste davon – in meinem Rücken beinahe zu Fall brachte. »Auuuu«, heulte ich auf. Tja. Eigentlich hatte ich gedacht, Adrians Massage hätte ihr den Garaus gemacht. Unkoordiniert stolperte ich ein paar Schritte vorwärts, stieß dabei einen Stuhl um. Er ging polternd zu Boden.

Die Klinke klackerte unter Finjas verzweifelten Versuchen, ins Zimmer zu gelangen. »Wie soll man dich retten, wenn du dich einsperrst?«, schimpfte sie amüsiert, doch von ihren Worten drang weniger die Bedeutung als das bloße Geräusch zu mir durch.

»Moment!« Ächzend hielt ich mir den Rücken. Der Schmerz bohrte sich tief in die Muskeln, radierte alle Sinne aus. Sehen und Hören schienen ausgeschaltet. Überschrieben vom Schmerz.

»Alles okay?«, fragte sie besorgt.

»Hmmmm.«

»Soll ich diesen Peter nach einem Ersatzschlüssel fragen?«

Ich atmete scharf durch die geschlossenen Zähne aus. Presste sie ganz fest aufeinander, als könnte ich dadurch den Schmerz besser kontrollieren, der mir beinahe den Verstand raubte.

»Hm?«, machte ich.

»Ersatzschlüssel? Ich frage mal, oder?«

»Nein.« Stöhnend richtete ich mich auf. »Nein, nein, schon gut.«

»Nicht sterben auf dem Weg zur Tür, ja?«, brüllte sie noch durch das Holz.

»Ich tu mein Bestes!«, versprach ich und tapste zur Tür, den Rücken in einem Winkel, der sicherlich nicht von der Natur vorgesehen war, und drehte den Schlüssel im Schloss.

Die Tür schwang auf – und da stand sie. Leibhaftig. Ich hätte heulen können vor Freude und Erleichterung.

»Guckguck!«, rief Finja und grinste.

Mir fiel ein Stein vom Herzen. Zehn Kilo schwer mindestens. Nichts, was man mit einem Hexenschuss herumtragen sollte. »Du bist da! Du bist wirklich da.«

»Ja, mit Endlosverspätung.« Sie rollte die Augen. »Zwischendrin hatte ich schon Angst, der Lokführer hat sich verfahren.«

Jetzt musste ich doch lachen. »Es ist so schön, dass du extra so weit gefahren bist.«

»Wofür hat man Freunde?« Sie streckte mir die Hand hin, und ich klatschte ein. Umarmt hatten Finja und ich uns nie. Sie akzeptierte mich, wie ich war. Und das schon, seit wir uns kannten.

»Komm rein. Allerdings …« Als ich den Blick durch das Zimmer gleiten ließ, bot sich mir ein Bild der Verwüstung. Bei meinem Beinah-Sturz hatte ich nicht nur einen Stuhl mit mir gerissen, sondern auch den Inhalt meines halb geöffneten Rucksacks auf den Fußboden geleert. »Sorry für das Chaos.«

Energisch packte Finja den umgekippten Stuhl an einem Bein und stellte ihn wieder auf. »Den hast du auf Adrian geworfen, nehme ich an?«

»Nein.«

»Kann man nachholen.« Sie grinste.

Ich fühlte mich so erschöpft wie schon lange nicht mehr, als ich mich auf das Sofa sinken ließ und Finja mit einem Nicken den Platz neben mir anbot. Mein ganzer Körper schmerzte. Nicht nur vom Hexenschuss.

»Magst du was trinken?«

»Hab was dabei.« Prüfend betrachtete sie mich. »Du siehst grauenhaft aus.«

Das hatte Adrian heute Morgen auch schon gesagt. »So viele Komplimente an einem einzigen Tag.«

Sie neigte den Kopf zur Seite. »Wie geht's dir inzwischen?«

Ich atmete laut aus. Keine Ahnung, wie ich mich fühlte. Total durcheinander vermutlich.

»Ich weiß.« Finjas Lächeln war ermutigend. Und der Umstand, dass ihr ein einziger Laut von mir reichte, um zu verstehen, was ich meinte.

Ich setzte gerade an, etwas zu sagen, doch da drehte sich Finja zur Wanduhr.

»Lust, dass wir uns in ein Café setzen?«, fragte sie. »Oder einen Biergarten für ein frühes Abendessen? Hier drin wirst du mir nur depressiv.«

»Wie du willst.« Ich nickte. »Hab schon vorgekocht. Peter ist versorgt, also muss ich auch kein schlechtes Gewissen haben.«

»Sollen wir die fellbewachsene Abrissbirne mitnehmen?«

»Ins Café?« Mit offenem Mund starrte ich sie an. Klitschko in einem Café? Eine grandiose Idee. Wer nippte nicht gern an einem Cappuccino, während der Hund das Allgemeinwissen aller Beteiligten aufpolierte, indem er am praktischen Beispiel aufzeigte, aus wie vielen Schichten ein in deutschen Möbelhäusern erhältlicher Polstersessel bestand?

»Na ja.« Finja grinste schief. »Wenn ich den Kaffee verschütte, kann ich zumindest auf den Hund zeigen und bin fein aus dem Schneider.«

»Ich bezweifle, dass jemand überhaupt den verschütteten Kaffee bemerkt, wenn der Hund mit der Inneneinrichtung fertig ist.«

Finja sprang auf. Mit einer Miene, die keinen Widerstand duldete. »So oder so. Ein Tapetenwechsel wird dir guttun, versprochen.«

Ich zog mich an Finjas Arm hoch, den sie mir wie eine Haltestange vor die Nase hielt, und schlüpfte in meine Turnschuhe. »Okay. Und wenn du wirklich willst, können wir den großen Zerstörer ja mitnehmen. Vielleicht bringt er mich auf andere Gedanken.«

»Das denke ich mir auch.« Finja hielt mir die Tür auf und schnitt eine Grimasse. »Wenn der Hund ein Café zerlegt, kannst du wenigstens nicht gleichzeitig an deine Sorgen denken.«

Ich stöhnte nur. Diese Art von Ablenkung hatte ich nicht gemeint.

»Ist hier in der Nähe was?«

»Ein Biergarten.«

»Perfekt. Wir sagen mal eben diesem Peter, dass wir den Hund mitnehmen, oder?«

Müde nickte ich. Stufe für Stufe hangelte ich mich am Treppengeländer hinunter. Unten auf der Fußmatte erspähte ich Adrians Straßenschuhe. Etwas in meinem Magen machte einen verunglückten Salto. »Wer hat dich eigentlich reingelassen?«

»Niemand.« Finja zog die Haustür auf. »Peter sitzt draußen im Garten. Er meinte, es ist nicht abgesperrt, ich soll einfach …«

Lautes, wütendes Bellen unterbrach uns. Offenbar war Adrian inzwischen von seiner Gassirunde zurückgekehrt, und Klitschko hatte den Eindringling erschnüffelt, der sich während seiner Abwesenheit in mein Zimmer geschlichen hatte. Der Gartenzaun wackelte unter Klitschkos Pfoten, seine Nackenhaare waren aufgestellt. Kurz, er sah Furcht einflößend aus.

»Du bist ja niedlich«, sagte Finja. Dann öffnete sie das Gartentor und marschierte geradewegs an einem verdutzten Klitschko vorbei in Richtung Peter, der es sich in einem Gartenstuhl bequem gemacht hatte und mit geschlossenen Lidern die Sonne auf seinem Gesicht genoss.

»Hast du …?«, setzte ich an.

*Gar keinen Respekt vor ihm*, wollte ich sagen. Ich blickte von Klitschko zu Finja – und wieder zu Klitschko zurück, der ein wenig deplatziert hinter uns her trottete und offenbar ordentlich daran zu knabbern hatte, dass ihn jemand als niedlich bezeichnete.

»Na, Wiedersehensfreude?« Peter zwinkerte mir zu, und ich nickte. »Es ist wirklich schön, dich so strahlen zu sehen, Josefine.«

»Eine tolle Überraschung.« Ich lächelte zurück. *Und meine Rettung.* Doch das sprach ich nicht laut aus, obwohl ich Peter durchaus zutraute, dass er spürte, wenn etwas nicht stimmte.

»Wir würden in einen Biergarten gehen«, vermeldete Finja. »Sollen wir den Hund mitnehmen?«

»Er hat eine Haftpflichtversicherung.« Peter hob die Augenbrauen.

»Das … war nicht die Frage.« Finja tauschte einen Blick mit Klitschko, als wäre er ihr Verbündeter. Ein missverstandenes, armes Ding.

»Klitschko wird sich über einen Ausflug freuen«, sagte Peter freundlich. »Die Leine und sein Halsband liegen neben der Terrassentür.«

»Danke.«

Während Finja sich die Leine schnappte und Klitschko tatsächlich unfallfrei das Halsband überzog, musterte ich sie von der Seite. Wie schaffte sie das bloß? Lag es an ihrer forschen Art, mit der sie sich wie selbstverständlich durch den fremden Garten bewegte? Oder legte sich ein Riesenschnauzer nicht gern mit jungen Frauen an, die sich ihre kurzen Haare lila färbten, weil er fürchtete, sie könnten dasselbe mit seinem Bart machen?

»Bewundernswert.« Adrian steckte seinen Kopf durch die Terrassentür.

»Ähm …«, setzte ich an, sprach jedoch nicht weiter.

Unsicher starrte ich ihn an. Ein Teil von mir wäre am liebsten vor ihm davongelaufen. Und ein anderer Teil hätte sich gern an ihn gelehnt. Seine Wärme gespürt.

»Du musst Adrian sein.« Bevor ich mich weiter in endlosen Gedanken verlieren konnte, steuerte Finja bereits auf ihn zu – Klitschko schleifte sie einfach hinter sich her. Ich war ihr dankbar, dass sie das Kommando übernahm. Im Moment war ich überfordert. Überfordert von meinen eigenen Gedanken und Gefühlen, die völlig ungeordnet in meinem Kopf herumschwirrten.

Die beiden schüttelten sich die Hände.

Ich räusperte mich, unschlüssig, was ich sagen sollte. Deshalb deutete ich halbherzig auf Finja. »Das ist Finja, meine …«

»Die wichtigste Person in ihrem Leben.« Sie grinste. »Aber willig, diesen Titel irgendwann an einen würdigen Nachfolger abzugeben.«

»Ich bin …«, setzte Adrian an, doch Finja winkte ab.

»Keine Sorge, Adrian Bachhuber. Ich weiß schon alles über dich. Das, was sie nicht erzählt hat, hab ich im Internet recherchiert.«

»So?« Amüsiert hob er die Augenbrauen.

»23 Jahre, Physiotherapeut, Vegetarier, begeisterter Kampfsportler …« Sie zuckte zusammen, als ich ihr meinen Ellenbogen in die Rippen stieß.

»Die beiden wollten sich einen schönen Abend in einem Biergarten machen«, half Peter mir aus der Patsche. Belustigt musterte er uns.

»Genau. Wir sind mal weg!«, rief Finja fröhlich und winkte. Klitschko folgte ihr erstaunlicherweise recht kooperativ – ich hatte neulich weitaus mehr Überredungskünste gebraucht, um die Richtung vorgeben zu dürfen.

Ich zögerte. Starrte auf meine Hände. Schwer spürte ich Adrians Blick auf mir lasten. Dann sah ich doch auf. »Ich … kann nicht«, flüsterte ich.

In seinen Augen las ich Schmerz und Traurigkeit. Vermutlich auch so etwas wie Schuld. Gern hätte ich ihn davon überzeugt, dass Schuldzuweisungen nichts in seinem Kopf zu suchen hatten, doch ich fand nicht die richtigen Worte. Wenn ich ehrlich war, kreisten meine Gedanken in dieselbe Richtung.

»Ich weiß«, murmelte er nur. »Wenn du reden magst, sag Bescheid, ja?«

Ich nickte dankbar. »Tut mir leid«, fügte ich noch an, dann folgte ich Finja und Klitschko hinaus zum Uferweg.

Mit fahrigen Händen strich ich mir eine lange dunkle Strähne aus dem Gesicht. Ich atmete tief durch. Adrian war der erste Mann gewesen, der nach meinen Regeln hatte spielen wollen. Ich hatte mich sicher gefühlt in seiner Gegenwart. Beinahe enthusiastisch. Und jetzt? Ich trauerte den letzten Tagen hinterher, sehnte mich in die Vergangenheit zurück. Unwissenheit war ein Segen.

»Alles okay?«, fragte Finja.

»Schon gut.«

»Ich hoffe, ich hab nichts kaputt gemacht oder so.« Schuldbewusst sah sie mich an. »Wollte ein wenig von der befremdlichen Stimmung ablenken.«

»Gut so.« Ich schluckte. »Hätte nicht gewusst, was ich sagen soll.«

Energisch schob Finja den Hund hinter sich, als er sie allzu unachtsam überholte. »Habt ihr euch in der Zwischenzeit noch mal gesehen?«

»Ähm …«

»Mein letzter Stand ist, dass du von ihm weggelaufen bist.« Ein mitfühlendes Lächeln huschte über ihr Gesicht. »Direkt nachdem du gemerkt hast, dass es Adrian war, der dich damals …«

»Ja«, unterbrach ich sie. Um einiges ruppiger als geplant.

Irgendetwas in mir würde es nicht ertragen, die Geschichte noch einmal zu hören. Nicht einmal in der Kurzfassung. Unwillkürlich musste ich an Peters kleinen Spruch denken, den ich bei meiner Ankunft im Bus gefunden hatte.

*Wo Worte sind, ist eine Welt.*

Ja, Sprache erschuf eine Welt. Und es tat verdammt weh, den Film vor meinem inneren Auge zu ertragen, den ein paar wenige Worte in Gang setzten.

»Denkst du …«, setzte Finja an. »Na ja, überhaupt und alles.«

»Momentan denke ich ununterbrochen«, antwortete ich missmutig. »Aber nichts davon ergibt einen Sinn.«

Ein kaum erkennbares Lächeln zeigte sich auf ihrem Gesicht. Es trug eine schmerzliche Note. Und ich wusste, dass sie mich verstand. Wahrscheinlich ahnte sie, dass vor meinem inneren Auge Bilder vorbeiflogen. Als würde jemand eine DVD vorspulen – und ich wartete sehnlichst darauf, dass er wieder die Play-Taste drückte. Damit mir nicht länger schwindlig wurde von den viel zu schnell bewegten Bildern. Damit ich Ruhe fand.

»Er war es.« Ich schüttelte den Kopf, als würde das irgendetwas ändern. »Ausgerechnet Adrian.«

»Eigentlich hab ich mich gefreut, als du sagtest, du willst an den Chiemsee fahren, um alte Wunden zu heilen. Aber dass du mit dieser Beziehung zu Adrian neue aufreißt, davon war nie die Rede.« Sie blieb stehen, um Klitschko eine Möglichkeit zu geben, sich zu lösen. Oder vielmehr in Hundesprache auf den Baumstamm zu schreiben: *Mein Revier.* Oder: *Außer mir sind alle Loser.*

»Ich hätte Adrian nie so nah an mich heranlassen dürfen«, seufzte ich und beobachtete Klitschko, der das Gesicht von jemandem aufgesetzt hatte, der gerade einen Baum in den Einkaufswagen gelegt hatte. Seins. Für immer. Vermutlich wäre es besser gewesen, es dem Hund gleichzutun. Mein Körper, mein Eigentum. Egal, wie nett oder einfühlsam ein Mann war – Haut an Haut hatte bei mir niemand etwas zu suchen.

»Ist es das?«, fragte Finja und zeigte mit dem Ende der Leine auf ein frei stehendes Gasthaus am See, aus dessen Garten fröhliches Stimmengewirr drang.

»Ja.«

Schweigend folgte ich Finja und Klitschko in den kleinen Biergarten. Unter einer Weide fanden wir einen freien Tisch, direkt am Wasser. Leise schwappten Wellen ans Ufer und warfen die funkelnden Reflexionen des Sonnenlichts zu uns herüber. Mir war, als hätte er auf uns gewartet, um mir einen Platz zum Durchatmen zu geben.

»Wunderschön.« Finja ließ sich mit einem wohligen Seufzen in einen Stuhl plumpsen. »Schade, dass der Anlass für meinen Besuch ein trauriger ist. Sonst würde es sich glatt nach Urlaub anfühlen.«

»Der Chiemsee ist immer eine Reise wert.« Ich lächelte ihr zu.

Klitschko setzte sich mit dem Rücken zu uns, den Blick auf die umliegenden Tische gerichtet. Gespannt wie eine Feder, groß und selbstbewusst.

»In einem früheren Leben war er mal Leibwächter«, bemerkte Finja. Grinsend musterte sie den Hund, dessen Argusaugen jeder Bewegung eines jungen Pudels folgten, der sich mit seiner Familie im hinteren Bereich des Gartens niederließ. »Ihm entgeht nichts. Ein richtiger Wachhund, unser Klitschko.«

»Ehrlich gesagt bin ich dafür sehr dankbar«, gab ich leise zu.

»Stimmt!« Finja fuhr hoch und setzte sich kerzengerade auf. »Du sitzt mit dem Rücken zu den Leuten! Jetzt fällt es mir gerade erst auf. Das hast du ja noch nie gemacht.«

»Unbemerkt nähern kann sich niemand, wenn der Hund dabei ist.« Ich grinste. »Vielleicht sollte ich mir auch einen Klitschko zulegen, sobald ich wieder in Berlin bin.«

»Jaaaa!« Finja nickte ernsthaft. »Eventuell bricht er ein paar Leuten das Genick, aber hey – Kollateralschäden gibt es immer.«

Ich musste lachen, auch Finja platzte laut heraus. »Vielleicht hätte ich mich besser gegen Adrian verteidigen lassen sollen.«

»Bevor du wusstest, dass er Baxi ist, hast du dich aber wohlgefühlt, oder?«, fragte Finja.

»Hm.« Ich schwieg. Die Zeit vor meiner Panik weilte irgendwo ganz verschwommen in meinem Hinterkopf. »Ich glaube schon.«

»Kannst du deinem Hirn vormachen, es wären zwei verschiedene Leute, Baxi und Adrian?« Finja winkte ab, bevor ich etwas antworten konnte. »Mein Gehirn würde so was glauben. Deins vermutlich nicht.«

»Ach ja?« Schon wieder musste ich grinsen. Allein Finjas Anwesenheit hatte meine Laune gehoben. Mit der besten Freundin an meiner Seite wog das Leben ein paar Gramm leichter.

»Ja.« Sie strich sich eine lila Haarsträhne aus der Stirn. »Weil dein Hirn seit Jahren gewohnt ist, sich Sorgen zu machen. Ich hab da nicht so viel Übung drin.«

Da konnte was dran sein.

»Glaubst du nicht?«, fragte sie. »Wenn ich ein Jahr lang Klitschko in ein Auto hebe, bekomme ich Armmuskeln. Was man benutzt, das wird stärker. Und du … benutzt von deinem Gehirn eben meistens den Teil, der für Sorgen und Angst zuständig ist. Deine Amygdala.«

»Und weil meine Amygdala meint, zum Bodybuilder werden zu müssen …«

Finja nickte. »Geht's dir nicht gut«, vollendete sie den angefangenen Satz.

»Findest du, ich übertreibe?«, fragte ich und beobachtete ihre Reaktion. »Ist es verständlich, wenn ich keine Nähe zu dem Mann ertrage, der als Jugendlicher mein Trauma ausgelöst hat?«

Ihre Stirnfalten vertieften sich, ihre Lippen wurden schmal. Sie sah hinüber zum Uferweg, wo gerade ein Dackel feindselige Blicke in unsere Richtung warf. »Nein«, begann sie. »Ich denke …«

Doch was Finja dachte, erfuhr ich nicht so schnell, da Klitschko auf die Drohgebärden des Dackels mit einem Wutanfall antwortete und mir durch sein lautes Bellen instinktiv meine Finger in die Ohren schossen. Ich zwang mich, stattdessen in Klitschkos Leine zu greifen.

Finja hatte alle Hände voll zu tun, den Riesenschnauzer festzuhalten. Mein Versuch, ihr dabei zu helfen, wurde energisch abgelehnt.

»Finger weg, das ist nichts für deinen Rücken!«, rief sie scharf.

Tja. Wenn fünfzig Kilo Hund beschlossen, einem Dackel die Meinung zu sagen, der ihm gerade in Hundesprache die Mittelkralle gezeigt hatte, kostete das immense Kraft. Finja wischte sich den Schweiß aus der Stirn.

Meine Ohren klingelten von dem lauten Gebell. Ich spürte die Blicke der anderen Gäste, und das Blut schoss mir heiß in die Wangen. »Ist das peinlich.«

»Der Dackel hat angefangen.«

»Trotzdem«, flüsterte ich.

»Wenigstens hat uns jetzt der Kellner bemerkt«, stellte Finja zufrieden fest. Inzwischen hatte sie die Leine wieder locker gelassen und sah so entspannt drein, dass ich sie fassungslos anstarrte. »Wer sagt's denn? Ist schon auf dem Weg zu uns.«

»Servus!« Ein junger Kerl in Lederhosen steuerte direkt auf unseren Tisch zu. »Tut mir echt leid, ihr zwei. Hab euch nicht gesehen!«

»Glücklicherweise sind wir nicht zu überhören.« Finja grinste.

»Kann man so sagen, ja.« Er zwinkerte.

Bevor Finja oder ich hätten reagieren können, war Klitschko auch schon unter dem Tisch auf den Kellner zugerannt und begrüßte ihn auf hündische Art. Soll heißen, er bohrte ihm seine Nase direkt in den Schritt. Zum Glück nicht allzu rabiat.

»Uff«, stöhnte der junge Kerl trotzdem.

»Sorry«, quietschte ich. Obwohl meine hitzigen Wangen vermutlich für sich selbst sprachen.

»Oh«, machte Finja nur und pflückte den Hund aus der delikaten Zone.

Der Kellner lachte. Gut gelaunt zwinkerte er uns zu. »Endlich geht da mal wieder jemand ran.«

Ich starrte ihn an. Wusste nicht, ob ich heulen oder lachen sollte.

»Wisst ihr's schon?«, fragte er, um mich zu erlösen. »Oder braucht ihr die Karte?«

Brauchten wir nicht. Unsere Bestellung nahm er mit einem professionellen Kellnerlächeln entgegen. Den Zwischenfall mit Klitschko erwähnte er kein weiteres Mal mehr.

»Dieser Hund killt mich«, flüsterte ich, legte den Kopf in den Nacken und starrte erschöpft in den weiß-blauen Himmel hinauf.

»Er sorgt dafür, dass dich innerhalb von kürzester Zeit hier alle kennen, mehr nicht.« Sie lachte.

Jetzt beugte ich mich doch wieder zu ihr. »Wie kannst du so entspannt sein?«

»Welchen Sinn hat es, sich über Dinge aufzuregen, die man nicht ändern kann?«

Ich öffnete meinen Mund, schloss ihn jedoch gleich wieder. Wo sie recht hatte, hatte sie recht.

»Vielleicht ist das die Lösung«, brummte ich. »Meine Vergangenheit kann ich auch nicht ändern. Also – warum sich drüber aufregen?«

»Hast du Adrian vertraut?«, fragte Finja. »Als ihr euch nähergekommen seid?«

Ich setzte an, etwas zu sagen, und brach ab. Bilder zogen vor meinem inneren Auge vorbei. Adrian, der in mein Ohr flüsterte und ein Kribbeln durch meinen ganzen Körper schickte. Ein schüchterner Kuss, den nur unsere Lippen miteinander teilten. Ein erstes Ertasten seiner Handfläche, das Wissen, dass er mich niemals ungefragt an sich ziehen und festhalten würde …

»Ja«, antwortete ich langsam. »Ja, ich habe Adrian vertraut. Aber das ist es, was es so schlimm macht, oder nicht?«

Finjas Augenbrauen hoben sich kaum merklich. Ich verstand die unausgesprochene Frage.

»Na ja, ich meine …« Kurz suchte ich nach Worten. Versuchte, meine Gedanken zu sortieren. »Du vertraust einem Menschen. Denkst, er könnte nie im Leben etwas tun, das dir unangenehm ist. Und dann stellt sich heraus …« Ich gestikulierte unbeholfen. Den Rest konnte Finja sich wohl denken.

Geistesabwesend rieb Finja sich das Kinn, blickte auf den See hinaus. Den Hund, der gegen ihre Hand stupste, ignorierte sie völlig. »Stell dir vor, du gehst deine Eltern besuchen.

Und die sagen, du musst sofort mit ins nächste Outdoor-Training kommen ... Würdest du es tun?«

Meine Antwort kam so schnell wie der Heel Kick meines Vaters im Training. »Natürlich nicht.«

»Warum nicht?«

Fassungslos starrte ich sie an. »Das überlebe ich kein weiteres Mal.«

»Und du glaubst, du kannst deine Meinung verteidigen, wenn du deinen Eltern gegenüberstehst?«

»Ja.« Ein Gefühl von Entschlossenheit strömte durch meinen Körper. »Ich bin kein Kind mehr. Es sind viele Jahre vergangen, und ich habe mich verändert. Deshalb ...«

Der Ausdruck auf Finjas Gesicht wurde weicher. Er formte sich in ein Lächeln. Ein wissendes Lächeln.

»Jetzt weiß ich, worauf du hinauswillst.« Ich musste lachen. »Okay, okay. Adrian ist auch kein Kind mehr. Es sind viele Jahre vergangen.«

»Vielleicht hilft es, sie dir als zwei Menschen vorzustellen, weißt du?« Sie sah mich an. »Und du küsst Adrian, nicht Baxi.«

»Hm«, brummte ich nachdenklich.

»Außerdem«, fuhr sie fort und kniff die Augen in Konzentration zusammen. »Wenn Baxi dich nicht zu Boden gedrückt hätte, dann hätte es jemand anders getan. Reiner Zufall, dass er ausgewählt wurde.«

»Aber ...« Ich brach ab. Meine Lippen formten mal dieses Wort, mal jenes. Doch nichts fühlte sich richtig an.

Finja schwieg. Vielleicht spürte sie, dass ich das in Ruhe durchdenken musste. Weil mein Hirn in jedem Gedanken einen Feind erkannte – so, wie ich es von meinen Eltern gelernt hatte. *Vertrauen ist tödlich.* Das hatten sie mir stets eingebläut.

Finja schenkte mir ein mitfühlendes Lächeln, das sich fast so anfühlte wie eine Hand auf meiner Schulter.

»In meinem Gehirn ist Nebel«, seufzte ich.

»Eigentlich war er es, der dich aus dieser Situation befreit hat, oder?«, fragte sie. Kurz schloss sie die Augen. Vermutlich versuchte sie, sich daran zu erinnern, was ich ihr damals erzählt hatte. Bei meinem Einzug in die WG. Als sie mich mit einer herzlichen, geradezu luftabschnürenden Umarmung willkommen geheißen hatte – um mich am Ende mit zwei Tafeln Schokolade und endlosen Entschuldigungen wieder aufzupäppeln.

»Hm«, überlegte ich.

»Erinnere ich mich richtig?« Sie öffnete die Augen wieder und nestelte gedankenverloren an Klitschkos Leine herum. »Ihm war es auch unangenehm. Deine Eltern haben ihn immer wieder angeschrien, er soll weitermachen.«

»Der Gedanke hilft tatsächlich.«

»Er ist genauso ein Opfer wie du«, stellte Finja leise fest. »Deine Eltern sind die Täter.«

Leise Schritte unterbrachen uns. Mit einem freundlichen »Lasst es euch schmecken« stellte der Kellner uns zwei Haferl Kaffee vor die Nase, gefolgt von zwei großen Tellern Dampfnudeln mit Vanillesoße.

»Hmmmh«, seufzte Finja genüsslich.

Klitschko presste seine Nase gegen die Tischkante, um sehnsüchtig zu schnüffeln. Und auch ich begann, mich zu entspannen.

# Kapitel 23

»Na?«, begrüßte mich Peter, während ich das Gartentürchen hinter mir schloss und Klitschko die Leine abnahm. »Wo ist deine Freundin?«

»Im Hotel. Sie … muss noch ausräumen.« Das war die halbe Wahrheit. Tatsächlich hatte Finja beschlossen, sich ein wenig zurückzuziehen, damit ich Zeit hatte, mit Adrian zu reden.

Mit dem Kinn nickte Peter in die Richtung des Riesenschnauzers, der gerade mit Anlauf ins Haus stürmte. »War er brav?«

Ich machte ein zweideutiges Gesicht und hob die Schultern. »Für seine Verhältnisse«, antwortete ich vage. Wenn man über den kleinen Wutanfall und die sexuelle Belästigung des Kellners hinwegsah, hatte Klitschko sich besser benommen als befürchtet. »Er ist einfach manchmal … kompliziert.« So kompliziert, wie auch ich es immer wieder war. Nur eben jeder von uns auf seine eigene Art und Weise.

»Der einzige Maßstab, mit dem ein Lebewesen gemessen werden sollte, ist der Fortschritt im Vergleich zum vergangenen Ich.« Peters Augen blitzten gutmütig.

»Tja«, sagte ich und schluckte.

»Schadet auch nicht, das für Zweibeiner ab und an zu beherzigen.« Seine Augenbrauen wanderten nach oben, dann drehte er sich ohne ein weiteres Wort um und verschwand ins Haus, Klitschko an seinen Fersen.

Etwas in meinem Magen zog sich schmerzhaft zusammen. Vielleicht setzte ich mich zu viel unter Druck. Vielleicht war es okay, andere Bedürfnisse zu haben als die anderen Menschen.

»Sitz«, hörte ich Nicos Stimme gedämpft aus dem offenen Fenster. »Siiiiiitz.« Und ein paar Sekunden später ein wütendes »Ich hab Sitz gesagt, verdammt!«.

»Na, so funktioniert's garantiert«, antwortete Adrians Stimme aus dem Off.

Gegen meinen Willen musste ich grinsen.

»Versuch's doch selber, du Schlaumeier.« Nico klang angepisst, kurze Zeit später stapfte er schon in Richtung Auto davon. Das Geräusch des Staubsaugers verriet mir, dass er seinen Frust wohl an den vollgebröselten Sitzen seines Polos abließ.

Adrian kam nur ein paar Minuten später aus dem Haus, in der Hand einen Müllbeutel. Er lächelte mich an. So zärtlich und intensiv, wie ich selten jemanden hatte lächeln sehen. Doch er machte keine Anstalten, auf mich zuzugehen – was ich ihm hoch anrechnete. Mich rührte es, dass er mir die Entscheidung überließ, wann ich wieder bereit war für seine Nähe.

»Adrian?«, fragte ich leise.

Nur ein kaum wahrnehmbares Nicken zeigte mir, dass er mich gehört hatte. Mit Schwung stopfte er den Müllbeutel in die Tonne, dann kam er schweigend zu mir herüber. Über sein Gesicht flog ein flüchtiges Lächeln. Und hinterließ einen Ausdruck purer Zuneigung.

»Können wir ein paar Schritte gehen?«

Er nickte bloß, als wäre es das Selbstverständlichste der Welt.

Ich folgte ihm durch das Gartentor hinaus auf den Uferweg. Tatsächlich war ich ihm dankbar, dass er nicht sprach. Jedes Wort hätte mich eingeengt.

»Irgendwie hab ich Panik bekommen.« Ich hatte das Gefühl, mich für meinen emotionalen Abgang entschuldigen zu müssen. Zögernd sah ich ihn an. Bittend. Und plötzlich hoffte ich, er würde etwas sagen. »Tut mir echt leid, irgendwie hab ich …«

Seine Hand hob sich und brachte mich zum Schweigen. »Du bist die Letzte, die sich entschuldigen muss.«

»Ich …« Meine Schultern hoben sich. Ich wollte Adrian so vieles sagen, doch ich wusste nicht, wie.

Das laute Hupen eines Ausflugsschiffes unterbrach unseren Moment der Stille. Die Wellen, die es in unsere Richtung schickte, brachen sich mit einer für den Chiemsee sonst untypischen Energie am Ufer.

»Wie geht's dir jetzt?«, fragte Adrian.

»Besser.«

Seine Augenbrauen hoben sich kaum merklich. Als fürchtete er, es wäre nur eine leere Floskel.

»Wirklich«, fügte ich an. Mechanisch setzte ich Fuß vor Fuß. Mit dem malerischen Chiemsee zu meiner Linken konnte dieses Gespräch nur gut werden. »Der erste Schock ist vorbei, ich hab viel drüber nachgedacht – und auch mit Finja geredet …«

»Das beruhigt mich.« Eine ganze Weile sah er mir in die Augen. »Ich hab mir Sorgen gemacht, wie das für dich sein muss …« Er holte Luft, sprach jedoch nicht sofort weiter.

Abrupt blieb ich stehen und sah ihn an. Erkannte Sorge in seinem Blick.

»… wenn ich alte Wunden aufreiße«, beendete er seinen Satz leise.

»Du hast keine Schuld«, sagte ich. Laut und mit fester Stimme. Und ich sagte es nicht nur zu ihm, sondern auch zu mir selbst.

Er sah mich lange an. Wahrscheinlich glaubte er meinen Worten nicht. Verständlich.

Schweigen breitete sich zwischen uns aus. Allein das Gluckern der Wellen, die sich langsam beruhigten, füllte die Stille zwischen uns. Ich fragte mich, wie viele Wellen ans Ufer schwappen würden, bis ein Mensch eine Überzeugung änderte. Manche Gedanken fraßen sich tief in den Kopf. Warfen Anker, um für immer zu bleiben. Sie loszuwerden, würde dauern.

»Du hast keine Schuld«, flüsterte ich, ein wenig eindringlicher. »Die Schuld liegt einzig und allein bei meinen Eltern.«

Und jede Silbe davon stimmte. Wie oft hatte ich in meinen Erinnerungen diesen Baxi verflucht. Den fremden Jungen, dessen Körper mich für immer verändert hatte. Doch eigentlich war er ein Opfer. Genauso wie ich. Hatte getan, was man ihm gesagt hatte.

»Du bist kein Täter. Du bist ein Opfer.«

»Passiver Täter«, murmelte er. »Das trifft es vermutlich besser.«

»Ein Werkzeug«, sagte ich und versuchte mit diesem Begriff, es für mich selbst einzuordnen. »Bitte mach dir keinen Kopf.«

Adrian reagierte nicht auf meine Beschwichtigungsversuche. Die Augen auf die Berge gerichtet, so ging er neben mir her. Und an seiner bitteren Miene konnte ich ablesen, dass er gerade Vorwürfe von ähnlicher Größe in seinen Gedanken hin- und herschob.

»Du warst ein Werkzeug meiner Eltern.« Das war das Bild, das mir helfen würde. Es fühlte sich leichter an in meinem Herzen. »Nicht schuldiger als ein Messer oder Schlagstock.«

»Deshalb bist du an den Chiemsee gekommen.« Seine Stimme klang heiser. »Um mit deinen Eltern zu sprechen.«

Ich nickte. Unsicher zog ich meine Schultern nach oben. Als könnten sie mir Schutz geben gegen das, was mir noch bevorstand.

»Du wolltest damit abschließen.« Wieder hielten seine Augen Kontakt mit mir. Und sein Blick war so intensiv, dass sich etwas in meinem Herzen zusammenzog. Dabei spürte ich ihn auf meiner Haut, als hätte Adrian mich berührt. Eine sanfte, prickelnde Berührung. Wie ein warmer Windhauch im Sommer.

»Falls der Plan aufgeht«, seufzte ich.

»Wie meinst du das?«

Nun flackerte auch mein Blick zu den Bergen, als könnten sie mir einen Rat geben. Schließlich guckten sie Tag für Tag auf die Menschen herab. Auf lachende und auf weinende. »Kommt darauf an, was meine Eltern sagen«, antwortete ich leise.

»Ist das nicht egal?« Adrian trat näher an mich heran. Seinen Arm fühlte ich inzwischen nur noch einen Zentimeter neben meinem.

»Natürlich nicht.« Ich sah ihm direkt ins Gesicht. Verstand er nicht, was ich meinte?

»Was wäre denn zum Beispiel eine Reaktion, die dir weiterhelfen würde?«

»Na ja.« Ich biss energisch auf meiner Unterlippe herum. »Wenn sie sagen würden, dass sie mich lieb haben. Dass es ihnen leidtut. Dass es nicht richtig war, mich … mich … Na ja. Du weißt schon, was ich meine.«

Adrians Mimik war nicht zu lesen. »Und in welchem Fall wäre dein Plan gescheitert?«

Inzwischen drückten sich meine Zähne so fest in meine Unterlippe, dass es wehtat. Nur mit Mühe entspannte ich meinen Kiefer. »Wenn sie sagen, dass alles nicht so schlimm war. Dass ich mich einkriegen soll. Und endlich eine starke Erwachsene sein müsste, anstatt über Erziehungsmethoden zu jammern, die zumindest dafür gesorgt haben, dass mein Leben nicht komplett vor die Hunde gegangen ist.«

»Ich bin nicht Dad, weißt du …« Adrian räusperte sich. Und ich sah ihm an, dass er unsicher war. »Normalerweise ist das Dads Metier. Ich bin zwar für Weisheiten und so Zeug nicht zuständig, allerdings …«

Ich runzelte die Stirn.

»Willst du meine ehrliche Meinung hören?«

»Hm?«

Er atmete tief ein, aber nicht mehr aus. Schien nach Worten zu suchen, die er als passend empfand. Nach einer gefühlten Ewigkeit presste er die Luft aus seiner Lunge. »Eigentlich solltest du nicht zu deinen Eltern fahren, um mit der Sache abzuschließen.«

Ich hob den Kopf ein wenig höher, vermutlich Hunderte von Fragezeichen im Gesicht.

»Du solltest zu deinen Eltern fahren, um dir selbst zu beweisen, dass du schon längst mit alldem abgeschlossen hast.«

Mir gab es einen Stich in den Magen. Adrian hatte den Finger in die Wunde gelegt. Die Abhängigkeit tat mir nicht gut – und wenn ich auf eine Entschuldigung wartete, vertiefte ich die Abhängigkeit nur. Ich löste meinen Blick von ihm und starrte hinaus auf den See.

»Du brauchst ihre Zustimmung nicht«, sagte Adrian leise. »Darüber bist du längst hinweg.«

War ich das? Hatte die Zeit am Chiemsee vielleicht ganz nebenbei schon Wunden geheilt? Die Nähe zu Adrian ganz besonders? »Ich hoffe es.«

Jetzt zuckte ein Lächeln über seine Mundwinkel. »Das weißt du nicht? Wer würde dich wohl besser kennen als du selbst?«

Auch ich musste lächeln. »Manchmal bin ich überrascht von mir selbst.« *Nicht nur manchmal. Ziemlich oft sogar.* »Es gibt Momente, da stehe ich staunend neben mir. Und frage mich, in welcher hintersten Ecke diese Version von Josefine gewohnt hat, die gerade nach vorn marschiert, als hätte sie jemand gerufen.«

Der Schalk flackerte in Adrians Augen. »Darf ich auch mal so eine Josefine rufen?«

*Hast du schon, Adrian. Oder wer, denkst du wohl, hat dich vorgestern geküsst?*

»Sorry – diese Josefinen hören ungefähr so gut wie Klitschko«, sagte ich stattdessen und grinste. »Aber du kannst es gern noch mal versuchen. Vielleicht kommt eine raus.«

»Welche?«

»Eine, die nicht wegläuft.« Mein Blick senkte sich auf seinen Mund. Ein Zeichen, das Adrian nicht verborgen blieb, da war ich sicher.

»Vertraut sie mir?«, fragte er leise.

Ich nickte. Die Chancen standen gut. Zumindest würde sie es versuchen.

Adrian hob beide Arme, als würde er sich vor der Polizei ergeben. Schließlich schloss er die Augen und kam näher. Millimeter für Millimeter.

Ganz langsam legte ich meine Handflächen auf seine, spürte der Berührung nach. Mein Kinn schob ich nach oben, seinen Lippen entgegen. Ja, ich hatte seine Küsse vermisst. Sehr sogar.

Sein Atem an meinen Lippen war der Vorbote, dann trafen unsere Münder aufeinander und …

»Sorry!«, rief ich und machte einen Satz rückwärts. Zog meine Hände weg, als hätte ich mich verbrannt.

»Alles okay?«

Ich las Besorgnis in seinem Gesicht. Aber zumindest keine Spur von Enttäuschung. Und diesen Umstand rechnete ich ihm hoch an. Schließlich zerstörte ich schon zum wiederholten Mal einen magischen Moment.

»Hab ich was falsch gemacht?«, fragte er.

»Nein.« Erschöpft vergrub ich mein Gesicht in den Händen. Manchmal war ich mir selbst ein Rätsel. Die Schaltzentrale in meinem Gehirn hörte nicht immer auf mein Kommando. Wer dort die Knöpfe drückte, war nicht so leicht vorherzusehen. Nicht einmal für mich. »Es ist … ich weiß auch nicht. Tut mir leid.«

»Hör auf, dich zu entschuldigen.« Seine Stimme klang sanft.

Kopfschüttelnd starrte ich ihn an. Es tat weh, Rückschritte hinnehmen zu müssen. Gerade jetzt, wo sich alles so leicht und wundervoll angefühlt hatte in Adrians Nähe.

»Du siehst mich als den Täter.« Er schluckte. »Wegen damals.«

»Nein.« Überzeugt schüttelte ich den Kopf. Klar war es ein Schock gewesen, herauszufinden, dass Baxi und Adrian dieselbe Person waren. Aber nach dem Gespräch mit Finja hatte ich wirklich gedacht, ich könnte das einfach vergessen. Die Schuld allein auf meine Eltern abwälzen. So tun, als hätte ich Adrians Körper nie so schwer und bedrohlich auf mir gespürt. »Mein Kopf hat längst verstanden, dass du keine Gefahr bist«, versuchte ich zu erklären. Zumindest war das eine Theorie, die vernünftig klang. »Mein Herz auch …«

»Dein Körper erinnert sich«, vollendete Adrian meinen angefangenen Satz, und ich nickte.

»Ich weiß nicht, wie …« Scharf sog ich die Luft durch zusammengepresste Zähne. »Wie ich das abstellen kann!«

»Dein Körper beschützt dich nur.« Der Blick, den ich nun von Adrian auffing, war nicht weniger liebevoll als vor unserem gescheiterten Kussversuch. Ich fragte mich, woher er all die Geduld nahm, so gelassen zu bleiben. Wie er es schaffte, sich selbst so weit zurückzunehmen. »Lass ihn seinen Job machen.«

»Aber …« Zweifel und Ängste schossen in meinem Kopf hin und her. Warum, verdammt, musste ich immer so kompliziert sein?

»Du bist mir in den letzten Tagen sehr wichtig geworden«, sagte Adrian leise, und mein Herz schlug ein wenig schneller. »Ob wir Körperkontakt haben oder nicht, ändert nichts daran.«

# Kapitel 24

Der Kies knirschte unter meinen Füßen, als ich mich am nächsten Morgen aus dem Auto schwang. Mit einem prüfenden Blick über die Schulter klopfte ich ein paar Brösel von der Rückseite meiner Jeans. Unglaublich. Adrian hatte nicht übertrieben. Wie Nicos Auto allerdings schon wieder so aussehen konnte, wenn er sich erst gestern mit dem Staubsauger daran zu schaffen gemacht hatte, würde mir ein Rätsel bleiben.

Finja war zur Gesellschaft bei Peter geblieben. Sie hatte sich zwar angeboten, das »Fluchtfahrzeug« zu steuern, wie sie es nannte, allerdings glaubte ich nicht, dass es dem gemeinsamen Gespräch zuträglich sein würde, wenn noch eine Person mehr anwesend wäre. Sosehr ich ihre Unterstützung schätzte – wenn ich meinen Eltern nur in Begleitung von zwei Bodyguards gegenübertreten konnte, hatte ich bereits verloren.

Die Autotür knallte zu. In meinem Magen begann das Frühstück zu gluckern, mir wurde übel. Ich presste eine Hand mit Nachdruck auf meinen Bauch, um mich unter Kontrolle zu bekommen.

Da war es, das Haus meiner Eltern. Grau und unscheinbar. Der einst grüne Garten mit all seinen Büschen und Beeten, in dem Tobi, Marie-Luise und ich unzählige Male Verstecken gespielt hatten, war einem Steingarten zum Opfer gefallen. Aus einem Granit gluckerte kraftlos ein dünnes Rinnsal Wasser. Beinahe schüchtern versteckte sich das Haus hinter dem Bauernhof der Nachbarn. Im Kuhstall nebenan hatte ich mich oft verkrochen, wenn ich nicht zum Training in die Kampfsportschule hatte mitkommen wollen. Oder dem privaten Training zu Hause – nach dem Desaster mit Baxi. Obwohl ich dabei nie mit den Nachbarn zusammengestoßen war – während ihrer Stallzeiten hatte ich den Bauernhof ohnehin gemieden –, war das Versteck nicht lange geheim geblieben. Meine Mutter konnte man eben nicht für blöd verkaufen. Ich sog die Landluft ein und beruhigte mich ein wenig.

Als ich die Stufen hinauf zur Haustür stieg, fühlten sich meine Knie schrecklich wacklig an. Ich drehte meinen Kopf nach hinten, um Adrian direkt hinter mir zu finden. Er nickte mir mitfühlend zu.

»Bin da«, sagte er leise.

Es tat gut, seine Präsenz zu spüren. Nicht ganz allein vor dieser Haustür zu stehen, die mich einschüchterte. Ich atmete tief durch, schluckte die Panik hinunter und drückte auf die Klingel.

»Das ist bestimmt der Postbote!«, hörte ich die Stimme meines Vaters durch das gekippte Küchenfenster. Ruhig und rational, selbst bei einem so alltäglichen Satz wie diesem. Nach all der Zeit hatte ich beinahe vergessen, wie sie sich anhörte.

»Weil du so viel bestellst«, tönte es von meiner Mutter zurück. Ihre Stimme hatte ich schon immer bewundert. Tief, kraftvoll, sonor. Die Art von Stimme, die einen Einbrecher ähnlich gut abschreckte wie Klitschko in Höchstform. Den aufmerksamen Zuhörer würde es weniger als eine Sekunde kosten, um intuitiv zu wissen: Die Besitzerin dieser Stimme war ein Alphatier.

»Kannst du aufmachen?«

»Ich repariere gerade das kaputte Radio!«, gab sie zurück.

»Mal eben kurz könntest du doch …« Ein Klappern übertönte den Rest des Satzes.

»Dann lass sie das nächste Mal direkt in die Kampfsportschule schicken! Wenn du mich gefragt hättest …«

»Ich frage dich aber nicht wegen jeder Kleinigkeit!«, gab mein Vater genervt zurück. Ich kannte diesen Tonfall. Der große Knall stand in weniger als einer Minute bevor. Enden würde alles damit, dass Mama ihm einen Vortrag über Emotionskontrolle halten würde.

Meine Mutter hatte sich offenbar in eines der hinteren Zimmer zurückgezogen. Was sie nun antwortete, verschwamm zu einem undefinierbaren Geräusch an Lauten.

Mein Vater schnaubte. »Wenn ich dich bei jedem Messer, das ich in die Spülmaschine stecke, erst fragen muss …«

»Tu nicht so, als ob du schon mal die Spülmaschine eingeräumt hättest!«

Das Durcheinander an Schimpftiraden, das mein Vater nun zum Besten gab, ließ mich einen hilflosen Blick mit Adrian wechseln. Leider kamen die Flüche näher. Schritte wurden hörbar, ein Schlüssel drehte sich innen im Schloss.

»Wir kommen besser morgen wieder«, flüsterte ich.

Doch da war es bereits zu spät.

»Paket vor der Garage abstellen«, ordnete er bereits in resigniertem Tonfall an, bevor er die Tür richtig geöffnet hatte. »Hier kann ich das nicht gebrauchen.«

Ich starrte ihn an. Einzelne graue Haare durchzogen seine dichte dunkle Mähne. Die gewohnten Falten hatten sich tiefer in seine Haut gegraben, an der Stirn schnitt eine davon zwischen den Augenbrauen ein. Über den Unterarm, mit dem er noch an der offenen Tür lehnte, zog sich ein Bluterguss. In meinem Hinterkopf konnte ich Mama durch die Halle brüllen hören. *Wer heute ohne Bluterguss nach Hause geht, hat nicht hart genug trainiert!*

Seine Aufmerksamkeit widmete sich erst einmal Adrian, nicht mir, was mir einen kleinen Vorsprung verschaffte. Mich zu sammeln und tief durchzuatmen.

»Baxi?« Die Augenbrauen zogen sich zusammen. »Wenn du mir mit der Lieferung helfen willst, bist du zu früh. Die Post kriegt es mal wieder nicht hin, uns rechtzeitig …«

Adrian unterbrach ihn. »Bin nur wegen Josefine da.«

Der Kopf meines Vaters drehte sich zur Seite. Zu mir. Jetzt trafen sich unsere Blicke. Die stahlblauen Augen betasteten jeden Zentimeter meines Gesichts. Wieder einmal wurde mir schmerzlich bewusst, wie wenig sich ein Blick von einer Berührung unterschied. Ich nahm den meines Vaters beinahe physisch auf meinem Gesicht wahr.

»Hi«, sagte ich.

Kurz glomm etwas wie Schmerz hinter seinen Augen auf. So, als hätte ich nicht *Hi* gesagt, sondern ihn zur Begrüßung in den Schritt getreten.

»Hat ja lang genug gedauert, dass du vorbeikommst«, sagte er nur.

Unsicher sah ich zu Adrian hinüber. Er sagte nichts. Aber ich bemerkte, wie sich seine Kiefermuskeln verhärteten. Wahrscheinlich hätte er gerne an meiner Stelle geantwortet.

Doch instinktiv schien er zu spüren, dass das ein Kampf war, den ich selbst austragen musste.

»Was ist los?«, rief meine Mutter von hinten. »Sag nicht, das kriegst du auch nicht hin.«

»Josefine ist hier.« Mein Vater sprach laut und deutlich, ohne seine Augen von mir abzuwenden. Falls sich in diesem Moment hinter ihnen Emotionen abspielten, verbarg er sie nach einem kurzen Moment der Schwäche meisterhaft.

»Wer?«

Tja. Wer wohl? Ich unterdrückte ein trauriges Lachen. Josefine. Den Namen habt ihr vielleicht mal gehört.

»Deine Tochter«, fügte er hinzu.

*Deine auch.*

Mama steckte den Kopf durch die halb geöffnete Tür, in der Hand einen Schraubenzieher. Auch in ihrem Gesicht hatten die Jahre ein paar feine Linien hinterlassen. Ihre Statur jedoch war unverändert. Klein und stämmig. *Kampfzwerg* hatte Papa sie immer schmunzelnd genannt. »Was ist denn los?«

»Baxi und Josefine.« Mein Vater deutete auf uns.

Noch immer wartete ich schweigend. Nicht, dass ich mich nicht getraut hätte, etwas zu sagen. Doch irgendwie erschien mir kein Satz passend genug. Ein wenig so, als probierte ich im Klamottenladen einen Pulli nach dem anderen an, wäre aber heute zu blass, als dass mir einer davon stehen könnte. Und blass war ich mit Sicherheit.

»Josefine.«

Ich nickte nur. Fest entschlossen, ihr so wenig Angriffsfläche wie möglich zu bieten. Für jede andere Antwort hätte ich gern ein wenig mehr Vorbereitungszeit gehabt. Ich ärgerte mich, dass ich mir im Vorfeld nichts formuliert hatte. Etwas zum Festhalten.

Eine ihrer Augenbrauen hob sich fast unmerklich. »Du willst dich entschuldigen, nehme ich an.«

»Nein.« Endlich eine Antwort, über die ich nicht nachdenken musste. »Garantiert nicht.«

Meine Mutter wurde ein paar Zentimeter größer. Sie reichte mir zwar nur bis zur Nasenspitze, aber sie beeindruckte mich dennoch. Ich kannte diesen Blick. Es war der Gesichtsausdruck, den sie aufsetzte, bevor sie sich ihren Zahnschutz in den Mund schob und den Gegner zu Boden gehen ließ. »Das Bett leer! Ein Brief auf dem Küchentisch als Abschied! Ist das der Dank? Ist das der Dank für alles, was wir für dich getan haben?«

»Ich …«

»Von Tobi und Marie-Luise haben wir ab und zu gehört, wie es dir geht.« Meine Mutter redete sich gerade erst in Rage. Ein Vortrag wie dieser würde länger dauern. »Und von dir? Nichts! Und das über Jahre!«

»Wundert euch das?«, platzte ich heraus.

»Vorsicht, Fräulein.« Warnend hob meine Mutter ihre Hand. Ihr Blick schmerzte auf meinem Gesicht, als hätte sie mir eine Hammerfist verpasst.

»Nimm dir ein Beispiel an deinen Geschwistern!«, sprang ihr mein Vater bei. Er richtete sich kerzengerade auf, als müsste er seinen Worten Nachdruck verleihen. »Die haben es weit gebracht, die beiden. Irgendwann übernehmen sie mal unsere Kampfsport-Schule.«

»Tobi hat seine Ausbildung zum Krav-Maga-Instructor schon vor einem halben Jahr abgeschlossen.« Mamas Stolz war kaum zu übersehen. »Er übernimmt inzwischen die Trainings am Donnerstagabend.«

Mein Vater nickte. »Gerade die Jüngeren sehen zu ihm auf. Er ist ein Vorbild. Genauso Marie-Luise. Sie wird auch bald eine Instructor-Ausbildung starten. Vor zwei Wochen ist sie in Prien als einzige Beobachterin dazwischengegangen, als drei betrunkene Männer eine junge Frau angepöbelt haben.«

»Das ist toll«, gab ich zu. »Aber …«

»Solche Menschen braucht unsere Gesellschaft«, rief meine Mutter laut. »Helden und Heldinnen des Alltags! Da willst du doch nicht widersprechen?«

»Natürlich nicht. Aber …« *Darum geht es nicht*, wollte ich eigentlich sagen. Doch da unterbrach mich meine Mutter bereits wieder.

»Siehst du.« Sie durchbohrte mich mit ihrem Blick. »Dann sind wir uns ja einig.«

»Sind wir nicht«, gab ich hitzig zurück. »Klar ist das bewundernswert. Und es muss Menschen geben, die es notfalls mit drei Schlägern gleichzeitig aufnehmen können.«

»Unbedingt«, brummte mein Vater.

»Aber so unsportlich, wie ich bin, werde ich nie an diesen Punkt kommen!«, versuchte ich zu erklären. Meine Stimme klang inzwischen verzweifelt. »Kampfsport ist einfach nichts für mich.«

»Das ist keine Frage von Sportlichkeit.« Meine Mutter stemmte die Arme in die Hüfte. »Sondern eine Frage des Willens.«

»Die Grenzen deines Körpers liegen nur im Kopf.« Klar, dass mein Vater diesen Spruch jetzt abspulen musste. In meiner Kindheit hatte ich ihn meist von Mama gehört. Und das

Wort meiner Mutter war Gesetz. Ein gesunder Körper kann alles leisten, solange ihm der Geist keine Grenzen setzt.

»Das weiß ich.« Genervt verdrehte ich die Augen.

»Jeder Kampf ist ein Kampf gegen dich selbst«, sagte mein Vater und hob die Augenbrauen. »In meiner Zeit als Personenschützer ...«

Er führte den Gedanken nicht zu Ende, denn jetzt schaltete sich auch meine Mutter wieder ein. »Kein Gegner kommt übermächtig zum Kampf. Wenn dir jemand unbesiegbar vorkommt, dann bist du es, der ihm diese Kraft gegeben hat.«

Mittlerweile fühlte ich mich ein wenig unwohl, dieses Gespräch zwischen Tür und Angel zu führen. Ich war eigentlich nicht nach Oberbayern gereist, um mir an der Türschwelle meines Elternhauses schlaue Kampfsport-Weisheiten anzuhören. Die meisten davon kannte ich auswendig, da ich sie in meiner Kindheit mehrmals pro Woche gehört hatte. Wenn das überhaupt reichte.

»Das mag schon stimmen«, gab ich zu. »Aber darum geht es nicht. Ich ...«

Weiter kam ich nicht. Ich kämpfte auch hier in unterlegener Position. Der Wille meiner Mutter war hart wie Stahl. Mit einem Kopf wie diesem konnte man durch Wände gehen.

»Das, was du im Kampfsport lernst, wird dir im Alltag nützen«, sagte sie, als hätte sie meine Gedanken erraten. »Wir wollten aus dir eine starke Frau machen.«

Peters Stimme hallte durch meinen Kopf: *Schwäche zu zeigen, ist die bedeutsamste Form von Stärke.*

Ich winkte ab. »Wir haben einfach unterschiedliche Vorstellungen, wie man Stärke definiert.«

Meine Mutter schnaubte in einem unterdrückten Lachen durch die Nase. »Schau an.«

Papa wechselte einen Blick mit ihr. »Dafür hat sie Sprachwissenschaften studiert.«

Erstaunt sah ich ihn an. Dass Tobi und Marie-Luise ihm davon erzählt hatten, war die eine Sache. Dass er es sich gemerkt hatte, eine ganz andere.

Mein Vater schüttelte den Kopf. »Was machst du, wenn dich auf dem Heimweg von der Disco jemand überfällt?«, fragte er. »Erklärst du ihm dann, dass deine Definition von Gewalt eine andere ist?«

»Hör auf zu träumen, Josefine.« Jetzt sah meine Mutter wahrlich amüsiert aus. »Ich verwette meine Kampfsportschule und unser Zuhause – dass du sogar eingeschüchtert wärst, wenn ich dich hier zu Übungszwecken angreifen würde.«

»Da wette ich nicht dagegen.« Ein Seufzen drang aus dem Mund meines Vaters.

»Test gefällig?«, fragte sie.

Nur den Bruchteil einer Sekunde kostete es sie, um Nase an Nase mit mir zu stehen. Ich zuckte zusammen. Konnte ihren eisernen Willen regelrecht körperlich spüren. Dass meine Mutter unter allen ihren Schülern und Schülerinnen respektiert – wenn nicht sogar bewundert – wurde, kam nicht von ungefähr. Gerade als alle meine Muskeln verkrampften, schob sich ein breiter Körper zwischen uns.

»Das ist nicht witzig«, sagte Adrian. Seine Stimme war ganz leise, aber in seiner Körperspannung las ich Entschlossenheit und Wut.

Sein Geruch drang an meine Nase. Er stand so dicht vor mir, dass sein T-Shirt einen kurzen Moment mein Gesicht berührte. Auch wenn meine Eltern das mit Sicherheit als Schwäche interpretierten, war ich Adrian dankbar, dass er mich abschirmte.

Es dauerte eine ganze Weile, bis meine Mutter endlich einen Schritt zurücktrat und Adrian daraufhin mein Blickfeld wieder freigab.

»Nimm dir ein Beispiel an Baxi.« Mama zeigte auf Adrian, als wäre das hier eine Trainingsstunde. Und ich nichts weiter als eine interessierte Kampfsport-Schülerin. »Genau die richtige Energie. Entschlossenes Auftreten, Siegeswille.«

Adrian und ich tauschten einen langen Blick. *Das ist sinnlos*, sagten seine Augen. Ich musste ihnen recht geben. Familie hin oder her.

»Ich hätte mir Eltern gewünscht«, sagte ich trotzdem. »Keine 24/7-Kampfsport-Trainer.«

An meinen Eltern prallte dieser Satz ab. Also, vermutlich tat er das. Zumindest zuckte Papas Augenbraue für einen kurzen Moment.

»Unsere Kinder sollen es mit dem Leben und seinen Herausforderungen aufnehmen können«, versuchte meine Mutter sich wieder zu erklären.

Auch mein Vater nickte. »Alles braucht seine Zeit. Aber inzwischen solltest du den Mumm haben, dich Stück für Stück gegen immer mehr Angriffe zu wehren.«

»Keine Sorge.« Ich lächelte traurig. »Den hab ich. Sonst wäre ich schon längst vor euch eingeknickt.«

Meine Eltern starrten mich an.

Papa war der Erste, der sich wieder fing. »Dann haben wir ja doch alles richtig gemacht. Langzeitplanung in Perfektion. Und das gute Ergebnis rechtfertigt die Methoden, oder?«

»Siehst du.« Meine Mutter klopfte mir auf die Schulter, wenn auch recht emotionslos. »Training im Alltag. Und wenn es auch nur der Widerstand gegen die Eltern ist.« Ihre Hand schloss sich fester um meinen Oberarm.

»Bitte nicht anfassen«, presste ich durch geschlossene Zähne heraus.

Sie stöhnte genervt auf. »Hast du das immer noch? Das hat angefangen, als du vierzehn warst!«

»Du bist erwachsen, Josefine.« Auch Papa schüttelte den Kopf. Klar, dass er Mama beipflichtete. Wie immer eben. »Jetzt bist du in einem Alter, wo man sich auch mal zusammenreißen muss, damit man es im Leben zu etwas bringt.«

»Nein«, sagte ich. Laut und deutlich. »Nimm deine Hand weg.«

»Als Sensibelchen wirst du in dieser Welt nicht weit kommen«, prophezeite mir meine Mutter. »An gewisse Dinge muss man sich gewöhnen.«

»Nimm jetzt endlich deine Hand weg«, wiederholte ich und schüttelte sie genervt ab.

»Ich versuche, dich stark für die Welt zu machen.« Mama sah mich eindringlich an.

Noch einmal streckte sie ihre Hand aus, doch ich reagierte blitzschnell. Mit einer Bewegung, die ich trotz meiner mangelhaften Kampfsportausbildung als astreine Inside-Defence eingeordnet hätte, wehrte ich ihre Hand energisch ab.

Und plötzlich verstand ich. Die Briefe um das Nein-Sagen, meine endlosen Gedankenspiralen – all das war völlig sinnlos. Es ging nicht darum, das Nein-Sagen zu lernen, bis die Leute es aus meinem Mund respektierten. Vielmehr ging es darum, rigoros zu entscheiden: Wer in meinem Leben akzeptierte mein Nein, egal wie leise und unsicher? Und bei wem war Hopfen und Malz verloren, sodass mir keine andere Möglichkeit blieb, als einfach zu gehen?

Hier zögerte ich keine Sekunde. Ich drehte mich wortlos um und ging. Adrians Schritte auf dem Kies verrieten mir, dass auch er mir in Richtung Auto folgte.

»Um 20 Uhr bräuchte ich Hilfe beim Einräumen, Baxi«, rief mein Vater.

Ich schüttelte meine Haare tiefer ins Gesicht, damit niemand das ungläubige Lachen sah, das über meinen Mund zuckte. War das alles, was er zu sagen hatte?

»Ich wechsle in die Kampfkunstschule Prien«, verkündete Adrian, ohne sich umzudrehen.

Schweigend stiegen wir ins Auto. Adrian startete den Motor, dann fuhren wir los.

Mein Kiefer fühlte sich so hart und verspannt an wie selten. Die Muskeln in meinem Nacken spannten. In meinen Handflächen entdeckte ich kleine reiskornförmige Abdrücke. Offenbar hatte ich meine Fingernägel in all der Anspannung so fest ins Fleisch gedrückt, dass sie ein kleines Wellenmuster hinterlassen hatten. Hastig rieb ich mit den Fingerkuppen darüber. Im Rückspiegel wurde das Haus meiner Eltern kleiner, irgendwann verschwand es außer Sicht. Erst als wir das Ortsschild passierten, entspannte ich mich.

»Danke.«

Lächelnd drehte Adrian am Lenkrad. Boote huschten am Beifahrerfenster vorbei, als er um die Kurve fuhr.

Adrians Lächeln legte einen Schalter um, irgendwo tief in mir. In Nicos kleinem Auto fühlte es sich plötzlich so gemütlich an wie nie zuvor. So stickig warm es auch in dieser

Klapperkiste schon zuvor gewesen war – erst jetzt kam die Wärme richtig in mir an. Was mich zuvor zum Schwitzen gebracht hatte, wärmte nun mein Herz. Meine Gedanken wurden leicht und frei. Und ich wusste, es war Adrian gewesen, der mir geholfen hatte, sie loszulassen.

»Ich hab mich vorhin echt nicht wohlgefühlt. Da war ich froh, dass du dich vor mich gestellt hast.« Ich sah ihn nachdenklich an. Betrachtete die schlecht rasierte Wange, die grünbraunen Augen. »Danke.«

»Na klar.« Den Blick ließ Adrian konzentriert auf die Straße gerichtet, wo uns gerade ein Traktor entgegenkam. »Bist du traurig, dass sie nicht verstanden haben, worum es dir ging?«

»Schon«, gab ich zu. »Aber – wie du schon sagtest – ich war nicht hier, um es zu überwinden. Ich war hier, weil ich es schon überwunden habe.«

Adrians Stimme klang heiser, als er antwortete. »Das hatte ich gehofft.«

Ich starrte aus dem Fenster, während Adrian das Auto am Ortsschild vorbei und durch zwei kleine Gässchen hinüber zum Haus seines Vaters steuerte. Im Rückblick kam mir meine Panik überzogen vor. Dass ich mich vor Adrian gefürchtet hatte – anstatt die Schuld meinen Eltern zu geben. Im Gegenteil, Adrian hatte mich beschützt. Als Jugendlicher zwar weniger effektiv als jetzt, versucht hatte er es jedoch immer.

Adrian parkte das Auto hinter dem Haus. Mit einem Lächeln beobachtete ich ihn. Wie er die Handbremse sicherte und den Schlüssel abzog. Wir hatten gerade erst ein paar Tage miteinander verbracht. Aber weil wir schon so viele Gesichter des anderen kannten, fühlte es sich erheblich länger an.

»Da ist Finja.« Amüsiert wies er durch die Windschutzscheibe in den Garten, wo meine beste Freundin gerade Peter auf einen Stuhl bugsierte und ihm etwas zu trinken einschenkte.

»Sie hat vorgeschlagen, eine kleine Party zu machen«, erzählte ich, löste meinen Gurt und stieg aus dem Auto. Warmer Sommerwind begrüßte mich, eine Haarsträhne flog im Luftzug. Mein Herz wurde warm, als ich Finja dort im Garten herumlaufen und mit Peter lachen sah. Finja schloss fremde Menschen sehr schnell ins Herz. Wahrscheinlich, weil sie mit ihrer direkten und fröhlichen Art den Menschen meist näherkam als für ein erstes Kennenlernen üblich. »Sie war in der Früh schon partytaugliche Lebensmittel einkaufen. Und schrieb mir, sie findet schon einen Grund, zu feiern. Entweder weil meine Eltern sich entschuldigt haben – oder weil mich ihre Haltung nicht mehr sonderlich interessiert.«

»Eine tolle Idee.« Adrian lachte.

»Schau.« Mit dem Kopf nickte ich in den Garten, wo Klitschko gerade die Vollständigkeit des Buffets überprüfte und Peter über irgendeinen Witz von Finja so sehr lachte, dass er sein Wasser verschüttete. Seiner Hüfte ging es glücklicherweise inzwischen besser. »Dein Dad freut sich auch, also sind alle glücklich.«

»Du auch?«

Einen Moment lang sah ich ihm in die Augen und antwortete nicht. Versank in diesen wunderschönen Schattierungen, die ich so liebte.

»Bin ich«, sagte ich schließlich und tastete nach seiner Hand.

»Darf ich?«, fragte Adrian.

Ich nickte. Seine Finger strichen vorsichtig über meine Haut, und ich ließ ihn gewähren. Unsere Finger spielten zärtlich miteinander.

Mein Blick huschte zu Adrians Lippen. Seit ich mich das erste Mal getraut hatte, ihn zu küssen, übten sie einen regelrechten Sog auf mich aus. Zum Glück. Denn die Sehnsucht danach war es, die mich immer wieder neu mutig werden ließ. Meine Hand legte sich an Adrians Wange, streichelte die kaum spürbaren Bartstoppeln.

Gerade als ich mich vorbeugte, um ihm einen Kuss zu geben, vibrierte eine Nachricht in meiner Hosentasche.

»Das ist sicher Finja, die uns schreibt, dass wir auch später noch knutschen können.« Ich musste lachen.

Adrian zog eine Augenbraue nach oben. »Das würde sie nicht tun.«

»Wetten?«, sagte ich zwinkernd, während ich das Handy aus der Tasche holte.

Ich wischte die Benachrichtigung zur Seite, der Text flackerte auf. Kurz musste ich blinzeln, um nicht vom Glauben abzufallen.

> Liebe Josefine,
> Tobi hat mir deine aktuelle Nummer gegeben. Ich habe nachgedacht. Es ist nicht optimal gelaufen, ich werde mit Mama reden.
> Papa

Ungläubig starrte ich auf den Text. »Träume ich?«, fragte ich und hielt Adrian das Handy unter die Nase.

Seine Augen flogen über die Zeilen. »Oh.«

»Wie kann das sein?«

»Na ja.« Er schmunzelte. »Manchmal kann ein Umdrehen-und-Gehen das beste Nein sein, das man formulieren kann.«

»Scheint so.« Ich grinste. »Darum kümmere ich mich später. Alles der Reihe nach.«

»Der Reihe nach?«

»Mhm«, nickte ich zustimmend, ehe ich meine Lippen auf Adrians drückte. »Erst du«, nuschelte ich an seinem Mund. »… anschließend Finjas Party mit Peter und Klitschko. Und eventuell – also, falls wir Zeit haben …«

»Klingt gut«, hörte ich Adrian flüstern, dann lehnte ich mich tief in unseren gemeinsamen Kuss. Spürte die Wärme seiner Lippen und tastete mit meiner Zunge nach seiner.

*Wo Worte sind, ist eine Welt.* Mit diesem Satz hatte meine Zeit am Chiemsee begonnen. Doch mittlerweile ahnte ich, dass auch Zärtlichkeiten eine eigene Welt schufen. Und dass sich mir mit jedem neuen Schritt, den ich wagte, eine davon offenbarte.

Mutig geworden, legte ich meine Hände um seine Hüfte. »Umarme mich.«

»Langsam«, flüsterte Adrian. »Festhalten ist eine ganz andere Nummer als Küssen. Ist das nicht ein wenig zu schnell?«

»Ich … bin mir nicht sicher«, gab ich zu. »Aber ich glaube, es würde funktionieren.«

Seine Worte vibrierten sachte an meinem Mund, als er antwortete. »Vielleicht belassen wir es für heute nur beim Küssen.«

»Hmmmmmh«, machte ich. Zur Hälfte enttäuscht, zur Hälfte erleichtert.

Die Vorstellung, mich immer mehr an eine körperliche Normalität mit Adrian heranzutasten, ließ jedes Mal wieder ein ganzes Feuerwerk an Gefühlen in meinem Bauch platzen. Es fühlte sich herrlich aufregend an. Wobei ich es hasste, von Normalität zu sprechen. Was war schon normal? Solange es für Adrian und mich funktionierte, sollte ich mich nicht darum sorgen.

»Fühlt es sich nicht ... unvollständig für dich an, wenn wir schon bei solchen Basics Probleme haben?«, fragte ich.

»Für mich sind die Basics, dass zwischen uns ... Liebe wächst.« Adrians Lächeln tippte etwas in meinem Inneren an.

Mein Herz machte einen kleinen Hüpfer. Adrian hatte tatsächlich nach so kurzer Zeit bereits das Wort *Liebe* in den Mund genommen.

»Aber heißt Liebe nicht, dass man sich genug vertraut, um Berührung zulassen zu können?«

»Was Liebe bedeutet, definieren nur wir beide, nicht die anderen.« Adrians Stimme an meinem Ohr schickte ein wohliges Kribbeln meine Wirbelsäule hinab. »Warte ab. Wir haben ab jetzt viel Zeit, alles in Ruhe auszuprobieren. Und eventuell am Ende zu entscheiden, dass unsere Liebe nichts davon braucht.«

Ich seufzte entspannt. So fühlte sich Vertrauen an. Vertrauen löste vielleicht nicht alle Probleme, aber es ließ mich genug entspannen, um der Zukunft alle Wege offenzuhalten. Bald eine Therapie zu machen und mich gemeinsam mit Adrian in eine Zukunft zu wagen, wo etwas Wunderschönes auf uns wartete: die Liebe.